山南水北

韩少功 著

北 京 出 版 集 团
北京十月文艺出版社

图书在版编目（CIP）数据

山南水北 / 韩少功著. — 北京 : 北京十月文艺出版社，2023. 6（2025. 9重印）
ISBN 978-7-5302-2185-3

Ⅰ. ①山… Ⅱ. ①韩… Ⅲ. ①散文集—中国—当代
Ⅳ. ①I267

中国版本图书馆 CIP 数据核字（2021）第 171301 号

山南水北
SHANNAN SHUIBEI
韩少功　著

出　　版　北 京 出 版 集 团
　　　　　北京十月文艺出版社
地　　址　北京北三环中路 6 号
邮　　编　100120
网　　址　www.bph.com.cn
发　　行　新经典发行有限公司
　　　　　电话 010-68423599
经　　销　新华书店
印　　刷　北京盛通印刷股份有限公司
版　　次　2023 年 6 月第 1 版
印　　次　2025 年 9 月第 2 次印刷
开　　本　880 毫米 ×1230 毫米　1/32
印　　张　12.75
字　　数　235 千字
书　　号　ISBN 978-7-5302-2185-3
定　　价　59.00 元
如有印装质量问题，由本社负责调换
质量监督电话　010-58572393

目

录

01　扑进画框

我一眼就看上了这片湖水。

汽车爬高已经力不从心的时候，车头大喘一声，突然一落。一片巨大的蓝色冷不防冒出来，使乘客们的心境顿时空阔和清凉。前面还在修路，汽车停在大坝上，不能再往前走了。乘客如果还要前行，投访蓝色水面那一边的迷蒙之处，就只能收拾自己的行李，疲惫地去水边找船。这使我想起了古典小说里的场面：好汉们穷途末路来到水边，幸有酒保前来接头，一支响箭向湖中，芦苇泊里便有造反者的快船闪出……

这支从古代射来的响箭，射穿了宋代元代明代清代民国新中国，疾风嗖嗖又余音袅袅——我今天也在这里落草？

我从没见过这个水库——它建于上个世纪70年代中期，是我离开了这里之后。据说它与另外两个大水库相邻和相接，构成梯级的品字形，是红色时代留下的一大批水利工程之一，至今让山外数十万亩农田受益，也给老山里的人带来了驾船与打鱼一类新的生计。这让我多少有些好奇。我熟悉水库出现以前的老山。作为那时的知青，我常常带着一袋米和一根扁担，步行数十公里，来这里寻购竹木，一路上被长蛇、野猪粪以及豹子的叫声吓得心惊胆战。为了对付国家的禁伐，躲避当地林木站的拦阻，当时的我们贼一样昼息夜行，十多个汉子结成一伙，随时准备闯关甚至打架。有时候谁掉了队，找不到路了，在月光里恐慌地呼叫，就会叫出远村里此起彼伏的狗吠。

当时这里也有知青点，其中大部分是我中学的同学，曾给我提供过红薯和糍粑，用竹筒一次次为我吹燃火塘里的火苗。他们落户的地点，如今已被大水淹没，一片碧波浩渺中无处可寻。当机动木船突突突犁开碧浪，我没有参与本地船客们的说笑，只是默默地观察和测量着水面。我知道，就在此刻，就在脚下，在船下暗无天日的水深之处，有我熟悉的石阶和墙垣正在漂移，有我熟悉的灶台和门槛已经残腐，正在被鱼虾探访。某一块石板上可能还留有我当年的刻痕：一个不成形的棋盘。

米狗子，骨架子，虱婆子，小猪，高丽……这些读者所陌生的绰号不用我记忆就能脱口而出。他们是我知青时代的朋友，是深深水底的一只只故事，足以让我思绪暗涌。三十年前飞鸟各投林，弹指之间已不觉老之将至——他们此刻的睡梦里是否正有一线突突突的声音飘过？

“巴童浑不寝，夜半有行舟。”这是杜甫的诗。“独行潭底影，数息树边身。”这是贾长江的诗。“云间迷树影，雾里失峰形。”这是王勃的诗。“野旷天低树，江清月近人。”这是孟浩然的诗。“芦荻荒寒野水平，四周唧唧夜虫声。”这是《阅微草堂笔记》中俞君祺的诗……机船剪破一匹匹水中的山林倒影，绕过一个个湖心荒岛，进入了老山一道越来越窄的皱褶，沉落在两山间一道越来越窄的天空之下。我感觉到这船不光是在空间里航行，而是在中国历史文化的画廊里巡游，驶入古人幽深的诗境。

我用手机接到一个朋友的电话，在柴油机的轰闹中听不太清楚，只听到他一句惊讶：“你在哪里？你真的去了八溪？”——他是说这个乡的名字。

为什么不？

“你就打算住在那里？”

不行吗？

我觉得他的停顿有些奇怪。

融入山水的生活，经常流汗劳动的生活，难道不是一种最自由和最清洁的生活？接近土地和五谷的生活，难道不是一种最可靠和最本真的生活？我被城市接纳和滋养了三十年，如果不故作矫情，当心怀感激和长存思念。我的很多亲人和朋友都在城市。我的工作也离不开轰轰城市。但城市不知从什么时候开始已越来越陌生，在我的急匆匆上下班的线路两旁与我越来越没有关系，很难被我细看一眼；在媒体的罪案新闻和八卦新闻中与我也格格不入，哪怕看一眼也会心生厌倦。我一直不愿被城市的高楼所挤压，不愿被城市的噪声所烧灼，不愿被城市的电梯和沙发一次次拘押。大街上汽车交织如梭的钢铁鼠流，还有楼墙上布满空调机盒子的钢铁肉斑，如同现代的鼠疫和麻风，更让我一次次惊悚，差点以为古代灾疫又一次入城。侏罗纪也出现了，水泥的巨蜥和水泥的恐龙已经以立交桥的名义，张牙舞爪扑向了我的窗口。

“生活有什么意义呢？”

酒吧里的男女们疲惫地追问，大多找不出答案。就像一台老式留声机出了故障，唱针永远停留在不断反复的这一句，无法再读取后续的声音。这些男女通常会在自己的墙头挂一些带框的风光照片或风光绘画，算是他们记忆童年和记忆大自然的三两存根，或者是对自己许诺美好未来的几张期票。未来迟迟无法兑现，也许永远无法兑现——他们是被什么力量久久困锁在画框之外？对于都市人来说，画框里的山山水水真是那样遥不可及？

我不相信，于是扑通一声扑进画框里来了。

八溪库湖一角。

在绕湖公路建成以前，农民出入八溪峒都得乘船渡水。

02　地图上的微点

几年前我回到了故乡湖南，迁入乡下一个山村。这里是两县交界之地，地处东经约113.5度，北纬约29度。洞庭湖平原绵延到这里，突然遇到了高山的阻截。幕阜山、连云山、雾峰山等群山拔地而起，形成了湘东山地的北端门户。它们在航拍下如云海雾浪前的一道道陡岸，升起一片钢蓝色苍茫。

山脉从这里跃起，一直向南起伏和翻腾，拉抬出武功山脉和罗霄山脉，最终平息于遥不可及的粤北。我曾找来一本比一本比例尺更大的地图，像空降兵快速降低高度，呼呼呼把大地看得越来越清楚，但最终还是看不见我的村庄。我这才知道，村庄太小了，人更是没有位置和痕迹。那些平时看起来巨大无比的幸福或痛苦，记忆或者忘却，功业或者遗憾，一旦进入经度与纬度的坐标，一旦置于高空俯瞰的目光之下，就会在寂静的山河之间毫无踪迹——似乎从来没有发生过，也永远不会发生。

浩阔的地貌总是使人平静。

湘东北的
山脉拔地而起。

上山有
登天之感。

03 回到从前

我在地图的一个微点里存在过，当过六年的插队知青，至“文化大革命”结束才进入另一些微点，比如大学和都市。我在更微点的大楼和更更微点的公寓和更更更微点的房间里突然两鬓生霜。

有人把我的村庄叫作“马桥”。其实“马桥”是我在某篇小说中一个虚构的地名，也是中国农村常见的地名，与我的去向没有特别关系。还有记者说过，我移居乡下是出于对文坛的失望——这是指我卷入了90年代一场思想冲突，不料招怨于一些论敌，受到媒体上谣言浪潮的狠狠报复。[①]其实，这位记者并不知道，早在风波发生之前，我已在山里号下了宅地，盖起了房子，与报复毫无关系。甚至早在80年代我进入城市不久，我妻子就在一篇文章里透露：“我们有一个小小的秘密现

① 1997年至1998年，笔者因批评文坛的某些现象而招怨，于是某小说被几位论争中的对手指为“剽窃”“抄袭”“完全照搬”，成为上百家媒体上热炒的新闻。

在不说。”——那个秘密其实就是将来返乡的打算。

实在是蓄谋已久。

我生性好人少而不是人多，好静而不是好闹。即便是当知青的时候，除了贫困让人深深焦虑，大自然的广阔和清洁从不让我烦恼，并且在后来很多文学作品中一直是我心中的兴奋。进入城市以来，我梦得较多的场景之一就是火车站，是我一次次迟到误车，是我追着车尾的好一番焦急和狼狈——却不知道我为何要上这一趟车。我猜想这无非是一种提醒，是命运召唤我去一个未知之地。

我居住长沙或海口的时候，也总是选址在郊区，好像城市是巨大的旋涡，一次次把我甩到了边缘，只要高楼丛立的城市旋转得更快一点，只要我捏住钥匙串的手稍稍一松，我就会飞离一张张不再属于我的房门，在呼啦啦的风暴中腾空而去，被离心力扔向遥远的地方。

1971年的农历除夕，我决心逃离农村。深夜的炉火奄奄一息，几位从各地回城探亲的知青围炉聚首，久久地沉默无言，只有长吁短叹。一个胆大妄为的地下圈子，曾投入诗歌、哲学以及有关毛泽东的辩论，眼下已经情绪降温。不知是谁，仍以革命家的口吻发出宏论：去他妈的农村！我们都应该进城，应该成为知识分子！只有知识分子而不是农民才是革命的火车头！

我们几个乳臭未干的中学生，羞于抱怨农村的艰苦和青春的苦闷，却乐于夸张自己的历史责任。既然喂猪不好玩了，农民夜校不好玩了，小提琴与演出队也不好玩了，那么，“知识分子”四个字真是令人神往。我们不自量力地迅速决议：谁进入哲学，谁进入史学，谁进入外语，谁进入经济学……至于我，年龄最小，什么也不大懂，就拣了文学这个象征性和简易性的差事，如同在总攻击开始时跟着扔扔石头。

三十年过去了，回想起当年那个浪漫的除夕，回想起当时大家很搞笑地紧紧握手和暗语接头：“消灭法西斯！”“自由属于人民！”——朋友们早已从一部想象的激情政治电影中回到了平庸的现实生活。一语居然成谶：那一次除夕的聚会者，其大多数后来果然成了教授、画家或者作家，完成了地下团伙派定的任务。不过，时代已经大变，市场化潮流只是把知识迅速转换成利益，转换成好收入、大房子、日本汽车、美国绿卡，还有大家相忘于江湖后的日渐疏远，包括见面时的言不及义。

如果不是餐宴，有些人哈欠连连，甚至找不到见面的借口。“革命”在哪里？“消灭法西斯”和“自由属于人民”是否从来只是一句戏言？

又有一名老知青去世了，是失业以后无钱治病而夭折的。加上以前的两位，已有三名同伴离我而去。这是成功人士圈子以外的事情。更多的工人在失业，更多的农民在失地，更多的垃圾村和卖血村在高楼的影子里繁殖，这也是成功人士圈子以外的事情，而且从来不会中断圈子里的戏谑，甚至不能在宴会上造成哪怕一秒钟的面色沉重。但沉重又怎么样？脸色沉重以后就不再炒卖楼宅、不再收罗古玩、不再出国度假、不再对利益关系网络中所有重要人物小心逢迎了吗？不，生活还是这样，历史还是这样。及时的道德表情有利于心理护肤，但不会给世界增加或减少一点什么。

我感到心跳急促，突然有一种再次逃离的冲动——虽然这一次不再有人相约。我也许该走远一点，重新走到上一次逃离的起点，去看看我以前匆忙告别的地方，看看记忆中一个亮着灯光的窗口，或是烈日下挑担歇脚时的一片树荫——是不是事情从那里开始错起？人生已经过了中场，留下大堆无可删改的履历，但我是不是还异想天开地要操着橡皮擦子从头再来？

一个葡萄园里的法国老太婆曾向我嘟哝："接近自然就是接近上帝。"问题是：我相信上帝吗？相信那个从来只会转移苦难但从来不会消除苦难的上帝吗？相信那个从来只会变换不公但从来不会取消不公的上帝吗？相信那数十个世纪以来一直推动我们逃离但从不让我们知道理由所在和方向所在的上帝吗？

我喜爱远方，喜欢天空和土地，只是一些个人的偏好。我讨厌太多所谓上等人的没心没肺或多愁善感，受不了频繁交往中越来越常见的无话可说，也只是一些个人的怪癖。我是一个不讨人喜欢的人，连自己有时也不喜欢。我还知道，如果我斗胆说出心中的一切，我更会被你们讨厌甚至仇视——我愿意心疼、尊敬以及热爱的你们。这样，我现在只能闭嘴，只能去一个人们都已经走光了的地方，在一个演员已经散尽的空空剧场，当一个布景和道具的守护人。

我愿意在那里行走如一个影子，把一个石块踢出空落落的声音。

这与上帝没有关系。

在葬别父母和带大孩子以后，也许是时候了。我与妻子带着一条狗，走上了多年以前多年以前多年以前走过的路。

20世纪70年代初期的知青小土屋至今尚存。笔者当时住当中一间。右边已被土砖封门的一间，住过《爸爸爸》中主人公的原型。

小土屋的另一面。
当时这是一个大队茶场的公房。

04 残碑

八溪乡坐落在雾峰山下，原是雾峰乡的一部分，直到大水库建成以后，才与大水对岸分隔开来，单独建制为乡。这是个地广人稀的小乡，与邻县的山脉相接。20世纪前期共产党领导的农民革命，一场改变了很多人命运的大乱，就是从山那边轻易地呼啸而来。

这里至今还留有一块青石碑，上面一些不无漫漶残损的刻字，记录着两百多位死者的姓名，记录着那一段动荡。

当时来了两三个陌生人，大家以为不过是油贩子或者盐贩子，没当回事。后来才知道那些人是来“接头”的，据说谁不与之“接头”，谁的门口就可能贴上白纸条，就可能招来大祸。终于有一天，刺耳的锣声在山沟里响成一线，有人提着一个血淋淋的脑袋到处跑。大家一看，那是有名大豪绅吴四老爷的脑袋。人们这才知道革命已经发生，穷人都可以到吴四老爷家去分粮食、烧地契、搬花床、抬腌坛了，老光棍甚至可以到那里去分老婆了。

乾坤倒转，茶峒立刻拉起了红军的队伍，连一个十三岁的小篾匠，转眼就挂上红袖章，成了一个什么连长（国华爹说的）。他胆子天大，出手最狠，但个头太矮小，杀人的时候，要站到板凳上，要双脚往上跳，刀片才够得着对方的脑袋。在一些人的喝彩之下，他抱着刚刚倒下的尸体，嘴巴对准无头的颈口，呼呼呼大饮其血（吴焕明说的）。

他的勇敢声名大震，后来成为“红匪”中的一名将军也不足为奇。在一个皇权崩溃以后的大国，新政府虽说是有了，但四分五裂，几乎没有税源，靠借钱派款养下一些不成样子的枪兵，连防守几个城市都力所不支，对广大农村的零星“匪情”只可能放任不管。这种状况也许只持续了短暂的一段。北方战事结束后，官军腾出手来，缓过气来，买来了德国枪炮，于是带着“铲共队”和“挨户团”一类民团杀回头，扬言摇篮里也要过三刀，棺材板子也要刮九遍，定要把姓“苏”的斩尽杀绝。

他们果然是一路杀红了眼。有时一刀下去，把某位红军家属砍死在饭桌前，死者喉管里还挤牙膏似的冒出饭菜，冒出糊糊涂涂的红薯丝或者南瓜叶。

有些分过地主财物的农民，吓得杀鸡宰羊，办赔罪酒，甚至还参加民团一起“清乡”。不管愿不愿意，他们也得奉令朝大锅里伸筷子，把“爆脑壳”的人心人肺人肝人肠吃上一份，不然自己就得准备让别人来吃。

将军的大哥全家就是死于这一次“清乡”。二哥胆小，办了赔罪酒，保下一条小命。将军这时是红军的一个团长，远走江西，找到报仇的机会是几年后的事情。他没有找到大哥全家的坟前，因为大哥已被吃得骨头都不剩一根，没什么可入坟。他只能抱着大哥常坐的一件木凳大哭一场。就在这天，一桌吃酒席的乡绅来不及逃跑，躲在苞谷地里，终于被红军士兵发现，吓得都举起了双手。将军抽出大刀就朝那里赶。他娘知道他要做什么，疯了似的跑过来，扑通一声跪下，抱住了将军的腿：儿呵，儿呵，你这一杀不要紧，你要是走了，茶峒一百多号人就活不成了呵。

将军哭着喊：我要把他们剜出来！

老娘知道，他是要剜出大哥一家，吓得地上砸得额头咚咚响：你要剜，先把你娘剜了！

二哥也赶来跪下：三弟呵，三弟，我也吃了大哥的肉，我也吃了秋嫂的肉。我畜生不如，你也在我这里剜吧……

将军拔不动腿，发出一声长号。母子三人互相撕着，揪着，扯着，最后拥哭成一团。村里很多人也陪着他们大哭不已。

茶峒就这样保存了下来。

我看到茶峒的时候，它支着错错落落的几十片屋顶，有牛在田边吃草，有女人在门前做鞋垫。将军十几年前已经去世，死在北方一个副司令员的职位上。据说噩耗电报传来的时候，他家门前一棵老樟树刚刚轰然折断和枯亡，引起了很多人偷偷议论。他家的老房子眼下还没有毁掉，只是十分破败，一个革命纪念室的什么招牌油漆剥落，模糊不清。从窗子里望进去，那里堆放着几件尘封的农具，是禾桶和水车什么的，挂着厚实的蛛网。

听一个放牛的村民说，将军在职的时候很少回家乡。乡亲们原以为鸡犬升天，近水得月，但将军没让任何乡亲在城里谋得差事。他很多年前回过一次家乡，也只是请全村人吃了一顿饭，说是萝卜炖猪肉，实际上萝卜多，肉少——说到这事的时候，村民的口气里似乎还有一些不满。

将军的二哥也已去世。他生前不时接到北方来的汇款，也去城里享过几天福。不过他不喜欢城里，在北方那个城市下了火车以后，一钻进轿车，落座时大惊失色，说是什么鬼椅子呵，吓得他脔心差点跳到了口里。他更闻不得汽油味，要死要活地下车，说什么也要走路。将军没有办法，只好陪着老哥一路步行，让汽车在后面慢慢地跟着。

将军的娘当然也去世了。那个保住了村庄的女人，葬在老屋的后山上。有两只黑山羊常常在那里发出咩咩咩的叫声，听上去像萦绕不去的呜咽。听村民们说，那两只黑山羊不知是从哪里来的，因为不明底细，大家都不敢去抓，任它们自由出没。

八溪乡老式民居。
这种老屋多以宗族为单元集聚成片，
檐壁相接，
廊阶相连，
便于族内的联络和管理，
在乱世也有联防御匪的好处。

05 耳醒之地

八溪乡只有四千多人，却一把撒向了极目望断的广阔山地，于是很多地方见山不见人，任雀噪和蝉鸣填满空空山谷。

近些年，青壮年又大多外出打工，去了广东、浙江、福建等以前很少听说的地方，过年也不一定回家，留下的人影便日渐稀少。山里更显得寂静和冷落了。很多屋场只剩下几个闲坐的老人，还有在学校里周末才回家的孩子。更有些屋场家家闭户，野草封掩了道路，野藤爬上了木柱，忙碌的老鼠和兔子见人也不躲避。

外来人看到路边有一堆牛粪，或者是一个田边的稻草人，会有一种发现珍稀物品时的惊喜：这里有人！

寂静使任何声音都突然膨胀了好多倍。外来人低语一声，或咳嗽一声，也许会被自己的声音所惊吓。他们不知是谁的大嗓门在替自己说话，不知是何种声音竟敢冒天下之大不韪，闯下这一惊天大祸。

很多虫声和草声也都从寂静中升浮出来。一双从城市喧嚣中抽出来的耳朵，是一双苏醒的耳朵，再生的耳朵，失而复得的耳朵，突然发现了耳穴里的巨大空洞与辽阔，还有各种天籁之声的纤细、脆弱、精微以及丰富。只要停止说话，只要压下呼吸，遥远之处墙根下的一声虫鸣也可洪亮如雷，急切如鼓，延绵如潮，其音头和音尾所组成的漫长弧线，其清音声部和浊音声部的两相呼应，都朝着我的耳膜全线展开扑打而来。

我得赶快捂住双耳。

06　拍眼珠及其他

山里并不像外人想象的那么闭塞。自从电视和卫星天线降价，山民们的房前屋后出现铝皮锅，吞吸着亚太上空无形的卫星信号，于是武侠剧、歌手赛、外国总统、超短裙、男女接吻、英超球赛和日本卡通，还有丰乳霜和润滑油的广告，等等城里人熟悉的东西，也都变戏法似的无中生有，日夜空降遍入民宅，冲击着山民们的眼球。

不过，他们对这些似懂非懂，要看不看，把电视权当一张可以变幻多端的年画，徒增一点家里的热闹而已。有一家的电视，从一大早就叫嚷出了最大音量，播出某阿拉伯语的新闻——大概那语言同中国普通话一样难懂，或者主人从未打算从中听懂什么，也不曾听懂过什么，只是要用最大音量来扫除寂静。他不觉得有更换频道的必要。三个娃崽守在屏幕前，咬着指头，抹着鼻涕，看得津津有味。这比起他们以前看满屏雪花里几个鬼影当然要有意思多了——铝皮锅的功劳令人振奋。

我担心他们听不懂，告诉他们这不是中国的节目，意思是他们得学会选台。但主人并不在意，反而说这个频道好看，蛮好看，你不看么？

不知他们对阿拉伯为何情有独钟。

老人们年迈体弱，不大出山了，却胸怀五洲四海，经常与阿拉伯或印度的音画为伴。他们谈起世道大多从电视机谈起。一般来说，他们高兴科学的进步，毫无中世纪教廷那种对科学的恐惧。电视不就是“千里眼”么？手机不就是“顺风耳”么？飞机不就是“神行法”么？火车不就是明朝高人刘伯温的“铁牛肚子藏万人”么？……在他们看来，这一切早在中国人的预谋之中。他们连声啧啧，一个劲地摇头，惊叹古人的超前预见，也惊叹现代化无所不能，并且把所有奇迹都归功于国家领袖，比如毛泽东或邓小平这样的人物。

他们对现实也不很满意，尤其痛恨世风日下，人心不古，伦常丧尽。眼下偷茄子的有了，偷杉树的也有了。就算上了公堂，直的可以说弯，死的可以说活，恶人说不定还可以使钱买官司。照这样下去，天下焉得不乱？政府不猛下毒手，何谈治国安邦？特别是电视里男的抱着女的啃啃啃，女的抱着男的啃啃啃，抱住别人的婆娘或老公也还是啃啃啃，成何体统？下流不下流？他们一到这个时候就恨恨地质问：怎么没人来拍眼珠？

“拍眼珠”，是以前的私刑。一位法国史学家曾谈到地中海周边山区，说税收和法律无法延伸到高山，山民们总是生活在历史之外。但中国的山民们以前疏于国法，却不乏家法。直到上一个世纪，官权管制网络覆盖到最底层，国法兴而家法亡，现代国家体制才逐渐成形。但这在老人们看来利弊兼有，是说不大清楚的。他们巨大的困惑是：以前谁敢偷盗？谁敢淫邪？谁敢不孝父母？偷了一块熏肉，就须杀猪一头，请大家喝“洗脸酒”。要是罪行大了，祠堂门一开，就得把贼人绑在树上，用小竹筒套住他的眼睛，再在竹筒尾端猛力一拍，刺溜一下，贼人的眼珠就被挤压出来，带血带水地落在竹筒里——八溪乡老一辈中至今还有几个独眼人，脸上留有酷刑残迹。

“烧油扇”也是私刑之一。抓到偷人养汉的淫妇，至少也是要罚她几桌“洗脸酒”。要是她的罪大，就得把她全身剐光，让她坐进一个没有板子的椅框，下身一折，阴户朝外暴露。然后有一把油纸扇插入阴户，一经点火，阴户就烧得火冒油滴，毛焦肉臭，以后永不可再淫。

老人们说，男子犯家法也得论罪。山那边有个泥瓦匠，是个好色多骚的郎猪，即书上说的配种公猪。他脸皮也太厚了，睡人家的女儿不算，还睡人家的媳妇，最后还睡上自己的亲婶子。族老们对此气昏了头，说女儿么也就算了，反正是要嫁出去的，乱伦和乱种则万万不可，不沉塘灭逆，实在天理不容。

他们只是没有料到，那郎猪不但鸡巴骚，而且水性太好，被众人绑在楼梯上，沉到水塘里三番五次，一出水还在眼眨眉毛动，打喷嚏，甩脑袋，让众人十分无奈。

眼看日落西山，郎猪觉得乡亲们太累了，太没面子了，才主动给众人找了个台阶：“你们是真要我死呵？不是开玩笑呵？怎么不早说呢？快快快，削个塞子来，塞住我的屁眼。”

他的意思是，那样才能淹死他。

大家半信半疑，照他说的去削了个木塞子，堵住他的肛门。这样，当人们再次绑在楼梯上沉塘时，水里冒出一串气泡，然后不再有动静。

我不知这种传说是否有几分夸张。

笔者在鸡圈里装上了卫星锅。

直到20世纪50年代，这种聚合型老屋才大量消失，被独立分散的新民居取代。

07 智蛙

我们一家进了村，发现房子还没盖好，根本没法住。施工队的包工头老潘满脸歉意，说不是他有意谎报军情，耽误工期确有客观原因：下雨、停电、机器坏了，有人要回家插秧，等等。但我看他成天与妇女们打牌，输钱无数，是最受妇女们欢迎的“扶贫干部”——这才是误工的最大原因吧？

我这样一说，潘师傅红着脸，但坚决不承认。

我们只好暂时借居在附近的庆爹家，耐心等待工程扫尾，顺便也开始荒土的初垦。

庆爹家门前有一口荷塘，其实是水库的一部分，碰到水位上涨，水就通过涵管注满这一片洼地，形成一口季节性水塘。每天晚上，塘里的青蛙呱呱叫唤，开始时七零八落，不一会就此起彼伏，再一会就相约同声编列成阵，发出节拍整齐和震耳欲聋的青蛙号子，一声声锲而不舍地夯击着满天星斗。星斗战栗着和闪烁着，一寸寸向西天倾滑，直到天明前的寒星寥落。

有时候，青蛙们突然噤声，像全钻到地底下去了。

仔细一听，是水塘那边的小路上有人的脚步声。奇怪的是，不久前也有脚步声从那里经过，甚至有一群群娃崽打闹着跑过，青蛙如何没有停止叫唤？

庆爹说，老五来了。

我后来才知道，老五是个抓蛤蟆的。

我后来还知道，老五这一次尽管不是来抓蛤蟆，既没有带手电筒，又没有带小铁叉，但蛤蟆还是认出了他。

这真是怪事。如果不是我亲眼所见，我还真不能相信青蛙有这种奇能。它们居然从脚步声中辨出了宿敌的所在，居然迅速互通信息然后做出了紧急反应，各自潜伏一声不吭。它们不就是几只蛤蟆么？现代人用雷达、电脑、手机、激光、群发装置也勉为其难的事情，几只蛤蟆凭什么可以做到？

老五的脚步声过去以后，青蛙声又升起来了。不管我在塘边怎么走来走去，它们都不理睬我的疑惑，哪怕我重重跺脚，它们也一声声叫得更欢。我在黑夜里看不到它们，但我能想象它们脸上那种对低智能人类的一丝讥笑。

08 笑脸

下乡的一大收获，是看到很多特别的笑脸，天然而且多样。每一朵笑几乎都是爆出来的，爆在小店里，村路上，渡船上，以及马帮里。描述这些笑较为困难。我在常用词汇里找不出合适的词，只能想象一只老虎的笑，一只青蛙的笑，一只山羊的笑，一只鲢鱼的笑，一头骡子的笑……对了，很多山民的笑就是这样乱象迭出，乍看让人有点惊愕，但一种野生的恣意妄为，一种原生的桀骜不驯，很快就让我由衷地欢喜。

相比之下，都市里的笑容已经平均化了，具有某种近似性和趋同性。尤其是在流行文化规训之下，电视、校园、街道、杂志封面、社交场所等都成了表情制造模具。哪怕是在一些中小城镇，女生们的飞波流盼都可能有好莱坞的尺寸和风格，总是让人觉得似曾相识。男生们可能咧咧嘴，把拇指和食指往下巴一卡，模拟某个港台明星的代笑动作——我在有一段时间就好几次见到这种流行把戏。公园里的一个小孩不幸冲着照相机大笑了，旁边的母亲竟急得跺脚："怎么搞的？五号微笑！五号！"

吓得小孩赶快收嘴巴缩鼻子，整顿自己的表情。

山里人远离着“五号”或者“三号”，不常面对照相机的整顿要求，而且平日里聚少散多，缺少笑容的互相感染和互相模仿。各行其是的表情出自寂寞山谷，大多是对动物、植物以及土地天空的面部反应，而不是交际同类时的肌肉表达，在某种程度上还处于无政府和无权威的状态，尚未被现代社会的“理性化”统一收编，缺乏大众传媒的号令和指导。他们也许没有远行和暴富的自由，但从不缺少表情的自由。一条条奔放无拘的笑纹随时绽开，足以丰富我们对笑容的记忆。

我怀疑，在这里住过一段时间以后，我在镜中是否也会笑出南瓜或者石碾的味道，让自己大感陌生？

09　准制服

同我一起下乡的有妻子，还有姐姐和姐夫——他们从四川省一个大企业退休，这次一起来转业务农。他们虽然没有当过知青，但在大学时代参加过下乡“社教”和支农，对农村并不完全陌生。

村民们对我们的开荒有些好奇，挑剔我们的动作却赞许我们的工效，怀疑我们的理由却参与我们的规划。有的还给我们挑来猪粪和草灰。看到我们脚上的黄鞋子，他们脸上多有惊讶之色。我这才注意到，他们脚下已见不到这种鞋子。哪怕是一位老农，出门也经常踏一双皮鞋——尽管皮鞋可能蒙有尘灰甚至猪粪，破旧得像一只只咸鱼。年轻女子们当然更多一些讲究，脚下如果不是高跟鞋，就一定是松糕鞋——那种鞋底厚若砖块的日本样式。可能要不了多久，她们还会紧紧盯上吊带裙、露背装、指甲油、眼睫膏一类，一个个身体全方位装修升级，随时准备踏上VIP晚宴的红地毯。

西装成衣眼下太便宜了，已经普及到绝大多数青壮年男人，成了一种乡村准制服。不过，穿准制服挑粪或者打柴，撒网或者喂猪，衣型与体形总是别扭，裁线与动作总是冲突。肩垫和袖扣的无用自不用说，以挺括取代轻便也毫无道理。如果频频用袖口来擦汗，用衣角来擦拭烟筒，再在西装下加一束腰的围兜，或者在西装上加一遮阳的斗笠，事情就更加有点无厘头了。好在这是一个怎样都行的年头。既然城里人可以把京剧唱成摇滚，可以把死婴和马桶搬进画展，山里人为什么不能让西装兼容围兜和斗笠？难道只准小资放火，不准农夫点灯？

老五就总是穿上这么一件。一定是好些天没有换洗，一定是穿得过于多功能，他的西装已像硬硬的铠甲，而且是成人铠甲套在娃娃身上，甲片长得几可护膝。我问他为什么买得这么大。他兴冲冲地说："大号小号一个价。我拣大号的买，合算！"

他不过是买衣时想多谋几寸布。

端午节，我应邀去县城，参加祭祀屈原的大典。到了那里我才知道，身为陪祭的主宾之一，我必须穿上我家没有的西装。主人倒是很热情，马上从某照相馆给我借来一套，让我临时换上。可惜这一套太小，箍在我的身上，不仅把我捆成了一个粽子，而且热得我满头大汗，似乎我一面对屈原就有不可明言的紧张和羞愧。

身旁的台湾诗人余光中先生、湖南作家谭谈先生，都对我的满头大汗投来同情目光。不知是谁递给我擦汗的纸巾。

我只能苦笑："屈原是一老外吧？不然为什么大家都穿西装来见他?"

他们付之一笑。

10 特务

庆爹在地坪里歇凉，觉得我迁居山乡很奇怪，便想起了一个故事。

他年轻的时候当过民兵队长，曾奉上级命令，每天晚上到山顶上放哨，提防台湾方面派飞机来空投特务。当时刮着春夏之季的东南风，台湾方面曾放出大气球，空投过来一些传单、饼干、美女画片什么的，并宣称“第三次世界大战”和“反攻大陆”即将开始。

老庆很想接到饼干白糖什么的，但什么也没接到过，倒是有一天在树丛中发现了一个人，推了一把，发现对方面色铁青全身冰凉，这才魂飞魄散抱头鼠窜。死者是个女人，四十来岁，左耳根有个痦子，身上没有搏斗或强奸的痕迹。她没有背筐或挑担，看上去不像农民；也没戴手表或者插钢笔，不像是干部。衣袋里只有几块钱和一张废汽车票，从票面上也看不出汽车的起止地点——这是事后才知道的。

老庆没命地跑下山。后来县里人武部和公安局的都来了，没查出个结果。老庆带着民兵负责保护现场，轮流守着这个女尸，一直守到尸体渐渐发臭和生蛆，才获准将一堆腐肉草草葬在山上。那几天真不是人过的日子呵。老庆是队长，不能不带头勇敢，不能不在天高月黑的夜晚上山去，哆哆嗦嗦地捏住一杆梭镖，守住一堆正在生蛆和发臭的肉，听着大山上各种野物的叫声，还有枝叶在风中唰唰唰地狂啸。有一天夜里，大雨瓢泼，他全身水洗一样，泪水、尿水、雨水以及禁不住的冷汗一起流淌。

不知是不是出于幻觉，电光一闪之际，他发现死者已经坐了起来，吓得当即一声大叫就晕了过去。他说死说活再也不当民兵队队长了——这是后话。

死者的来历一直没有个说法。据说附近没有失踪者，公安局通报了全县、全省乃至全国，但各地都没有发现左耳根有个痦子的失踪者。即便在台湾海峡十分紧张的时候，对所有可疑人员排查最为严密的时候，事情还是成了一桩奇怪悬案。

我后来听说，这个世界的悬案其实很多。我一位朋友的妻子，并无精神性的病，有一天去工厂看望女儿以后，就再也没有回过家，不知去了哪里。我一位朋友的老师，在受到政治迫害最厉害的时候还活得很正常，倒是在平反复职以后的一天，骑着一辆自行车出门，从此人间蒸发，十多年里生不见人死不见尸，亲人们反复寻找也不知下落。有专家告诉我：这样的失踪者不在少数，几乎每天都有发生。

这些人到哪里去了？他们毫无理由舍弃自己的家，却事实上舍弃了。他们也许像山上那位神秘来客一样，被一座远方的大山召唤而去，在罕见人迹的密林里选定了归宿？

她的名字永不可知。我只能说，她也许是命定的漫游者，是上帝派来的特务，对大地进行某种隐秘的调查，对自己神圣的使命守口如瓶。

11　怀旧的成本

房子已建好了，有两层楼，七八间房，一个大凉台，地处一个三面环水的半岛上。由于我鞭长莫及无法经常到场监工，停停打打的施工便耗了一年多时间。房子盖成了一个红砖房，也成了我莫大遗憾。

在我的记忆中，以前这里的民宅大都是吊脚楼，依山势半坐半悬，有节地、省工、避潮等诸多好处。墙体多是石块或青砖组成，十分清润和幽凉。青砖在这里又名“烟砖”，是在柴窑里用烟“呛”出来的，永远保留青烟的颜色。可以推想，中国古代以木柴为烧砖的主要燃料，青砖便成了秦代的颜色，汉代的颜色，唐宋的颜色，明清的颜色。这种颜色甚至锁定了后人的意趣，预制了我们对中国文化的理解：似乎只有青砖的背景之下，竹桌竹椅才是协调的，瓷壶瓷盅才是合适的，一册诗词或一部经传才有着有落，有根有底，与墙体得以神投气合。

青砖是一种建筑象形文字，是一张张古代的水墨邮票，能把七零八落的记忆不断送达今天。

大概两年多以前，老李在长途电话里告知：青砖已经烧好了，买来了，你要不要来看看？这位老李是我插队时的一个农友，受托操办我的建房事宜。我接到电话以后抓住一个春节假，兴冲冲飞驰湖南，前往工地看货，一看竟大失所望。他说的青砖倒是青的砖，但没有几块算得上方正，一经运输途中的碰撞，不是缺边，就是损角，成了圆乎乎的碴团。看来窑温也不到位，很多砖一捏就出粉，就算是拿来盖猪圈恐怕也不牢靠；而且砖色深浅驳杂，是杂交母猪生出了一窝五花崽——莫不是要给炮兵们盖迷彩工事？

老李看出了我的失望，惭愧自己的大意，很不好意思地说，烧制青砖的老窑都废了，熟悉老一套的窑匠死的死了，老的老了，工艺已经失传。他买的这窝五花崽，还是在邻县费尽了口舌才请窑匠特地烧出来的。

老工艺就无人传承么？

他说，现在盖房子都用机制红砖，图的是价格便宜，质量稳定，生产速度快。红砖已经占据了全部市场，凭老工艺自然赚不到饭钱。

我说，那就退货吧。

他更急了，说退货肯定不行，因为发货时已经交了钱，人家吃到肚里的钱还肯吐出来？

建房一开局就这样砸了锅，几万块砖钱在冒牌窑匠那里打了水漂。我只得吞下这口苦水，只得权宜变通，吩咐工匠们拿这些砖去建围墙，或者铺路，或者垫沟。伪劣青砖既然成了半废物，附近有些村民也就闻风而来，偷偷搬了些去修补猪圈或者砌阶基——后来我在那里看得眼熟，只是不好说什么。

我记得城里有些人盖房倒是在采用青砖，打电话去问，才知道那已经不是什么建筑用料，而是装饰用料，撇下运输费用不说，光是砖价本身已经让人倒抽一口冷气。我这才知道，怀旧是需要成本的，一旦成本高涨，传统就成了富人的专利，比如穷人爱上了富人的红砖之时，富人倒爱上了穷人的青砖；穷人吃上富人的鱼肉之时，富人倒是点上了野菜；穷人穿上了富人的皮鞋之时，富人倒是兴冲冲盯上了布鞋……市场正在重新分配趣味与习俗，让穷人与富人在美学上交换场地。

我曾经在一个座谈会上说过：所谓人性，既包含情感也包含欲望。情感多与过去的事物相联，欲望多与未来的事物相联，因此情感大多是守旧，欲望大多是求新。比如一个人好色贪欢，很可能在无限春色里见异思迁——这就是欲望。但一个人思念母亲，决不会希望母亲频繁整容千变万化。即使母亲到手术台上变成个大美人，也纯属不可思议，因为那还是母亲吗？还能引起我们心中的记忆和心疼吗？——这就是情感，或者说，是人们对情感符号的恒定要求。

这个时代变化太快，无法减速和刹车的经济狂潮正铲除一切旧物，包括旧的礼仪，旧的风气，旧的衣着，旧的饮食以及旧的表情。从某种意义上来说，这使我们欲望太多而情感太少，向往太多而记忆太少，一个个都成了失去“母亲”的文化孤儿。

然而，人终究是人。人的情感总是要顽强复活，不知什么时候就会有冬眠的情感种子破土生长。也许，眼下都市人的某种文化怀旧之风，不过是商家敏感到了情感的商业价值，迅速接管了情感，迅速开发着情感，推动了情感的欲望化、商品化、消费化。他们不光是制造出了昂贵的青砖，而且正在推销昂贵的字画、牌匾、古玩、茶楼、四合院、明式家具等等，把文化母亲变成高价码下的古装贵妇或古装皇后，逼迫有心归家的浪子们一一买单。

对于市场中的失败者来说，这当然是双重打击：

他们不但没有实现欲望的权利，而且失去了感情记忆的权利，只能站在价格隔离线之外，无法靠近昂贵的母亲。

笔者的红砖小楼。相邻的学校在画面上看不到的树丛那一边。

12 开荒第一天

手掌皮肤撕裂的那一刻，过去的一切都在裂痛中轰的一下闪回。我想起了三十多年前的垦荒，把耙头齿和锄头口磨钝了，磨短了，于是不但铁匠们叮叮当当忙个不停，大家也都抓住入睡前的一时半刻，在石阶上磨利各自的工具。嚓嚓嚓的磨铁之声在整个工区此起彼伏响彻夜天。

那是连钢铁都在迅速消融的一段岁月，但皮肉比钢铁更经久耐用。耙头挖伤的，锄头扎伤的，茅草割伤的，石片划伤的，毒虫咬伤的……每个人的腿上都有各种血痂，老伤叠上新伤。但衣着褴褛的青年早已习惯。朝伤口吐一口唾沫，或者抹一把泥土，就算是止血处理。我们甚至不会在意伤口，因为流血已经不能造成痛感，麻木粗糙的肌肤早就在神经反应之外。我们的心身还可一分为二：夜色中挑担回家的时候，一边是大脑已经呼呼入睡，一边是身子还在自动前行，靠着脚趾碰触路边的青草，双脚能自动找回青草之间的路面，如同一具无魂的游尸。只有一不小心踩到水沟里去的时候，一声大叫，意识才会在水沟里猛醒，发觉眼前的草丛和淤泥。

有一天我早上起床，发现自己两腿全是泥巴，不知道前一个晚上自己是怎么入睡的，不知道蚊帐忘了放下的情况之下，蚊群怎么就没有把自己咬醒。还有一天，我吃着吃着饭，突然发现面前的饭钵已经空了四个，这就是说，半斤一钵的米饭，我已经往肚子一共塞下了两斤，可裤带以下的那个位置还是空空，两斤米不知填塞了哪个角落……眼下，我差不多忘记了这样的日子，一种身体各个器官各行其是的日子。

我也差点忘记了自己对劳动的恐惧：从那以后，我不论到了哪里，不论离开农村有多久，最大的噩梦还是听到一声尖锐的哨响，然后听到走道上的脚步声和低哑的吆喝："一分队！耙头！箢箕！"

这是哈佬的声音——他是我以前的队长，说话总是有很多省略。

三十多年过去了，哈佬应该已经年迈，甚至已经不在人世，但他的吆喝再一次在我手心裂痛的那一刻闪回，声音洪亮震耳。不知为什么，我现在听到这种声音不再有恐惧。就像太强的光亮曾经令人目盲，但只要有一段足够的黑暗，光明会重新让人怀念。当知青时代的强制与绝望逐渐消解，当我身边的幸福正在追踪腐败，对不起，劳动就成了一个火热的词，重新放射出的光芒，唤醒我沉睡的肌肉。

坦白地说：我怀念劳动。

坦白地说：我看不起不劳动的人，那些在工地上刚干上三分钟就鼻斜嘴歪屎尿横流的小白脸。

我对白领和金领不存偏见，对天才的大脑更是满心崇拜，但一个脱离了体力劳动的人，会不会有一种被连根拔起没着没落的心慌？会不会在物产供养链条的最末端一不小心就枯萎？会不会成为生命实践的局外人和游离者？连海德格尔也承认："静观"只能产生较为可疑的知识，"操劳"才是了解事物最恰当的方式，才能进入存在之谜——这几乎是一种劳动者的哲学。我在《暗示》一书里还提到过"体会""体验""体察""体认"等中国词语。它们都意指认知，但无一不强调"体"的重要，无一不暗示四"体"之劳在求知过程中的核心地位——这几乎是一套劳动者的词汇。然而古往今来的流行理论，总是把劳力者权当失败者和卑贱者的别号，一再翻版劳心者们的自夸。

一位科学院院士肥头大耳，带着两个博士生，在投影机前曾以一只光盘为例，说光盘本身的成本不足一元，录上信息以后就可能是一百元。女士们先生们，这就是一般劳动和知识劳动的价值区别，就是知识经济的意义呵。

我听出了他的言下之意：他的身价应比一个臭劳工昂贵上百倍乃至千万倍。

可在一斤粮食里，如何计算他说的知识？

在一尺棉布里，如何计算他说的知识？

把书写工具（光盘、纸、竹简等）等同一切物质财富，这个概念偷换也太过分了。他为什么不说说，书写工具也可能记录错误的知识？也可能记录不太错误但过于重复和平庸的知识？

问题不在于知识是否重要，而在于1 ∶ 99的比价之说是出于何种心机。我差一点要冲着掌声质问：女士们先生们，你们准备吃光盘和穿光盘吗？你们把院士先生这个愚蠢的举例写进光盘，光盘就一定增值么？

我当时没有提问，是被热烈的掌声惊呆了：我没想到鼓掌者都是自以为能赚来99%的时代中坚。

一个科学幻想作品曾经预言：将来的人类都形如章鱼，一个过分发达的大脑以外，无用的肢体将退化成一些细弱的游须，只要能按按键盘就行。我暂不怀疑键盘能否直接生产出粮食和衣服，也暂不怀疑一个键盘在七十二行的实践之外能书写出多么高深的学问，但章鱼的形象至少让我鄙薄。一台形似章鱼的多管吸血机器更让我厌恶。这种念头使我立即买来了锄头和耙头，买来了草帽和胶鞋，选定了一块寂静荒坡，向想象中的满地庄稼走过去。阳光如此温暖，土地如此洁净，一口潮湿清冽的空气足以洗净我体内的每一颗细胞。从这一天起，我要劳动在从地图上看不见的这一个山谷里，要直接生产土豆、玉米、向日葵、冬瓜、南瓜、萝卜、白菜……我们要恢复手足的强壮和灵巧，恢复手心中的茧皮和面颊上的盐粉，恢复自己大口喘气浑身酸痛以及在阳光下目光迷离的能力。我们要亲手创造出植物、动物以及微生物，在生命之链最原初的地方接管我们的生活，收回自己这一辈子该出力时就出力的权利。

这决不意味着我蔑视智能，恰恰相反——这正是我充分运用智能后的开心一刻。

今天的小农经济爱好者。

13 治虫要点

治虫须注意以下几点：

早知虫情 一般来说，主要看作物的状态，尤其是要注意虫卵和虫粪。地面上如果出现了黑色的小粪粒，那么这里的虫情已经严重。绿色的大肉虫，橙色的小甲虫，麻色的小飞虫，黑色的小毛虫，虽然还没有开始蛀碎枝叶，但可能已经潜入花心或者瓜果，在那里暗暗下着功夫。如果是树木那里出现了蚁害，树干上一道道黄泥迅速扩展，就是白蚁或黄蚁留下的明显痕迹。主人都得尽早查找和打击。

准确下药 农药分高毒类和低毒类、触杀类和嗅杀类，如此等等有许多区别。对虫下药才可事半功倍，因时准确下药切不可疏忽。我本来有志于绿色农业，决心戒除化学药剂，但实际上无法完全做到。在所有替代方法都不足以除害的时候，能做到不用高毒农药，能做到小剂量用药，就已经不易。不过，见虫便杀也不可取。有时候一阵狂风大雨之后，虫子就少了许多，可谓“天杀”，不知是何原因。有些虫子也并不贪心，吃了点枝叶，并不造成大害，然后就会自动消失，可谓“自绝”，同样不知是何原因。在这些情况下，农人不如无为而治，避免过度反应之下的药害大过虫害。

防止误杀 虫子就是虫子，对人类而言分为益、害两类。这是人类自利目标之下的一种强词，我虽然存疑但权且袭用。有些飞虫像蜜蜂一样有传粉的功能，对作物有益无害，或害少益多。蜘蛛惹人讨厌，在林木间暗暗拉线织网，让人一不小心撞上去满脸痒兮兮，真抓挠起来又似有似无——它们在你刚走过的路上迅速恢复封锁，结网之快和拉网之长简直令人瞠目。但它们正好是很多害虫的杀手，误扰人类之举，理应获得谅解。还有一种黑色的多足爬虫，一些彩色的硬壳瓢虫，形象丑陋，繁殖极快，经常三三两两爬上台阶，在人的鞋底下牺牲得咔哧咔哧脆响。但这些虫吃泥，并不伤害作物。它们壳多肉少，也从不引起鸡鸭的兴趣。

绿色治虫也须权衡利弊 戴着老花眼镜到菜园里捉虫是个不错的方法，可取代喷药。但这种绣花般的手工作业效率嫌低，放在小小菜园里尚可，难以解决大面积生产的难题。放出鸡兵鸭将可算作生物治虫，但鸡鸭荤素俱取，确实啄去了一些害虫，也会把瓜菜吃得七零八落。其得失相比，不一定合算。还有一种电网拍，是灭蚊的一种新产品，拿来电击飞虫同样有效，不会造成化学污染。它的缺点是能空战但不便陆战，对地蚕子、钻心虫一类爬虫无可奈何。我当知青的时候，农民还广泛地使用过一种诱蛾灯，每当稻飞虱等害虫成蛾的时节，我们入夜就去田里放置一些木盆，盆里注水，加一点柴油，再点上一盏油灯，利用蛾子的趋光性，引诱蛾子撞入水中被柴油毒杀。我记得当时长空星汉灿烂，大地万灯闪烁，天地间浑然一片童话，恍惚之际不知此身何在，今夕何夕。

为何农民眼下不使用这种美丽的方法治虫？是不是柴油太贵反而不如农药来得便宜？还是嫌放盆点灯的过程过于繁琐？

乡下的虫子千差万别，是种类最为丰富但又最为隐蔽的活物，如同山林的茸毛，野地的氤氲，自然界里有嘴有牙的尘埃。这些家伙一旦对人表示出兴趣，也可能送上一份热烈的问候，一份稍觉粗野的亲近，比如在人身上叮咬出一些汹涌而来的红斑，奇痒无比，折磨于心，甚至毒痕久久不褪。

城里人对这种亲近最为恐惧，尤其是很多女士，可能不怕苦不怕死，只是一听说虫子就会抱臂尖叫。

但细想一下，如果没有这种叮咬，那还是乡村吗？还是大自然吗？那种不痛不痒的乡村，充其量只是度假村，一种局部都市的异地移植。换句话说，一个人只有在虫子暗算之下变得皮肤粗糙，不再需要药膏和药水，甚至麻木不仁浑然不觉，大概才算得上真正的乡下人。

《马桥词典》的英译者J. 拉芙尔女士来自英国，一个长时间里靠大量化学药剂灭杀蚊虫的地方，一个力图确保人们不痛不痒的地方。她在八溪峒住了几日，挠着腿上一串红斑："你们这里的生态环境不错，居然还有蚊子！"

她口气里几乎有一种喜出望外。她似乎觉得，奇痒的红斑不但是乡下生活的入门密码，还是生态安全的必要标识。

《马桥词典》的英译者Julia Lover，在八溪乡住过几日。

14　村口疯树

沿溪水而上，走到前面一个大岭，溪水便分成两道，分别来自两个峡谷：左边是梅峒，右边是猫公冲。“冲”或者“峒”都是山谷的意思。

梅峒的峒口有一高坡，坡上有个空心大树蔸，大如禾桶，桶中积有尘土。有两个小孩子在这里翻进翻出地玩耍，树前还插有五六根香尾子。

看到这些不知何人留下的残香，便可知这棵树有些来历。同行的莫求告诉我，原来这里有两棵枫树，他家祖爹看见它的时候，它们就已经树高接天，所以谁也不知道它们到底长了多少年。从外形上看，老树大限在即，树冠平顶，有些树杈干枯，主干均已开始空心，有的地方只剩下两三寸厚的一圈树皮，一敲起来有咚咚鼓响。听老人们说过，以前每逢村子里谁家有丧事，这两棵树就枝叶摇动，摇出水滴，有如下雨，村民们谓之“树哭”。有人怀疑这两棵树已经成精为怪，要动手把它砍伐。但他们拿着斧锯一旦逼近，老树就突然訇訇雷吼，震得枯叶飘落地面发抖，吓得人们不敢动手。后来人们把这种发作叫作“树吼”。

为了这两棵树，蕉冲与梅峒的人在好些年前打过架。蕉冲的人说，树在他们的地界内，要剁就剁，要砍就砍，是他们的权利。他们这次要把树砍去给庙里烧炭。梅峒的人则说，大树是他们的关口，蕉冲的人要破关，坏了风水，岂能答应！

双方开始是对骂，接着是行武，最后是打官司。蕉冲的人来抢牛，梅峒的人就用矛子戳，戳倒了其中的一个，血淋淋的肠子滑出肚子好几尺，在田边拖成了一长线。后来官司算是打平了：梅峒的人赔医药费和办赔礼酒，但枫树还是归梅峒所有。

双方在树旁立碑为约。

事情过了几十年，有一次雷击起火，两棵树完全枯死了。蕉冲有个叫满四爹的人，是个杀猪的，要来买枫树做柴烧。梅峒的人不卖，说古木都会有些神，何况这两棵树一直不清静。你要剁，是你的事。反正我们不能卖，不说这个“卖”字。满四爹已经一把屠刀杀生无数，说他这一辈子只怕跌跤，只怕蛇咬，就是不怕鬼叫。他倒想捉个鬼来玩玩。他说完就去把其中的一棵锯倒了，锯散了，一担一担往家里担散柴。但当天晚上他就发高烧，昏话连篇，说树洞里飞出一条蛇，正在缠他的颈根。他家里的人杀了一头猪，做了三十六碗肉去敬树祈神，结果还是于事无补：满四爹第二天就死在医院里。

几年之后，猫公冲有一个复员军人回乡。因为在外面受过新式教育，他回家后可以讲一口普通话，可以吹口琴，还只相信科学，雄赳赳地不怕鬼。他懒得去山上砍柴，想就近剁点枝叶，也打起了老树的主意。人们说这家伙普通话讲得再好也没用，阳气还是不足，不过是砍了一点枯枝，回到家就疯了：老说自己的裤带是蛇，把一条条裤带全都摔到门外。结果裤子垮下来，露出了他的半边屁股。邻居们来看他的时候，他还撅着半边光屁股往床下钻，躲到那里惊恐万状。

人们这才知道，枫树者，疯树也，是会让人发疯的呵。

关于疯树的故事从此更多了。很多人说，他们夜里路过疯树的时候，发现树已经睡倒了，一道大堤似的堵住路面，没人能翻爬得过去。但第二天再去看，老树还是立在那里，并没有倒下来。大家回家查查自己换下的衣，那里也没有泥水或者青苔，并无翻爬的痕迹。

这当然是一件怪事。关于老树昼立夜伏的消息从此传得很远。

乡政府对这种越传越盛的迷信十分不满，觉得政策受到了奇谈怪论的干扰，政府威望受到严重冒犯，决定由民兵营长庆长子带队，集中十几个青壮年民兵，将老树彻底锯倒，对反动事物来个彻底打击。人们说，那次杀树真是惊心动魄。大树一开始呼呼生风，接着变成訇訇狂吼，但扛不住民兵们开了誓师会，喝了誓师酒，借着酒力大斧大锯一齐向前。老树邪不压正，一场恶斗之后，终于腾出了一大片天空。但这家伙倒下之前四处冒烟，树体内发出吱吱嘎嘎巨响，放鞭炮一般，足足炸了个把时辰，把众人都惊呆了。到最后，树梢尖子哗啦一颤，庞然树干一颤，一扭，一旋，一跳，人们还没看清是怎么回事，哗啦啦的一阵黑风就朝庆长子这边扑将过来。

民兵们已经请教过老班子，知道凡老树倒下之前都会狂蹦乱跳，因此他们早有准备，远远地躲开。但没料到这疯子竟然蹦出几尺高，旋出几丈远，奔袭路线完全不讲规矩也无法预测，活生生把一位民兵的右脚砸瘪了，砸成了肉泥。

领头的庆长子倒是没事。他事后夸耀，他那天略施小计，穿了个半边衣，有一只空袖子吊来甩去，看上去像是有三只手。树神就算是记恨他，但往后到哪里去找有三只手的人?

为了让树神放过他，从那以后，他每次出门还把蓑衣倒着穿，或者把帽子反着戴，让宿敌无法认识。得罪了老枫树的后生们也都学他，后来经常把蓑衣和草帽不按规矩穿戴，甚至把两只鞋子也故意穿反，把两只袜子故意套在手上，把妇女的花头巾故意缠在头上，给这个山村带来一些特殊景象。

从梅峒流出来的溪水，为八溪峒所号称的『四十八溪』之一。

15　月夜

月亮是别在乡村的一枚徽章。

城里人能够看到什么月亮？即使偶尔看到远远天空上一丸灰白，但暗淡于无数路灯之中，磨损于各种噪音之中，稍纵即逝在丛林般的水泥高楼之间，不过像死鱼眼睛一只，丢弃在五光十色的垃圾里。

由此可知，城里人不得不使用公历，即记录太阳之历；乡下人不得不使用阴历，即记录月亮之历。哪怕是最新潮的农村青年，骑上了摩托用上了手机，脱口而出还是冬月初一腊月十五之类的计时之法，同他们抓泥捧土的父辈差不多。原因不在于别的什么——他们即使全部生活都现代化了，只要他们还身在乡村，月光就还是他们生活的重要一部分。禾苗上飘摇的月光，溪流上跳动的月光，树林剪影里随着你前行而同步轻移的月光，还有月光牵动着的虫鸣和蛙鸣，无时不在他们心头烙下时间感觉。

相比之下，城里人是没有月光的人，因此几乎没有真正的夜晚，已经把夜晚做成了黑暗的白天，只有无眠白天与有眠白天的交替，工作白天和睡觉白天的交替。我就是在三十多年的漫长白天之后来到了一个真正的夜晚，看月亮从树荫里筛下的满地光斑，明灭闪烁，聚散相续；听月光在树林里叮叮当当地飘落，在草坡上和湖面上哗啦哗啦地拥挤。我熬过了漫长而严重的缺月症，因此把家里的凉台设计得特别大，像一只巨大的托盘，把一片片月光贪婪地收揽和积蓄，然后供我有一下没一下地扑打着蒲扇，躺在竹床上随着光浪浮游。就像我有一本书里说过的，我伸出双手，看见每一道静脉里月光的流动。

盛夏之夜，只要太阳一落山，山里的暑气就消退，辽阔水面上和茂密山林里送来的一阵阵阴凉，有时能逼得人们添衣加袜，甚至要把毯子裹在身上取暖。童年里的北斗星在这时候出现了，妈妈或奶奶讲述的牛郎织女也在这时候出现了，银河系星繁如云星密如雾，无限深广的宇宙和无穷天体的奥秘哗啦啦垮塌下来，把我黑咕隆咚地一口完全吞下。我是躺在凉台上吗？也许我是一个无依无靠的太空人在失重地翻腾？也许我是一个无知无识的婴儿在荒漠里孤单地迷路？也许我是站在永恒之界和绝对之境的入口，正在接受上帝的召见和盘问？……

我突然明白了，所谓城市，无非是逃避上帝的地方，是没有上帝召见和盘问的地方。

山谷里一声长啸，大概是一只鸟被月光惊飞了。

16　瞬间白日

一天深夜，东山放亮但月亮还没有出山，天上倒是繁星灿烂，偶尔还有三两流星划过。一件奇怪的事在这一刻发生：就像夜晚突然切换成白天，世界万物从黑暗中冒出来，变得一览无余甚至炽白刺目。近处的人面，远处的房屋和山水，刹那间千姿百态五颜六色地一齐凝结和曝光，让我与家人面面相觑，不知发生了什么事情。

但这个短暂的白天只持续了两三秒就突然消失了，眼前的一切重新沦入黑暗。我们愣了一下，不大习惯夜幕的陡落和突降。

是雷击么？天上没有一丝阴云，也没有听到雷声。是极光么？这里远离极地，而且书本上的极光也不可能这么短暂。那么是公路那边偶尔出现的车灯？有可能。但那一刻根本没有汽车，没有摩托车，而且再高级的车灯也不可能亮到那样的程度：一瞬间照亮千山万水。

直到现在，我也不知道那个瞬间的白日是怎么回事。

17　太阳神

以前我只知道向日葵，现在才知道几乎所有的树都是向日树，所有的草都是向日草，所有的花都是向日花。

我家种的美人蕉和铁树，长着长着都向一旁倾斜而去，原因不是别的，是头上盖有其他树冠，如果它们不扭头折腰另谋出路，就会失去日照。我家林子里的很多梓树瘦弱细长，俨然有“骨感美”，其原因不是别的，是周围的树太拥挤，如果它们不拼命地拉长自己，最上端的树梢就抓不到阳光。

我现在明白了，万物生长靠太阳——农业其实是最原始和最庞大的太阳能产业，一直在承接和转换着金色能量，包括造福人类这样的终端客户。

那么，所谓太阳神不过是这一传统产业的形象徽标，表现出生物圈里每一天的日常真实，不是什么古人的虚构。

在一场争夺阳光的持久竞争中，失败的草木一旦蒙受荫蔽，就会大失生命的活力，无精打采，有气无力，很可能成为日后一棵高龄的侏儒，乃至沦入枯萎或者腐烂。这使我想起了瑞典、挪威、冰岛以及其他一些北欧国家，地处北极圈附近，一旦进入夜长昼短的阴沉冬季，上午快十点才天亮，下午三点多就天黑，人们脸上大多愁眉不展暗云浮现。政府巨大的福利开支之一，就是给所有国民发放药丸以防治抑郁症，一直发放到春夏的到来。女孩们扮成光明之神露西亚，也会在夜晚最长的那一天，举着可爱的烛火，到处巡游和慰问，鼓舞人们抵抗漫长冬夜的勇气——这些情况放到一个阳光富足的热带国家，也许会让人难以理解。

我的一部分瓜菜看来是患上北欧抑郁症了，需要治病的什么药丸了，或者需要到加勒比海或印度洋去度假了。随着近旁的梓林和竹林越来越扩张，荫蔽所至之处，它们只能变得稀稀拉拉，要死不活。

阳光的价格在这个情况下就产生了。它是我家瓜菜的价格，或者是北欧富人们到加勒比海或者印度洋去晒太阳的飞机票价格。

世界上任何一样东西原来都很昂贵，哪怕像阳光这种取之不尽和世人皆有的东西。反过来说，所谓昂贵，通常是人为的结果，是一些特定情境中的短暂现象，甚至只是一种价值迷阵里的心理幻影。想想看，一旦石油枯竭，汽车就只能是一堆废铁。一旦币制崩溃，金钞就只能是一堆废纸。贵妃陷入病重之时，一定会羡慕活泼健康的村妇。财阀遇上牢狱之灾，一定会嫉妒自由无拘的乞丐……在时局的千变万化中，任何昂贵之物忽然间都可能一钱不值，而任何低贱之物忽然间都可能价值连城。

所以古人有太阳神。

所以古人有海神和山神。

所以古人有火神、风神以及树神……

古人对贵贱的终极性理解，通常在人类历史中沉睡，在我们的忙忙碌碌中被遗忘，比如在沉甸甸的斜阳落满秋山的时候，也是我买到食盐后一步步回家的时候。

18 蠢树

佛教悲怀一切有眼睛的生命，心疼世间一切“有情”——这是指所有动物，也包括人。这样一来，只有植物降了等级，冷落在悲怀的光照之外，于是牛羊大嚼青草从来不被看作屠杀，工匠砍削竹木从来不被看作酷刑。

佛祖如果多一点现代科学知识，其实可知草木虽无心肝和手足，却也有神经活动和精神反应，甚至还有心理记忆和面部表情——至少比网络上的电子虚拟宠物要“有情”得多。

我家的葡萄就是小姐身子丫鬟命，脾气大得很，心眼小得很。有一天，一枝葡萄突然叶子全部脱落，只剩下光光的枝杆，在葡萄群体中一枝独裸和一枝独疯。我想了好一会，才记起来前一天给它修剪过三四片叶子，意在清除一些带虫眼的破叶，让它更为靓丽。肯定是我那一剪子惹恼了它，让它怒从心头起，恶向胆边生，来了个英勇的以死抗争。你小子剪什么剪？老娘躲不起，但死得起，不活了！

其他各株葡萄也是不好惹的家伙，不容我随意造次。又一次，我见另一株葡萄被风雨吹得歪歪斜斜，好心让它转了个身子，攀上新搭的棚架。我的手脚已经轻得不能再轻，态度已经和善得不能再和善，但还是再次逼出了惊天动地的自杀案，又是一次绿叶呼啦啦尽落，剩下光秆一根，就像被大火烧过了一般。直到两个多月后，自杀者出足了气，要足了性子，枯秆上才绽出一芽新绿，算是气色缓和，心回意转。

当然，也许葡萄脱叶不是因为脾气太大，恰恰是因为胆子太小。它们刚从遥远的地方移植山峒，人生地不熟，举目无亲，无依无靠，怯生生地活得提心吊胆，一遇风吹草动还不吓得死去活来?

这也是可能的。

相比之下，梓树就沉稳和淳厚得多。工匠们建房施工时，把一棵碍事的小梓树剁了，又在树根旁挖灶熬浆料，算是刀刑火刑无所不用其极，足足让小树死了十几遍。不料工匠离开半年之后，这树蔸无怨无悔，从焦土里抽枝发叶，顽强地活了过来，很快撑起了一片绿荫。看来，中国古人将木匠名为“梓匠”，将故乡名为“桑梓”，将印刷名为“付梓”，对这种梓树念念在怀，赋予它某种国粹身份和先驱地位，与它的不屈不挠和任劳任怨可能不无关系。

我只是觉得这种树稍稍有点蠢，有点弱智，比如初秋之际，寒暖不定，它们似乎是被气候信号搞糊涂了，不知眼下是什么季节，便又落叶又发芽的，如同连哭带笑，又加棉袄又摇扇，有点丢人现眼。

我家的梓园原来也是蠢园呵。我忍不住嘀咕。

19　再说草木

草木的心性其实各个不一：牵牛花对光亮最敏感，每天早上速开速谢，只在朝霞过墙的那一刻爆出宝石蓝的礼花，相当于植物的鸡鸣，或者是色彩的早操。桂花最守团队纪律，金黄或银白的花粒，说有，就全树都有，说无，就全树都无，变化只在瞬间，似有共同行动的准确时机和及时联系的局域网络，谁都不得擅自进退。

比较而言，只有月季花最娇生惯养。它们享受了最肥沃的土壤，最敞亮的受阳区位，最频繁殷勤的喷药杀虫，还是爱长不长，倦容满面，玩世不恭，好吃懒做。硬要长的话，突然蹿出一根长枝，挂上一两朵孤零零的花，就把你给打发掉。

阳转藤自然是最缺德的了。一棵乔木或一棵灌木的突然枯死，往往就是这种草藤围剿的恶果。它的叶子略近薯叶，看似忠厚。这就是它的虚伪。它对其他植物先攀附，后寄生，继之以绞杀，具有势利小人的全套手段。它放出的游走长藤是一条条不动声色的青色飞蛇，探头探脑，伺机而动，对辽阔田野充满着统治称霸的勃勃野心。幸好它终不成大器，否则它完全可能猛扑过来，把行人当作大号的肥美猎物。

我的柴刀每年都得数次与这种长蛇阵过招，以保护我的电话线不被它劫持和压垮。

当一棵树开花的时候，谁说它就不是在微笑——甚至在阳光颤动的一刻笑如成熟女郎，笑得性感而色情？当一片红叶飘落在地的时候，谁说那不是一口哀怨的咯血？当瓜叶转为枯黄甚至枯黑的时候，难道你没有听到它们咳嗽或呻吟？有一些黄色的或紫色的小野花突然在院墙里满地开放，如同一些吵吵闹闹的来客，在目中无人地喧宾夺主。它们在随后的一两年里突然不见踪影，不知去了哪里，留下满园的静寂无声。我只能把这事看作是客人的愤然而去和断然绝交——但不知我在什么事上得罪了它们。

再说我们同时栽下的一些橘树吧。手心手背都是肉，我对它们同样地挖坑同样地修剪同样地追肥，但靠路边的三棵长得很快，眼看就要开花挂果。另有一株，身架子还没长满，也跟着早婚早育，眼看就要衔珠抱玉。但其他几株无精打采，长来长去还是侏儒，还是呆头呆脑，甚至叶子一片片在蜷缩。有一位农妇曾对我说：你要对它们多讲讲话么。你尤其不能分亲疏厚薄，要一碗水端平么——你对它们没好脸色，它们就活得更没有劲头了。

这位农妇还警告，对瓜果的花蕾切不可指指点点，否则它们就会烂心（妻子从此常常对我大声呵斥，防止我在巡视家园时犯禁，对瓜果的动作过于粗鲁无礼）。发现了植物受孕了也不能明说，只能远远地低声告人，否则它们就会气死（妻子从此就要我严守菜园隐私，哪怕回到餐桌前和书房里也只能交换暗语，把“授粉”“挂果”一类农事说得鬼鬼祟祟）。

我对这些建议半信半疑：几棵草木也有这等心思和如此耳目？

后来才知道，山里的草木似乎都有超强的侦测能力。据说油菜结籽的时候，主人切不可轻言赞美猪油和茶油，否则油菜就会气得空壳率大增；楠竹冒笋的时候，主人也切不可轻言破篾编席一类竹艺，否则竹笋一害怕，就会呆死过去，即使已经冒出泥土，也会黑心烂根。

关键时刻，大家都得管住自己的臭嘴。

蓝色的牵牛花
只在清晨一刻短暂开放。

栽下的蜜橘
开始大面积挂果。
其果无核，
极甜，
不愧是最新优良品种。

20　红头文件

表一：

名称	数量（公斤）	名称	数量（公斤）	名称	数量（公斤）
豆角	21.7	冬瓜	86.8	空心菜	21.8
四季豆	4.2	南瓜	43.2	苋菜	12.0
辣椒	38.1	黄瓜	16.2	茄子	7.9
苦瓜	7.2	丝瓜	26.3	西红柿	5.6
玉米	18.8	金瓜	3.4	藠头	3.0
萝卜菜	9.5	小白菜	3.7	小南瓜	3.6

以上是2004年度春夏两季我家农产品收成总表，其中没有包括喂鸡的劣质瓜菜，没有包括葱、韭菜、苦菜、白菜、萝卜、白瓜、芋头、姜、凉薯、葵花子等小批量收成。

表二：

名称	数量（公斤）	名称	数量（公斤）	名称	数量（公斤）
豆角	28.4	冬瓜	21.0	茄子	17.3
四季豆	4.2	南瓜	21.3	西红柿	5.1
辣椒	31.0	黄瓜	27.4	白瓜	7.2
苦瓜	5.0	丝瓜	40.3	小南瓜	3.6
空心菜	6.4	包菜	5.8	小白菜	14.1
苋菜	12.2	玉米	4.8	橘子	20.0

以上是2005年度春夏两季我家农产品收成总表，其中也没有包括喂鸡的劣质瓜菜，没有包括葱、韭菜、苦菜、萝卜、芋头、姜、凉薯等小批量收成。

这些自产瓜菜微不足道，因为从不进入市场流通，更不可能纳入国内生产总值（GDP）——这多少是个GDP的漏洞。我把这些报表通过因特网发给了国内和国外的所有亲人，算是一份来自八溪峒的红头文件：向他们备案，请他们参阅，包括提醒他们对全球GDP数据实行必要修正。

吃不完的菜，通常只能做成腌菜或者干菜。进省城的时候，我与妻子带上干萝卜、干豆角、干茄片之类，一一分送朋友。为了便于携带，也为了夸张它们的品质和价值，我们事先把它们小袋包装，贴上电脑打印出来的商标和条形码，使之有模有样气度非凡，足以到超市去以假乱真。这些产品当然颇受欢迎。不过，当年的插友们眼下大多活得很文明了，尤其是养老金有保证的退休女士们，见面一开口就是钢琴、京剧、合唱团、国标舞、陶艺收藏、MP3以及DV短片制作等等，统统是上层建筑和精神领域的雅事。相形之下，我们风尘仆仆从乡下赶来，出手只有黑不溜秋的一包包干菜。两个菜贩子分明庸俗不堪。

我们也不知道一些著名消费场所的所在，成了城里的半盲人和半聋子。一位朋友曾打电话邀我到某餐馆吃饭，说那个餐馆最近火得很，厨艺更加精湛，推出了好几种新菜。他以为我熟悉那个地方，就像北京人熟悉王府井。但我开着汽车找遍了七街八巷，好几次下车询问街名，还是没找到餐馆，最后我一不小心滑入高速公路，没法退出来，一直傻傻地开到飞机场，像急匆匆地去赶飞机。

我在飞机场打电话时大发混账脾气：“我到广州去吃算了！你下次请客，最好订一个上海的餐馆！”

给豆角搭架子——农民称之为搭『豆站』。（曾时雨 摄）

21 CULTURE

什么时候下的种，什么时候发的芽，什么时候开的花……往事历历在目。虫子差点吃掉了新芽，曾让你着急。一场大雨及时解除了旱情，曾让你欣喜。转眼间，几个瓜突然膨胀好几圈，胖娃娃一般藏在绿叶深处，不知天高地厚地大乱家规，大哭大笑又大喊大叫，必定让你惊诧莫名。

有时候，瓜藤长袖飞扬，羽化登仙，一眨眼就缘着一根电线杆攀向高高蓝天，在太阳或月亮那里开花结果，让你搬来椅子再加上梯子，仍然望天兴叹。你看见一条弯弯的丝瓜挂在电线上，像电信局悬下来一个野外的话筒，好像刚才有什么人在这里通话——那么这些电话筒从瓜藤上悬下来，从土地里抛撒出来，是不是一心想告知我们远古的秘密，却从来无人接听？

你想象根系在黑暗的土地下嗞嗞嗞地伸长，真正侧耳去听，它们就屏住呼吸一声不响了。你想象枝叶在悄悄地伸腰踢腿挤眉弄眼，猛回头看，它们便各就各位一本正经若无其事了。你从不敢手指瓜果，怕它们真像邻居农妇说的那样一指就谢，怕它们害羞和胆怯。总之，它们是有表情的，有语言的，是你生活的一部分，最后来到餐桌上，进入你的口腔，成为你身体的一部分。这几乎不是吃饭，而是游子归家，是你与你自己久别后的团聚，也是你与土地一次交流的结束。

你会突然想起以前在都市菜市场里买来的那些瓜菜，干净、整齐、呆板而且陌生，就像兑换它们的钞票一样陌生。它们也是瓜菜，但它们对于享用者来说是一些没有过程的结果，就像没有爱情的婚姻，没有学习的毕业，于是能塞饱你的肚子却不能进入你的大脑，无法填注你心中的空空荡荡。

难怪都市里的很多孩子都不识瓜菜了，鸡蛋似乎是冰箱生出来的，白菜似乎是超级市场里长出来的。看见松树他们就说是“圣诞树”。看见鸭子他们就说是“唐老鸭”。在一个工业化和商品化的时代，人们正越来越远离土地。这真是让人遗憾。

什么是生命呢？什么是人呢？人不能吃钢铁和水泥，更不能吃钞票，而只能通过植物和动物构成的食品，只能通过土地上的种植与养殖，与大自然进行能量的交流和置换。这就是最基本的生存，就是农业的意义，是人们在任何时候都只能以土地为母的原因。英文中culture 指文化与文明，也指种植和养殖，显示出农业在往日的至尊身份和核心地位。那时候的人其实比我们洞明。

总有一天，在工业化和商品化的大潮激荡之处，人们终究会猛醒过来，终究会明白绿遍天涯的大地仍是我们的生命之源，比任何东西都重要得多。

那才是人类culture又一次伟大的复活。

与退休的大姐一起挖穴种瓜。（曾时雨 摄）

22　每步见药

山里的竹器质优价廉。乡亲们先后给我家送来了四张竹床和三个竹板，皆柔顺润滑，幽凉沁肌，是较为亲切的度夏用品。

有一天中午，我睡着睡着忽觉竹床上有硬物，摸了好几次，没发现有什么，倒是摸到自己背上一个赫然硬块，看来是来者不善的毒疮或恶疽，俗名“背花”。

妻子认定这是我上地时不戴草帽的结果，也是我好吃辣椒的可耻下场，最后的结论是：赶快进城求医！我当然可以进城。但我有点害怕城里大医院里的拥挤和排队，也不大习惯空调机遍地之际的忽冷忽热。抱着试试看的态度，我翻了翻医书，试着用土法去火解毒。妻子以前在药房工作过，也懂得一些中药知识，很快从院子里采来马蹄苋，洗净，捣碎，敷于硬块。但这种草叶较硬，无黏性，不贴身，不要多久就脱落，从纱布边缝里漏出来，散落得满床都是。妻子又去问了一下附近的农民，换上一种犁头草，同样洗净，捣碎，做成黏黏的饼块，敷在背花上“拔毒”和“背毒”。

奇迹就这样发生了。只敷了两三天，背花就有些退烧和软化。再敷了两三天，硬块就开始缩小。加上我每天喝下几碗金银花泡的水，不到十天的时间，来势汹汹的背花竟消失无痕。整个治疗过程既不花钱，也没有任何劳顿和痛苦。

我记得自己少年时期也遭遇过这种恶疾。从发作聚脓直至破口泄脓，一个背花消耗抗生素和镇痛剂无数，足足闹腾了二十多天。最严重的时候，硬块竟有碗口大，集小脓头数十个，如鲜艳夺目的一枚石榴，令人疼痛难忍，高烧不退，昏天黑地。医生当时还说，这种毒物因靠近心脏，有时候还可能夺人性命。

如今土法轻易祛病，使我对院子里的各种野草刮目相看。车前草、金钱草、白茅根、凌霄、鸡冠花、麦冬、路边筋、田边菊、黄芩、牵牛花籽、紫苏籽、鱼腥草（观音草）……这些还只是已经入典的。未入典的尚不计其数。龙老师的岳父是三江人，来看女儿和外孙，顺便来我家走走，又给我家来了一次地头讲座，其丰富内容足可以录为一本煌煌大著：原来金钱花与铜钱花是不同的。原来清代纪晓岚用一味苋菜汤，慈禧太后用一味白菜汤，也都治愈过大病的。原来每一个农家小院都是个百草园，还是个免费的百药箱，每草皆药，每步见药，虽然不能说包治百病，但对付大多数常见病已绰绰有余。我家有几株七叶莲，据说还是医治蛇伤的神草。

我在路上碰到吴胖子，一位家住附近的医生，问他为何不给病人多用草药。

胖子倒是个老实人，说西药么，价高，利润大。再说西药的药性快，也符合当下人们一切求快的胃口。“不瞒你说，现在的医生都是水医生，我也是个水医生，碰到什么病，先吊两瓶水再说!”

“照你这么说，这样的医生我也当得。”

“没错，你是可以当得。”

“滥用抗生素，报上说不是有很多副作用吗?”

“大家都这样吊，你怎么办?你不这么吊，病人还觉得你没水平。没水没瓶（平）呵!”

他没有说出的理由是：草药无价，无行市，接受者充其量认一份人情，决不可能掏腰包——这种非商业传统肯定要饿死他这样的胖子。

这是我后来知道的。

事情真是奇怪：中国乡下穷人多，却舍贱求贵地大用西药甚至滥用西药。倒是在美国的朋友曾告诉我，那里的一些保险公司看上了中药，这些年鼓励中医开业，以求省钱和增效。事情的阴差阳错，使中国人最应该享受的自家医药传统，倒可能花落他家。一个几乎全民皆医的好传统，在一两代人的时间之内，倒可能文明来文明去地失传。

我们是更文明了，还是更野蛮无知了?

我给《天涯》杂志社的朋友们发电子邮件，告知一个有关背花的故事，建议他们都来关注中医草药。

23　养鸡

农家有三宝：鸡，狗，猫。鸡是第一条。

放在以前，鸡是一般农家的油盐罐子，家里的一点油盐钱，全是从鸡屁股头挤出来的。现在经济有所改善，但鸡还是一般农家的流行礼品，要送个情或还个礼，大多冲着鸡下手。

入住山峒以后，农友们渐渐摸清了我的来历，知道我下乡不是因为受了什么处分，也不是因为精神上不正常。作家么，大概相当于以前的秀才，或者举人，还理应得到他们一份师尊。他们放心了，与我家一来二去之后，常送来一些瓜菜、红薯、糯米、熏肉，有时还用化纤袋装来三两鸡崽。

我家的鸡圈由此迅速地热闹起来。来路不一的鸡崽各自抱团，互相提防和攻击。其中有一只个头大，性子烈，本领高强，只是没来得及给它剪短翅膀，它就鸟一样腾空飞越围墙。我们在后来几天里还不时看到它在附近游走和窥视，但就是抓不住它，只得听任它变成野鸡，成全它不自由毋宁死的大志。

鸡崽长大以后，雌雄特征变得明显。一只公鸡冠头大了，脸庞红了，尾巴翘了，骨架五大三粗，全身羽毛五彩纷呈油光水亮，尤其是尾上那几条高高扬起的长羽，使它活脱脱就是戏台上的当红武生一个，华冠彩袍，金翎玉带，若操上一杆丈八蛇矛或方天画戟，唱出一段《定风波》《长坂坡》什么的，一定不会使人惊讶。几个来访的农民也觉得这家伙俊美惊人，曾把它借回家去做种。

这只公鸡是圈里唯一的男种，享受着三宫六院的幸福和腐败，每天早上一出埘，就亢奋得平展双翅，像一架飞机在鸡场里狂奔几圈，发泄一通按捺不住的狂喜，好半天才收翅和减速。但这架傻飞机虽然腐败，却不太堕落，保卫异性十分称职，遇到狗或者猫前来觊觎，总是一鸡当先冲在最前，怒目裂眦，翎毛奋张，奓成一个巨大毛球，吓得来敌不敢造次。如果主人往鸡场里丢进一条肉虫，它身高力大健步如飞，肯定是第一个啄到目标。但它一旦尝出嘴里的是美食，立刻吐了出来，礼让给随后跟来的母鸡。自己无论怎样馋得难受，也强忍着站到一旁去，绅士风度让人敬佩。

“衣冠禽兽”一类恶语，在这只公鸡面前变得十分可疑。把自利行为当作人性全部的流行哲学，在这只公鸡面前也不堪一击。一只鸡尚能利他，为何人性倒只剩下利己？同是在红颜相好的面前，好些人间雄性为何倒可能遇险先溜之和见利先取之？再说，这公鸡感情不专，虽有很多不文明之处，可挑剔和可责难之处，但它至少还能乱而不弃，喜新不厌旧，一遇到新宠挑衅旧好，或者是强凤欺压弱莺，总是怜香惜玉地一视同仁，冲上前去排解纠纷，把比较霸权的一方轰到远处，让那些家伙少安毋躁恪守雌道。如此齐家之道也比好多男人更见境界。

这样想下来，禽兽如果有语言的话，说不定经常会以人喻恶。诸如“兽面人心”“狗模人样”“人性大发”“坏得跟人一样”……它们暗地里完全可能这样窃窃私语。

一天早上，我起床以后发现天色大亮，觉得这个早上缺了点什么。想了半天，发现是刚才少了几声鸡叫，才使我醒得太晚。我跑到鸡埘一看，发现埘里没有大公鸡。这就是说它昨天晚上根本没有入埘。

我左找右找，一直没有发现它的影子。中午时分，我再一次搜寻，才在一个暗沟里发现了它的尸体。奇怪的是，它身上没有伤口，显然不是被黄鼠狼一类野物咬死的。也不像是病死的，因为它昨天还饮食正常精神抖擞，没有丝毫病态。

到底是怎么回事？我没法破案，只是把它葬在一棵玉兰树下。

24　小红点的故事

美公鸡莫名牺牲的那一天，母鸡们怅然若失，不怎么吃食。撒给它们的谷子剩留了许多，被一大群麻雀飞来吃个痛快。

从此以后，鸡圈里少了一份团结与和谐。母鸡们也能利他，但利他的圈子通常画得比较小，大多只限于一窝同胞之内。凡是气味不对的他家骨血，就无缘受到爱护，双方处得再久，还是格格不入。这就苦了一只小黄鸡。它是新来的，在这里无亲无故，刚来时怎么也进不了鸡埘，一进门就被既得利益群体啄出门外。我把它强行塞进埘门，第二天竟发现它头上鲜血淋淋，脑门顶被活活地啄去一块肉，使它两眼欲闭，步履踉跄，奄奄一息。

他鸡即地狱呵！没有明君贤主的社会礼崩乐坏呵！我没法听懂鸡语，再气愤也没法缉凶，唯一可做的事，是找来红药水和消炎粉，给这只半死的小鸡疗伤。我见它怯怯的根本不敢上前争食，又一连给它开了七八天小灶，每一次抓来些剩饭或谷子，让它单独在一旁进食。

别的鸡见此情景嫉妒得拍翅大叫，但在我的一再呵斥之下，无法靠近过来，只能远远地看着小黄鸡吃香喝辣。

我们把这只鸡命名“小红点”，因为它头顶红药水时，脑袋上有鲜明的标记。没有料到的是，自小红点被我们从死亡线上救回来以后，它怕鸡不怕人，亲人不亲鸡，在鸡圈里总是形单影只，待在冷清的角落，一见人倒兴高采烈地跑上前来，不似其他那些鸡，即便见你来喂食也会四散惊逃，直到你提着空盆离去，才敢一哄而上前来抢啄。

每到黄昏，小红点也迟迟地不回鸡埘，一有机会就跑出鸡圈，跑到我家的大门口，孤零零守候那里，对门内的动静探头探脑，似乎一心一意要走进这张门，去桌边进食，去床上睡觉，甚至去翻报纸或看电视新闻。看得出，它眼睛眨巴眨巴，太想当一个人而不想做一只鸡了。

半年多以后，它还是保持着跟人走而不跟鸡玩的习惯，即使主妇很不待见它在门前拉屎，即使主妇一次次把它赶回鸡群，它还是矢志不改总是跟着人转，有时踩着了我的脚，啄了我的脚，也若无其事。它顽强的记忆是不是来自那一次刻骨铭心的疗救？或者像邻居老吴说的：它前世很可能本就是个人，同人有某种缘分？

它一天天长大了，拉在我家门前的粪便是越来越多了。但我不知道怎么对待这只孤独的鸡。假如它哪一天要终结在人类的刀下，它会不会突然像人一样说话，清晰无比地大喊一声“哥们儿你怎么这样狠心”？

或者，它会不会眨巴着眼睛，流出一泓无言的泪水？

那一天正越来越近。

25 无形来客

我的狗突然大吠不已。我赶过去，什么也没发现。院门外既没有人影或脚步声，也没有任何风吹草动。狗的目击之处，只有寻常的围墙和老树。

这条狗看见了什么？什么事使它惶惶不安？

主人很可能觉得畜生无事自扰。其实，人没有看见的东西，狗不一定就看不见。即便人与人之间，视觉也并非一致。我们都知道，吸毒者，梦游者，昏热者，有特异功能者，都能在特定情况下看见诸多幻影。我母亲在重病高烧的时候，就能看见一些陌生人，直到烧退才会幻影消失。进一步说，在人与人之间视觉有异的时候，也不能说正常人所见就是对的。正常人看到的水中斜影就是失真，看到的海市蜃楼更是假象，没有框格接缝的电影画面同样是出于眼球的错觉。若没有必要的设备，红外线、分子结构以及暗物质，我们周围真切存在的很多东西，都在我们的视觉之外。

人其实一直是半盲，没有资格嘲笑狗。我凭什么可以认定刚才那条狗是无端大吠？也许有一种我看不见的东西来了，不久又走了；或者降临了，不久又飞升了；或者聚合了，不久又消散了——谁知道呢？

院子里空空荡荡，只有这条狗在到处嗅着，不时喷出一个响鼻。

笔者带下乡的
小狗三毛。

26　晴晨听鸟

每天早上我都是醒在鸟声中。我躺在床上静听，大约可辨出七八种鸟。有一种鸟叫像冷笑。有一种鸟叫像凄嚎。还有一种鸟叫像小女子斗嘴，叽叽喳喳，鸡毛蒜皮，家长里短，似乎它们都把自己当作公主，把对手当作臭丫鬟。

呵嗬嘿，呵嗬嘿，呵嗬嘿——这大概就是本地人说的“懂鸡婆”了，声音特别冒失和莽撞，有点弱智的味道，但特别有节奏感，一串三声听上去就是工地上的劳动号子。它们从不停歇地扛包或者打夯，怕是累坏了吧？

我知鸟甚少，平时只能辨出最常见的麻雀、鹧鸪、燕子以及喜鹊。有一种小鸟的眉毛呈黄蓝黑数色，艳丽多彩，针挑线缀的一般，想必是人们说的画眉。另一种多黄羽，经常栖在我的窗台，想必是古人笔下常见的黄鹂。农民还教我认识了一种“铁哨子”。它们全身乌黑，比树蝉大不了多少，经常密密地停栖在一枝芦苇上，像一长串冰糖葫芦在风中摇荡，更像一长队孩子消受着跷跷板。

但它们此时不是在过儿童节，只是在忍受餐前的饥饿，一心一意地盯着鸡场里的谷粒，眼巴巴地希望鸡群赶快退席，让它们也去吃上两口。

每次我路过菜园，脚步声都会惊动几个胖大家伙，突然从瓜棚豆架下扑啦啦地腾飞而去，闪入高高的树冠。它们是野鸡无疑，在秋天尤其是肥硕厚重，重磅肉弹拉出一道道黑光，闹出的动静很大。我无法看清它们，只听到它们在树叶里叫声四起，大概是对我的刚才的突然侵扰愤愤不已。

哥们儿，在他脑袋上拉泡屎怎么样？……我几乎听懂了它们的大叫。

因为鸟太多，我们的菜园一度陷入危机，几乎维持不下去。尤其是初春之际，青菜鸟一来就密不可数，黑了一片天。我家豆角种了三道，还是留不下几粒种子和几棵苗。饥鸟狂食之下，菜园成了它们的公共食堂，残羹剩饭寥落无几。到后来，我们派出了两个张牙舞爪的稻草人，拉起了防鸟保苗的大网，盖上了防鸟护籽的枝叶，各种空防措施相继到位，才勉勉强强度过了最危险的瓜菜发芽期。

找来几顶破草帽戴在草木丛中，也是一个好办法。不过这办法既吓鸟，也能吓人。一位从城里来的朋友，一进我家院门不禁神色紧张，因为他一眼瞥到丛林中闪烁的草帽，以为这里伏兵遍地，一场血战随时可能发生。

他说，饥汉不知饱汉的饱，他在城里住了这么多年，从来只知道无鸟之憾，却不知道鸟多之愁。

27 鸟巢

间伐竹木的时候，我发现林子里有很多空鸟巢。它们靠草须和油泥编织而成，丝丝入扣，环环相结，内壁光洁，外围粗松，隐约透出鸟雀涎液的酸腥气息，完全是精美的工艺品。一些朋友来乡下看我，给我带来食品什么的。作为回赠，我就给对方一个鸟巢，常常使他们大为惊叹喜爱不已。

这些鸟巢能使人类惭愧。人有一双手，有起重机、推土机、打桩机、电焊机等各种工具，给自己筑一居室尚且不易。鸟只有一张嘴，全靠这张嘴完成所有的工序，夜以继日地啄之咬之叼之蹀之，该是一个怎样艰苦卓绝的过程！它们看似没头没脑，游手好闲，自由散漫，但只要一到繁育的季节，为了构筑一个产房，就不惜忍受最难熬的饥饿和疲乏，忍受最严酷的风雨和暴晒，哪怕瘦得只剩下皮包骨的一个影子，也决不停止衔泥结草。在这个时候，它们成了全心生育后代的亡命之徒，而且从未打算从这种生育中获取什么回报。

“不孝有三，无后为大”，曾被我视为陈腐过时的儒家伦理。我现在也许应该更正一下：它不过是一种普遍的动物伦理，更准确地说，是一种动物的本能。

可以想象，古代的儒生们与其他动物一样，缺乏保育的成熟技术，面临着生育成活率太低的危机。因是之故，他们想都没怎么想，就把繁衍后代当作了最高使命，把群类的存亡置于个人的苦乐之上，决不让生命之链在自己这一环终止。在这一点上，他们既不是多么聪明，也不是多么愚昧，不一定多么崇高，也不一定多么庸俗，只是比有些人更动物化。他们是一些披着长衫和夹着书本的人形鸟雀，说出了动物圈的一条硬道理而已。

世界上所有的传统文化都把生育神圣化。那些庆祝生命诞生的种种鼓乐、歌舞、香火、祈祷……看来不过是透出了一片鸟语，昭示着谁也无法究诘的天道。

想到这里，我把几只鸟巢重新安放在林子里，愿它们的主人欣然归来。

28 忆飞飞

姐夫是一个从国企退休的高级工程师，动手能力强，做鸡舍，挖粪池，打竹椅，把每件事都当军工业务订货，力求优质品率百分之百。听着满院子的鸟声，他似乎又有了一笔订单，拿来锯子、锤子以及卡尺，精心设计，紧张施工，用几块木板打造了一个尖顶状的鸟舍。里面铺设草须，相当于鸟类的席梦思。圆拱形门窗和门前的阶台，更有五星级宾馆气派，可供童话中的王子和公主优雅出入。

我们兴冲冲将它固定在一棵大树上，一心等待粉红色童话的来临，等待一排排的鸟脑袋在窗口出现。可好几个月过去了，这鸟舍一点动静也没有。很多鸟倒是来过的，也把它打量过的。但它们东张西望，心不在焉，很快又拍打着翅膀飞去，对欧式高档住宅不屑一顾。

我们怏怏地颇为沮丧。

一天，地坪里有一片落叶在飘动和跳动，引来狗和猫的围观和大呼小叫。我们凑上前一看，发现那不是落叶，是一只羽翼未丰的乳鸟，眼睛还不能打开，两只脚也站立不稳，嘴巴倒是奇大，以至整个脑袋就是一张嘴，一支向天空开放着的浅红色肉喇叭，等待着救命的食物。我们查看它的全身，倒没有发现什么伤——大概是被鸟它娘不小心遗落了。

妻子把猫和狗赶走以后，往它大张的嘴巴里滴了几滴水，又掰开米饭，喂入几个半粒，算是给它聊解饥渴。做完这一切，再把它装进一个纸盒，放回室外显眼的地方，希望母鸟回来时能够一眼看到它。

一天过去了，院子里的鸟叫特别多，不知在传告和争议什么。不过鸟妈妈一直没有出现。妻子不免有些失望："这妈妈怎么当的？胖大嫂回娘家，半路上把娃娃丢了还不知道呵？"

两天过去了，院子里的鸟叫还是特别多，不知在传告和争议什么。不过还是没有大鸟来认领。妻子更是气愤："怎么这样狠心呢？这样的蠢婆娘虐待未成年子女，应该受到法律制裁！"

我说："你是不是要到林子里去给它们读几篇《人民日报》社论？"

我们将它取名"飞飞"，取飞来之意。喂养几日以后，见它脱离了危险期，声音渐洪亮，小翅膀开始扑动，便把它送到树上的鸟舍里。那里有大鸟来往。我们希望它成为一个显著目标，引起大鸟们的注意，尽可能把消息带给它的母亲。我们希望它在同类的亲情之中，至少能少一点孤独和恐惧。

后来的事实是：它的嘤嘤叫声在树上消失了。我们以为它已经飞走，以为它已经回到母亲身边。但我们很快就发现飞飞的尸体漂浮在一个水池里。根据现场的迹象来看，它曾经想飞走，但还不太会飞，可能扑腾了两三下，最终一头栽入了水池。

它是一个日日夜夜想找回母亲的孩子。

是一个日日夜夜想进入天空的飞飞。

我后来从书上知道，动物有时也会遗弃甚至吞食自己的孩子——如果它们觉得这是淘汰弱小的必要，是保证种群强旺生命力的需要。根据这个说法，我不能不设想飞飞的另一种死因：它不是自己落入水池的，恰恰是被它母亲发现以后，被母亲有意投入水中。这个病弱的小家伙，终于死于一次崇高而决绝的谋杀？

一个暗夜里有种种可能。

几天后，夜深人静之时，百鸟归巢息声，但有一只鸟总是在树梢上发出呱呱大叫，每叫必高低两声，声声相续，久久不歇，一心要喊破天似的。以至它何时停止叫喊，是否停止了叫喊，我都印象十分淡薄。我开始以为独鸟孤鸣是为了求偶，后来奇怪其他求偶者为何不鸣。最后，我终于听出了叫喊中的凄切，觉得它更像一种母亲寻找儿女的苦苦呼唤。

一个夜晚因为有了这种呼唤，有了这种凉透心底的忧伤和绝望，才会成为真正的山乡之夜。

29 雷击

我在一窗雨雾前胡思乱想，突然眼前一亮，还有脚心一阵发麻，使我不由自主地跳了起来，不知发生了什么事。

直到嗅出一股焦烧味以后才突然醒悟：打雷了！我的记忆中确有一点动静，好像是刚才闷闷的一声。

这一闷雷肯定打中我家，否则地面和墙面不会带电，更不会抽击我两只赤脚。我紧张地想到：应该做点什么。我赶快远离窗口，又赶快检查家里的情况，发现家里虽没着火，但电脑屏幕已经黑了，传真机已经冒烟，电话机里不再有声音，电视机里不再有图像，楼下浴室里的电热水器也无法启动……除了房子最西端的一只冰柜还在工作，家里五件电器全遭摧毁，一个文明世界顷刻间瓦解，一片死寂。

我大声告诉家人：“我们被雷打了！”但他们都冲着我笑，以为我在开玩笑，直到我大声再说一遍，他们脸上才有了紧张，一窝蜂慌慌地去复查灾情。

在城市里待久了，对雷电已经没有概念。我不知道大自然除了风和日暖与花红草绿以外，有时也会狠狠拍来一大耳光。儒生们反复讴歌的天人感应和天人合一，有时也会以一种残暴的方式进行。

修理各种电器的过程，不消说有多麻烦和多窝囊。我得赶到城里去一家家地上门送货与取货。在市广播局一个电工朋友的帮助之下，我家的避雷地线也埋下了——这需要挖出一米深的地沟，像挖出长长一圈战壕，再在沟底扎下十几根粗大的三角钢，又是烧焊，又是挖土和打锤……其工程之浩大，施工之费时费力，吓了我一大跳。我后悔自己不知天高地厚，轻率地向朋友开口求助。

其实，宏伟工程也不太管用。朋友临行前偷偷告诉我：好是会好一点，但也不是万全。雷雨天里最好还是拉电闸，自己还要善于躲避。

我有点哭笑不得。早知如此，何必累得个半死？

更要命的是，我该如何躲避？乡下人没有城市楼群的掩体，暴露在茫茫旷野，暴露在雷电的射区之内，成了大自然随时可以轰击的靶标。如果穷得连避雷针都装不起，人们很大程度上只能听天由命。大家明白这一点，于是别出心裁另求一些自存之法，比方说一听到雷声逼近，就得赶紧检点自己的孝行。临时补救措施也是常有的：问老父亲要不要吃肉，问老母亲要不要做棉裤，问爷爷奶奶要不要捶背——其声音一定要洪大，洪大到让老天爷能听到；其动作一定要张扬，比如紧急切肉最好在门外大张旗鼓进行，让老天爷一眼看个明白。“不做坏事就不怕遭雷打！”他们一般都这样认为。

他们还能怎么办？他们不能怎么办。雷电随时可以空袭，一个不能用物质手段来保护自己的人，只能躲进一种给自己宽心的心理想象。

对于很多都市人来说，雷声不再意味着杀伤，充其量只是一种虚张声势的恫吓，甚至只是一种都市剧的舞台效果，比方说是一种娱人的高分贝打击乐——既如此，人们当然不再需要问老父亲吃不吃肉，不再需要问老母亲穿不穿棉裤，不再需要问爷爷奶奶是不是背痛……很不幸，孝道也许就是这样衰落的，更广义的敬畏感和神圣感也可能是这样衰落的。我们很多妄佞之心，都可能在科学的掩体之下暗暗滋生。

这就是说，一旦人们能用物质手段来保护自己，精神也许会变得累赘多余？

30 守灵人

远远近近的鞭炮声不断响起来，想必是发生了什么事。我出门打听了一下，发现既无红喜，也无白喜，不过是农历七月半接鬼祭祖的日子到了。

寂静山谷里，鞭炮声传得很远，顺风而至却不知来自何处。这时候我不免想起了自己的来历。我家从没有燃炮祭祖的习惯。我已故的父母也不在我身边，不在村头或村尾，没法在这个日子听自己骨肉的走近。

都市人大多移居他乡，是一只只断了线的风筝随风飘荡。先辈对于我们来说，常常只是一些描述远方和虚无的词语，不是经常可以听到的（鞭炮）、嗅到的（香火）、摸到的（坟土和青草）的实在。我们在祭日里两目茫茫，无事可做。久而久之，我们在清明节、重阳节、七月半、冬至日、除夕过年这一类日子里，可能吃喝渐多而缅怀渐少。

相比之下，故乡不同于他乡。定居故乡者一直与先辈为邻，一直是广义的守灵人：出门就可能是父母的坟地，爬上坡可能就是祖父母的坟地，转下坳可能就是曾祖父母的坟地，钻过竹林还可能有伯父伯母叔父叔母的坟地……先辈组成了房前屋后的四面八方，随时闯入视野，幻化出音容体态，不是什么虚无。在这里，一种中国人视之为传统核心的孝道，一种慎终怀远乃至厚古薄今，在成为一种文化态度之前，其实早已是农民实际生活的情境规定，是睹物思情和触景生情的自然。他们祭祀时事死如事生，是因为死者一直逼近眼前，是触目和坚硬的现实。

出于同一原因，有些坟头热闹而有些坟头清冷，如此对比在祭祖者眼里一定特别刺激，不能不让人多一些紧张。兴衰之异，续断之别，直接表现为现实中“香火”的有无。这种坟前的不同待遇，不常被都市人耳闻目睹，却在乡下人的印象中声色并茂，足以使他们一次次坚定传宗接代之志，尤其是生出儿子的决心——只因为儿子是防老的衣食之源（都市人可能更依靠自己的退休金），而且更多承担了上坟祭祖的义务（都市人可能已无坟可上或者有祖不祭）。

我曾经一直以为，重男轻女仅仅是愚昧。很多现代的离婚者、独身族、同性恋以及丁克家庭，更不认为生儿育女是什么非此不可的大事。我们的生活因此显得更为文明。但我们得小心：我们是在握有退休金时说这些话的，是远离坟前香火时说这些话的，在乡下人听来一定隔膜——正如乡下人对无后的恐慌，在眼下的鞭炮声中再一次怦然入心，在一次次路过清冷野坟时寒意彻骨，恐怕不易被我们体会。

毫无疑问，乡下也有一些无人祭扫的坟，其主人的后代可能夭折了，可能迁走了，可能把先人忘记了。我家院门外就有这样的一座，坟碑已经倒塌，墓盖被荒草淹没。我曾在这里坐着抽了一支烟，如同一位找错了坟地的守灵人，想象着荒草下可能有过的故事，包括前辈从幼到老的某些容颜姿态——直到夜幕在眼前缓缓降落。

31　中国式礼拜

进山只有一条小公路。连日暴雨之下，好几个路段山体垮塌，我的汽车卡在半途中，陷在翻滚的泥浆里，后来靠着过路的两个学生帮忙推一把，才泥点狂溅地退出绝境，勉强退回到一个草坡上。我弃车换船，把一些物品卸下车，搬到李有根的船上，先回了家再说。

公路好几天没有通，我的车一直丢在几里路之外的野地。那里前不巴村后不着店，附近虽有一农舍，但没有人住。有根要我放心，说不会有事的。但我还是惴惴不安，总是想象汽车被偷了或者被撬了的惨状。虽说是一辆不起眼的国产捷达，但毕竟是一笔不小的财产，怎么能一块肥肉搁在狼来虎往之地？经常在那里路过的人们，在我的想象中目无定珠，神色诡秘，就不会起一点贼心？

我坐船去查过一次现场，还算好，没发现什么异常。直到半个月以后雨停云散，公路重新开通，我才把汽车开回家来。谢天谢地，心中一块石头落了地。我现在相信有根的话了：八溪峒还真是平安之乡。

我这样说，并不是说这里一切太平。仅就我的记忆，几年来这里也有不少事骇人听闻：学校里有两辆摩托车被窃；坡上有好几片杉树被盗；一辆挖土机的师傅忘了锁油箱盖，只一顿饭的工夫，就发现箱里的柴油被吸了个精光……但平心而论，这些罪行不算特别严重。

乡下人也自私，有的人甚至也作恶，但兔子不吃窝边草，胡作非为大多发生在别处，比如去城里溜门撬锁乃至杀人越货。只要一回到家乡，他们大多回归了往日的角色，成了安分守己之人，忠厚传家之士。莫说是对一辆不知该如何摆弄的汽车，就是对路边一堆木头，几袋饲料，也不大有邪念。我经常看见这些东西随意丢在路边，好多天里无人理会，颇有路不拾遗之风。

罪犯为什么常常把家乡排除在作案区之外？也许，一种匿名的身份和陌生的环境，最容易造成道德监控的缺位，造成人们的心理约束荡然无存。相反，回到家乡的人们，彼此之间熟门熟路，知根知底，抬头不见低头见，亲友关系盘根错节，无形的做人底线不难约定俗成。与城市稍异的是，乡村的道德监控还来自人世彼岸：家中的牌位，路口的坟墓，不时传阅和续写的族谱，大大扩充了一个多元化的监控联盟。

先人在一系列祭祀仪式中虽死犹生，是一些需要吃喝（摆供品）、需要开销（烧纸钱）、需要敬重（三叩九拜）、需要文化娱乐（比如舞刀弄枪或玩狮耍龙的傩戏节目）的灵性存在，是一种冥冥之中无处不在的威权。乡下人可容忍自己挨骂，决不容忍祖宗受辱，一旦联系上“八辈子祖宗”就非拼命不可，足见这种威权的不可亵渎。乡下人又常说“做人要对得起祖宗”，更透出了这种对威权的不时惦记。

这相当于欧美人说：“以上帝的名义……”

从这个意义上说，欧美人传统的道德监控，更多来自上帝；中国人传统的道德监控，更多来自祖先和历史——如果撇开其他因素不说。

很多难解的是非困惑，一拿到乡间祖坟面前就多多少少得以缓释。一切道德问题在这里都不需要答案，或早已有答案。为父者该做什么，为母者该做什么，为儿者该做什么，为媳者该做什么，为女者该做什么，为婿者该做什么……一切皆明白无误，理所当然，天经地义。正因为如此，各种乡间的祭祀仪规，在我看来不过是一些中国式的教堂礼拜，一种本土化的道德功课。

也许，一旦祭祖的鞭炮声不再响起，一旦这种道德功课被取消，那种寂静会透出更多的不祥？

舞狮是中国南方祭祀仪式中常见的节目。

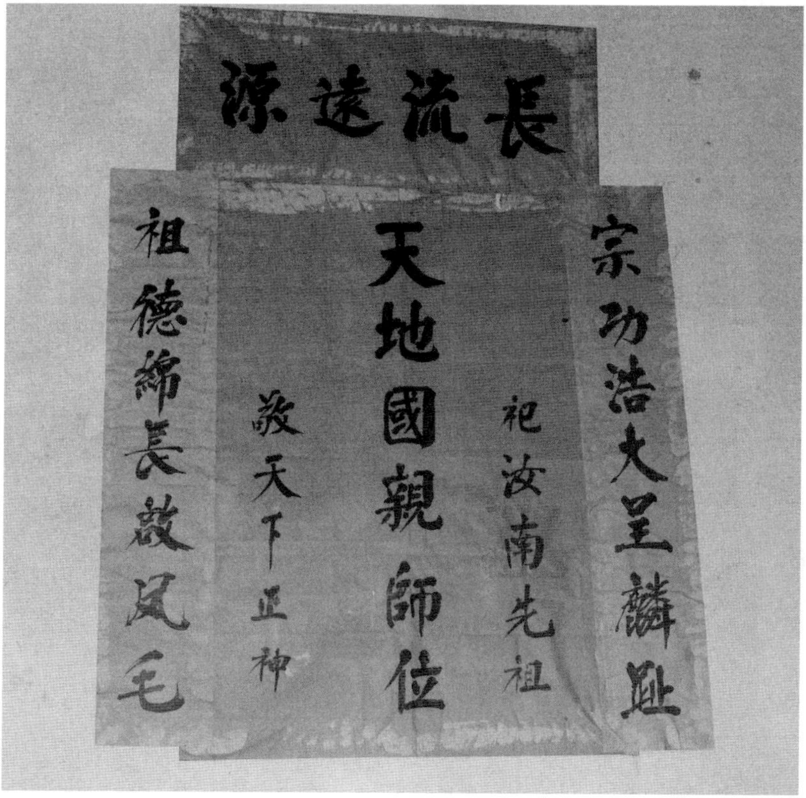

农民家中常见的供奉牌位上，宗教、政治、伦理、文化总是多位一体。

32　开会

乡政府召开村组干部大会，宣布禁止“买码”——一种类似六合彩的私彩。这种私彩通过电话投注，由各级联系人点钞，近来已闹得农不思农，商不思商，教不思教，不禁是不行了。人们一到下午就围在电视机旁，争看中央台七套频道一个叫《天线宝宝》的动画节目。据说那里有四个跳舞的卡通宝宝，举手投足都可能暗示中彩号码：点两下头，就是数字二；转三个圈，就是数字三；下七级台阶，就是数字七；如此等等。这种对中央电视台的信赖和期待，在我看来荒谬绝伦。

一位最激烈反对买码的大嫂后来也倒戈。我问她为何不能坚持到底。她沮丧地说：“有什么办法呢？人家说得热火朝天，你不买，站在那里一根木头，哦哦的。”

“哦哦的”就是无话可说尴尬发呆的意思。

由此可见，潮流的感染力和威慑力不可小视，足以让抗拒者孤立和心慌，最终也只能随波逐流。

贺乡长此次禁码当然是吃了豹子胆，冒天下之大不韪，几成人民公敌。他话还没说完，台下便有抗议纷起。有人站起来大叫：“禁码？笑话，我已经亏了两千，你们赔给我呵？我不去赢回来，拿什么买化肥？”

另一个跟着站起来：“你们早不禁，迟不禁，等我亏了三四千就禁，安的是什么心？这就是你们执政为民呵？你们给群众造成了损害，就要负责到底！”

还有更多的人在拍桌子：贺麻子，你不能做缺德的事！我们又没有拿你的钱买码，你狗咬烂布巾呵？你蛮得屙牛屎呵？贺麻子，我们从没亏待过你呵，要茶有茶，要饭有饭，你今天要下这样的毒手？贺麻子，贺麻子……

会场已经无法控制，台上的人也束手无策。但贺乡长耳尖，突然怒气冲冲地一拍桌子：“哪个骂娘？”

下面安静了，大家面面相觑。好像刚才是有人骂娘，好像也没有人骂，但没有人说得清楚。

“嗯？哪个骂娘？”乡长迅速掌握了话题优势，脸色一沉，“禁码是为了你们好。你们禁不禁，看着办，关我卵事！但骂娘做什么？我娘碍了你们的事么？我娘什么时候得罪过你们？她今年六十五岁了，脚痛了十几年，在家里从不出门，喂一头猪，养几只鸡，一餐吃不下二两米，连皮鞋子都没穿过，连火车也没坐过，连城里的动物园也没有看过。哪一样得罪了你们？”

众人都觉得无话可说，站着的人都坐了下去。

乡长说到愤怒处，又猛拍一下桌子：“我娘离这里一百多里，清清白白一世人，上对得起天，下对得起地，凭什么被你们骂？她到长沙去补脔心，欠了几万块钱的账不说，脔心还没补好。医院里说，顶多也就是两三年的寿。你们还嫌她命不苦？她是吃过你们八溪峒一碗饭？还是烧过你们八溪峒一根柴？还是喝过你们八溪峒一口水？你们自己就没有娘？你们的娘也是茅厕板子？可以屎一脚尿一脚随便踩么？好笑，我贺麻子前后在五个乡镇当干部，没碰到这种事。动不动就骂娘。好呵，骂！骂呵！跳起来骂！……”

这一番话，证据充分，逻辑严密，高风亮节凛然，震得全场鸦雀无声，引来无数同情的目光。接下来的事情当然就好办了。大概人们觉得乡长他娘确实无辜，确实委屈，确实可怜，不该无缘无故地挨骂，那么天地良心，将心比心，禁码当然也就……不要再说了吧？

贺麻子不满足于禁码，继续保持着孝子的雄壮声威，斜横着眼，勾缩着鼻，怒冲冲，气呼呼，把笔记本重重地拍来甩去，一鼓作气乘胜追击，从禁码说到封山育林，再说到计划生育和宅基地收费，把所有可能引起争议的话题统统扫荡。他现在不用担心台下的反对了。他的娘已经使大家心服口服，不给他鼓掌是不可能的。看到他最后横来一眼，大家鼓掌更为热烈。

散会的时候，大家纷纷把“贺麻子”改称为“贺乡长”：

“唉，贺乡长也没讲错，这个码是不禁不行的呵。”“贺乡长说的，再不禁，过年钱都没有了!”“今天中午好歹吃了顿肉饭，总不能白吃吧?”有的人还拍着胸口，好像自己早就是贺乡长的铁哥们儿，早就同乡政府心连心了:“你以为买码是买脑白金呵？我早说过，到头来都是钾铵磷（剧毒农药）！不闹出几条人命，不会收场的！哼!”……人们一路上七嘴八舌，对禁码令基本上表示拥护。

尽管有些人还有几分心事重重，但看到大势所趋，胳膊扭不过大腿，也就不再发声。

我没想到会开成了这样，对贺麻子佩服得五体投地，没想到他有那样的非凡手段，竟能在今天闹哄哄的会上乱中取胜。

33 船老板

有根是个船老板，看见我游泳，远远地在船上招手，嘴巴一阵开合——喊声在柴油机噪音中其实完全听不清。他有时给我捎来东西，在院墙外停了机器，一声大喊抛过墙来："拿兔子肉呵!"或者，"拿野猪肉呵!"我闻声赶去水边，从他那里接过肉，还有坝上一个猎手朋友的问候。

与有根熟了以后，碰到城里朋友来访，我常常包租他的船去库湖中游玩。在这个时候，他对船钱总是推让。"给什么钱呢？几个朋友!"或者说，"下次再说，下次再说，我现在不缺钱!"

我后来知道，有根在开船之外兼看风水，还懂一点小方术。他走进我家院子，总要东张西望，细加观察，然后讲解"内白虎（指我家院内一个坡）"和"外青龙（指我家墙外一道山）"的深义。听说我家鸡埘里出现一种麻色小蛋，他一口咬定那不是鸟蛋，也不是蛇蛋，而是臭婆娘（不知他是说谁）拿来偷换鸡蛋的。我应该马上去鸡埘边贴一红纸条，方可以正压邪，清净门户，赶走那个臭婆娘！

他是一个业余萨满，常被乡亲邀去解决难题。乡亲们一碰到事情不顺，比如出门便摔跤，进门又打碗；埘里刚死鸡，圈里又猪瘟……这就值得注意了，就不能当作一般事务来处理了。取冷饭一碗，配鱼肉若干，倒在屋后僻静处，辅之以烧香和贴符，俗称为“倒冷饭”，可把小鬼打发远去，算是打破险局的简易伎俩。如果事情比较严重，比如房屋起火还加上恶病缠身，那就不光要救火和治病，更要找出形而上的原因。在这种情况下，乡下人信赖科学但不满足于科学，一定会去求助有根这样的人，甚至去求助更高级的和尚或道师。

到底找什么人，依情况的严重程度而定，也取决于当事人的支付能力。

这些做法十分可疑，但从心理学的角度来看，是否算得上某种草根民间的心治之术？祛邪驱鬼一类是否也不失为心理暗示和精神调节的偏招？就像很多老师要孩子们临考前大喊三声“我是最棒的”，这种十之八九的谎言常常也管用，近来也被列为科学的一部分——不过是传统科学所忽略的科学。

倒是另有一些科学的接连露馅：化肥破坏土质的大弊近来才被人们认识。瘦肉精、催长素、DDT、隆胸硅胶、不粘锅的特氟隆等等，也以其危害最终吓坏了公众。神经毒气和细菌武器更不用说，似乎比巫术更浑蛋，其制造者分明是一些穿着白大褂的邪教教主。

但我还是一个信奉科学的教徒，对有根的热情指导一笑了之，急得他瞪大眼睛：“你以为这迷信？明明是科学，条条都是有书对的！”

他也想抢戴一顶科学的桂冠。

他给我看过一些油印小册子，解释地理与命理的关系，包括地理如何改变命理，命理如何改变地理——一个人只要三年不做恶事，家中的树木一定长得郁郁葱葱，如此等等。他还说到毛泽东、周恩来、蒋介石、林彪的祖坟，一个劲解释那些坟墓与命运的关联。据说那都是他们堪舆界公认的经典案例，还经过他一次次亲自考察。他决不容我对此心不在焉，把目光移向报纸：“老韩你听听……”“老韩你想想……”“老韩你来说，事情是不是这样……”他一次次用点名和盯人的方式，用假装提问但并未提问的方式，把心猿意马的我拉回来，逼我继续聆听。

“你看了几十年风水，为何自己没选个好风水？”我想击其要害。

“你说我家？我家的风水不错呵！以前只是大门偏了一点，前年我已经把门改过来了。但地理还得有命理的配合，你懂不懂？我的八字是缺水，缺水也就是缺财，你懂不懂？……”他说不通左就说右，绕一绕，又能把话圆回来。

这一天，我与他在雁泊湾看朋友，在一农户家吃晚饭。天色渐晚，主妇把一只大母鸡追得满地飞，说那只鸡几天前不知受了什么惊，晚上总是不回窝了，怕是要变野鸡了。

有根笑了笑："你等我来。"

"你抓得住它？"

"鸡有脚，自己不会走么？你只给我找一张纸。"

"要纸做什么？"

有根讳莫如深，笑而不答，取一张废报纸去灶角里点火，嘴里念念有词。

"回来没有？"他接下来大声问。

"回来了！"主妇往地坪里一看，大觉意外。

"你再看看，它进埘没有？"

"进去了！已经进去了！"

"看清楚呵，没有再出来吧？"

"没有！真的没有！"

主妇和我都目瞪口呆。如果我不是在现场目睹，如果这件事只是传说，我撞破脑袋也不会相信。但这的确是事实，完全超出了我的理解能力。我立刻想到的下一点是：我是不是应该遵照他的嘱咐，去鸡埘边贴红纸条？

深夜，我们离开雁泊湾。他把我送回家。我上了岸，在朦胧夜色中摇摇手，看他一点篙，船就离了岸，船尾有缓缓鼓动的浪花，搅碎了满湖星光。我答应下次跟他去看看峒里最好的一块坟地，据说是块要出宰相出将军的宝地。我的巨大殊荣是最早得知此事，是获准参观的第一人——他对我千叮咛万嘱咐：看了以后不能说。

某农家的机动船正穿过一条水峡。

34 藏身入山

都市里的钢铁、水泥、塑料等全是无机物，由人工发明和生产，没有奇迹和神秘可言，几本数理化足以解释一切。人们的所食也多是动物和植物的尸体，一些大批量的呆呆成货，出现在包装盒、真空袋以及冰箱里。人是那个人造世界里的新任上帝，不再需要其他上帝。

乡村虽然也有人造品，但更接近一个自然的世界。乡下人不但缺乏足够的钱来享用科学（比如我家那个价钱不菲的避雷针），而且还时时面对着生物圈的变化多端，面对着植物、动物、微生物的奇妙造化，包括它们基因图谱里无法破译的空白和乱码。他们还长久厮守着一切无法由人工来制作和掌控的日月星辰、四季寒暑、山川大地、风雨雷电、水涝干旱以及瘴疠邪毒，没法摆脱人们相对的无知感、无力感、无常感。

对于乡下人来说，既然科学不能管理一切，他们当然就需要科学以外更多的什么。吴老贵上次进山打了两只麂子、一只兔，但这一次把铳药都打光了，连毛都没打来一根。这是为什么？李有根上次进山轻轻松松伐了一个坡的杉木，但这一次开锯就锯断，动斧就伤脚，最后还有一根树梢莫名其妙地弹过来，把他横扫到山沟里，砸了个头破血流。这又是为什么？还有蕉冲的贤爹赶马运木头，以往都是来去平安，但这一次马硬是不走，背着几根圆木团团乱转，最后一脚踩塌了，连马带木滚下山去，折了一条马腿，一匹废马只能进屠场，急得贤爹当场就哇哇大哭。这里难道没有什么原因？……山民们不认为这些都是偶然，更重要的是，没法像城里人一样可以回避这些偶然。如果他们还要活下去，就不能不苦苦寻找应对之法。

于是他们学会了“和山”：上山之前要焚香三炷，向山神表示求恕和感恩，上山以后也决不能胡言乱语和胡作非为。如果是打猎者，要在山上动刀动枪，伤生见血，属于更严重的冒犯，那么他们上山三天以前就必须开始“藏身”。其具体做法是不照镜，不外出，不见人，不秽语，连放屁也得憋住，连拉屎拉尿也得蹑手蹑脚。遇到别人打招呼，必须视而不见、听而不闻，决不应答回话。更严格的“藏身”之术还包括不行房事、不发言语、夜不点灯、餐不上桌……不一而足。其目的无非是暂时人间蒸发，逃过山神的耳目，有点像特种兵潜入伏击区的味道。

大家都知道这些规矩，因此每次见到猎户入山，都装作没看见，更不得打招呼，不去捅破对方的隐身伪装。我开始不知道这一说，有次在路上碰到吴老贵，迎面相撞，喊了两声，见他一扭头就走了。我还以为他无端生气。

后来才知道他正要进山收野猪套，此刻宁可得罪于我，也不能误了大事。

幸亏他这次进山没被蛇咬，没被蜂蜇，没有摔断手脚，否则他很可能归因于我，记恨我的一声招呼坏了他的功法。我在茫茫大山前胡乱喊叫，难辞告密卖友之罪。

进山的一条独石桥。

进山的骑马者。

35 塌鼻子

山那边有一郎中，塌鼻子，读书不多，每天上午不做事，只是咕嘟咕嘟吸水烟，直到铜烟筒烧红了才熄火。午饭后睡觉，睡到一个大哈欠起床才开始门诊，但限定人数，只看三四十个号子——他晚上要去坐人家喝茶，从来不可耽误。

没有人看见他采药，但他总能拿出一种黑药丸，据说那是他半夜里采集和炮制的，几乎包治百病，神效十分了得。这种药丸有大有小，有粗有细，有深有浅，其中区别只有他自己知道，连贴身的帮手也不大明白。

不光是药，他还有很多旁门左道。比如有个病人高烧不退，见郎中来了就大喊大叫，跳起来朝门外跑。塌鼻子追上去一拳就把病人打倒在地，再把对方拖入水塘，不论对方如何惨叫，不论病人的亲属如何哀求，他死死揪住病人的头发，一次次把脑袋按入水中。直到没有什么动静了，才把几乎半死的病人拖上岸。人们遵他的指示，用好几重茧棉包裹病人，抬到床上去发汗。不到一个时辰，病人果然发出汗来，高烧渐退，神志恢复，亲属们无不欢天喜地。

一个小孩不小心吞铁钉入腹，急得父母团团转。塌鼻子去问了问，要孩子父母煮一锅粥，自己不慌不忙去了炭窑，剥来新炭皮几块，研成粉末，调入热粥，要小孩连吃三碗。过了半个时辰，小孩如厕大便，果然把炭屑裹着的铁钉屙出体外。

更奇特的是，某家的一匹马右腿折断，村里人都等着吃马肉。塌鼻子走到屠夫前一举手说不可。他仔细看看腿伤，要马主人找来铜钱一枚，放在火里烧红，再下醋淬火，如是三番，用刀背将铜钱研为粉末，和着谷酒，灌入马口。五六天之后，马腿竟然奇迹般地复原如初。更奇怪的是，几年后这匹马死了，屠马者割开皮肉，还发现有一铜圈箍在当年的骨折之处。

这些说法不知是否属实。

塌鼻子医术高，脾气就大了起来，说话没轻重。有一天，他摸到一个病人的脉，生气地说："一个死人，你们还背来做什么？"当时病人还能吃能拉，病情不算特别严重，家人一听这话大为生气，愤而去了县城医院。不料七天之后，那病人果然一命呜呼。还有一天，有两个妇女上门求医，带的鸡蛋不一般多，为了避免送礼有厚薄，多带鸡蛋的一位便从篮子里取出了几个，藏在路边的草丛里，打算回头时再取。她们没料到塌鼻子开了药方以后说："你们快点回去，草里的鸡蛋要被犁田人拿走了呵。"这当然让两位妇人大惊失色：这塌鼻子莫非有个望远镜？还看见了她们刚才在路边的手脚？

36　神医续传

塌鼻子的故事越传越多，最神的事莫过有些人曾偷偷地看他采药——他们后来大惊失色地说，他们看见了，看见了塌鼻子晚上出门，驾船过湖的时候根本不用桨，只拿一根草在水里搅两下，船就走得飞快！

他的门前常常求医者如云。我大姐的晕眩症发作时，我曾经开车拉她去过那里，但发现路边停了好几台汽车，屋里人头攒动围了个水泄不通。我们踮起脚来，也只看见一排背影那边的一顶破呢帽，也算是一瞥他的尊容。当天的号子已经发放完了，没给我们留下机会。

人们说他门诊的一大规矩，就是任何人都得排号，谁也没有优先权。那一次是来了一辆小轿车，是县里某大人物的太太求诊，陪同前来的乡干部笑脸求情，连塌鼻子自己的侄儿也来拉衣袖，想让官太太破例优先。塌鼻子不答应，说官有大小，病无贵贱，他这里是铁规矩。

官太太好生不快，见他颈根黑黑的一圈，见他耳朵里生出几根长毛，更是不以为然，暗地里咒了几声“塌鼻子”——有什么了不起呢？

轮到她就诊了，塌鼻子一见她就摇手：“我一个塌鼻子晓得什么！你还是找个高鼻子去看。”

对方听出了话中有话，吓得面如纸灰，忙不迭地道歉，一定要请他消消气，说她刚才腹诽的不是郎中，是另外一个什么人。

但他还是得罪了不少人。打击非法游医的时候，县卫生局说他既无执照，更无文凭，有时还搞迷信，江湖游医的黑诊所必须马上关闭。这一禁令是不是出于仇人暗算，不得而知。他从那以后就放鸭子，把一大群鸭子放得肥大无比。人们说，他在湖边睡足了，只消拍三下巴掌，鸭子就会乖乖地跟着他回家。他又想睡觉了，只消把鸭铲立在稻田边上，鸭子就不敢越过鸭铲去吃别人田里的谷。

他站在门槛前，两只脚简直就是两棵树，在地上生了根，四个男子也休想把他推动。但他这一身武功不传子，其理由是他儿子性子邪，有了神功可能挑惹是非，祸国殃民。有人说：“政府把你的诊所都关了，你还想着国家社稷，难得。”他笑着说：“医道就是仁道，仁者以德报怨，不同卫生局计较。”

他后来又获准行医，大概是一些忠实的客户帮忙，或者是卫生局没法管死，虽然没给他执照，但也睁一只眼闭一只眼。他对邻居们说，他猫肉吃得太多，食德太差，活不长了。六月乃淫厉之时，他将来一定病在六月，死在八月，这个日子是越来越近了。他说他死的那天还吃得酒肉，还唱得戏，只是傍晚会洗一个澡，然后一觉而逝，不声不响，不会麻烦任何人，大家大可放心。他甚至还预言，在他死后三个月之内，不是上海就是北京，必有一个状如老猫的高人要来聘他出山，只是那高人与他有缘无分，相见时分隔在阴阳两界呵。

他预言过很多事情，有过误，也有过验，只是不知这一次会不会说对。

37 老地主

吴县长这个人也值得记录一二。见过他的人都说，他一个阉鸡脑壳又长又尖，相貌要说多丑有多丑，为人却不失厚道。以前当地主的时候，他见了乞丐就施粥，见了死人就请人来埋，见到路上卖咸鱼的挑子，就一把拦下，要对方挑到粥厂去，说几担咸鱼值几个钱呢？你们只管吃，吃不穷我的。

有一年，山里发生宗族械斗，双方都咬死理，他就卖田来平息纠纷。

他当过几天国民党的县长，但贫下中农对他印象不错，土改的时候纷纷说，先不能斗他，要斗就斗世癞子。世癞子的田其实没有他的多，但那人太厉害一点，年三十到别人家催账，见对方没有谷，也没有茶油，就把人家准备过年的一个猪头提走了，好不尖钻！好不歹毒！正人君子不齿。

农民总是通过细节来论人的，总是记忆细节和传说细节，重细节甚于任何政策和理论——这与很多新派人士不一样。正因为如此，吴县长虽然成了革命的敌人，但靠一大堆细节挡着，很长一段时间内没挨过打，还颇受乡亲们尊重。有的人家生了娃崽，请他来取名字。有的人家办酒席，请他来坐头一桌。有一次某家嫁女，请他写对联，听说他做客去了，硬是追出五六里地，一定要讨他贵人吉言。他没有办法，只好站在路上口授一联“易挑养育千斤担，难显关怀一片心”，算是马虎应付了下来。

“文化大革命”是他没有逃脱的一劫。他还是被挂了牌子，戴了高帽子，接受群众的斗争，只差没把他当只猴子吊起来。他前面挂了一块牌，上写“牛鬼”二字。后面挂了一块牌，上写“蛇神”二字。他游街的时候就恨恨地喊：“我前面是牛鬼，我后面是蛇神！”民兵们开始还不觉，越听越觉得不是味，问他怎么能这样喊。他说你们如何写，我就如何喊，都是照你们写的喊，要不得么？民兵们觉得他也没有说错，只好马虎带过。

工作队总算找到他一个岔子，指控他搞封建迷信，一直给人看相。

他不服：“你们说看相是搞迷信，那你们买条牛不也是要看犍？”

我用这个“犍”是取其音Jiān，指牛身上的旋毛眼。农民们常常查看犍的多少和位置，以此判断牛的质量和性格。在老地主看来，这不也是给牛看相？不也是革命的唯物主义？为何牛相可以看而人相不可以看？

工作队说不过他，只好再次带过。

同其他反动分子一起跪着挨斗的时候，他跪功最好，跪上两三个钟头，挺胸昂首，腰身笔直，纹丝不动，让台下所有的人都啧啧称奇。大家不听台上的发言，目光都集中到他的膝下和腰上，让会议组织者颇为恼火。到后来，他还可以跪着睡觉，一睁眼，打一个哈欠，吞一丝涎水，发现大会还没结束，合上眼睛再睡回笼觉，身板还是稳如磐石高高挺立。会场里油灯的光线暗淡，没有人发现他去南柯国走了好几个来回。

大概是这样跪着睡习惯了，睡舒服了，他后来不跪还不行。人家坐着铡猪草，他就要跪着铡。人家蹲着栽菜秧，他就要跪着栽。动不动就给人一个罪大恶极的姿态，让人惶惶不安。他来参加一般的会议，没有人要他跪，但他坐着坐着就双膝滑落在地，要过一过下跪的瘾。“我瞌睡来了，不得了，不得了，”他不好意思地解释，“不跪一下硬是不行了。”

你回去吧，快些回去！……工作队后来也这样打发他，怕他留下来继续搅乱会场秩序。

他后来过得比较清闲。据说老婆病故的时候，他想过自杀，拿蜂蜜拌葱吃。俗话说，蜜拌葱，快如风，一吃肯定要死人的。但他吃了两回，居然就是不死，八字铁硬的。

总算等到了政治运动的结束，他重新当上了县政协委员。两个儿子也都上了大学，后来还去了美国。其中一个当了公司经理，另一个学问大得很，据说专门研究机器人的后脑壳——这是他对儿子专业成就的描述。听他这样说，好像机器人是有后脑壳的，可能还有额头和下巴之分，有五官科和泌尿科之分。

38　卫星佬

当年的一位插友姓刘，眼下在电视台当差，来我家玩过一次，执意要帮我装上电视卫星天线，决不让我成为文明的弃儿。

一辆工程车就这样灰头土脸地开来了。车上跳下两位技师，手操对讲机，分派手下人搬出监测器、钻孔机、定向仪、解码器、手提电脑等等，还忙着检查基础工程，即一个直径一点五米的水泥座——我家已经遵照吩咐提前打造好。

他们架上铝皮锅，靠定向仪确定方位，靠监测器查验信号，靠电脑上网搜寻参数资料。一拨人在野外操作天线，另一拨人在室内调试电视，双方在对讲机里哇啦哇啦呼叫，忙得一个个满头大汗。碰到什么疑难，他们还打手机咨询更高级的专家，甚至直接打到出产设备的厂家。在这个令人眼花缭乱的高科技过程中，我只能端茶倒水，完全帮不上忙。

朋友送来的这口锅，本身就价值两千。这笔厚礼实在让我过意不去。买一车西瓜送去电视台还礼，是后话不提。

几个月以后，雷击打坏了天线。我不好意思要工程车再跑一趟，正在为难之际，一位邻居对我说：“何不喊毛伢子来一趟？”

毛伢子是谁？

毛伢子就是桥头村路边那个杀猪佬呵。邻居说，他近来也兼营卫星天线安装，别人也叫他“卫星佬”。我不大相信杀猪的能玩好卫星，没有接受邻居的建议，含糊了一下。没料到邻居很热心，竟自作主张拜托一位运竹木的司机，捎了个口信下山去。卫星佬就这样进山了，站在院门外高声大叫。

我不认识他，见两个汉子的裤腿上满是泥点，以为是打鱼人来卖鱼，连连表示我们不要鱼。“不是你叫我来的么？”毛师傅很纳闷，给我出示一只用草绳拴着的铝皮锅，让我明白他们的来历和来意。

他们当然没有汽车，只骑来了一辆浑身哗啦啦乱响的旧摩托。一个人抱着大锅反坐在车尾，另一个挂着两个工具袋向前开车，一正一反珠联璧合，就像一棵歪着头的大蘑菇上了路，更像一只支着锅形天线的预警飞机嗡嗡嗡进了山，哪怕在田间小道也能七弯八折，一往无前。进了大门以后，大脚板踩得到处是泥印，他们既不细察，更不多言，三下五除二就打上前去，动作如果不说是粗鲁但至少是猛烈，简直是在杀猪。他们不由分说把肥胖的电视机抬到室外，扔在草地上任它哼哼，接上电线，就当成监测器用上了。他们既不需要定向仪，也不需要用量角器，只是抬抬头，看看太阳的位置，甚至是太阳在云中可能的位置，把一口铝皮锅左挪一下，右旋两下，再踹它三两脚，差点踹出了我想象中的尖叫，很快就校准了卫星方向。他们对锅座安装更无教条主义，如果你同意，他们更愿意省掉钢架，找来一些断砖废石，不一会儿就砌出三个砖墩，让锅座由一条钢腿变成三条砖腿，不像是架天线，倒像是砌猪圈。

卫星锅成了潲水锅。这样虽不大好看，虽不符合技术规程，但实际上更结实和更稳固，有抗风和防锈的诸多实惠。在锅中央的高频头上，他们随手罩上个底朝天的可口可乐半截瓶子，算是乡下人的即兴创造，一个防雨的小把戏。

猪杀完了，肥胖的电视机也被捉回室内重上屠案。杀猪佬揪去一把鼻涕，在裤子上擦了一把，对各种解码参数烂熟于心信手拈来，对“亚太一号”“泛美二号”“雅玛尔”一类卫星名称如数家珍脱口而出，随手调试出屏幕上大陆的、港台的、南亚的、中东的、欧美的各种音画，就像从竹笼里掏出一只只猪，看你要哪一只，看你要剁哪一块，他都可以熟练地剁好，足斤足两，老幼无欺。价格也便宜：装一口锅，连人工和线材费用总共三百左右，不到一头猪的钱。

我这才知道卫星天线已经大大降价。

我要他们吃了饭再走，他们连连摇头，说天已不早，还要顺路去茶盘砚收猪，准备明天卖肉，说完一溜烟骑着摩托走了。

我目送他们远去，怀疑他们的小小摩托无所不能，不但能把肥的瘦的卫星节目统统带上山来，也能把电子化数码化的大肥猪运下山去。

39　意见领袖

乡下电视多了，报纸就少了。我订了份报纸，不料成了批发式的周报甚至旬报。乡邮员小吴一个月难露几次脸，来一次就批发一大堆：总理的出访和归国同步报道，球赛的预测和回顾联袂而来。我对这种时间杂串很恼火，差一点要打电话向邮政局投诉。后来一打听，得知小吴的月工资才一百多元，摩托车的汽油也不能报销，因此他不得不把副业当正业，兼职开上了推土机，实有谋生的无奈。

我只得把话咽了回去。

比较自己当知青的那个年代，那时候乡邮员没有摩托车，连脚踏车也没有，靠两条腿步行，还可以让大家看到当天报纸。为何三十年后的乡村邮政竟糟糕到如此地步？乡邮员工资与经济效益挂钩，这种市场化分配看似合理，但对贫困山区的某些公益事业而言，岂不是要斩尽杀绝？

我是这里不多的私人订报者之一。只是不知这是对小吴有利（让他的业务效益有所增加）还是不利（如果无人订报，他每月下山一趟也许就够了）。

没有报纸，并不妨碍山里人放眼中国和世界。这一天我妻子去胖姑娘家买豆腐，回来大笑不已。我问她笑什么，她几次刚要开口又忍不住捧腹弯腰，眼泪都出了眼眶。原来，她刚才在大路边听一堆人聚议国事，绪非爹正在那里发表口头社论，议题是海南岛上空的中美撞机。

“……美国飞机来了，你有狠，就一炮打他娘的尸，跟什么踪？闻屁臭么？你的飞机又不硬，做得蛋壳子一样，假冒伪劣，撞不过人家的美国货，怪谁？”这是他对中国飞行员和飞机质量的不满。

“美国也他娘的太毒了，就是欺侮你不敢打。上次还炸我们的南斯拉夫（正确说法应该是我国驻南斯拉夫使馆），说是误炸。屁！你相信么？你以为他们飞机上的炸弹真是没捆好，一不留神滚下来一个？飞机上捆炸弹，总不会是用草绳捆吧？起码要拿六码丝（一种农民所熟悉的铁丝）来捆吧？他娘的，一炸就是三弹齐发，明明不是滚下来的，硬是起了毒心。最后说是赔钱。谁知道真的赔了没有？再说，他美国反正是有钱，扯几张票子不碍事。就当是摸了你老婆的屁股，赔五块钱，输钱没有输气呵。你拿他如何办？”这是发泄对美国当局的嫉愤。

绪非爹端着一个保温杯朝乡政府走去，见到这个爹那个婆的，还是一路上心潮难平：“不得了哇，不得了，飞行员还没有找回来！飞机犁一路去，轮船又犁一路回，到现在，一块降落伞的布也没找到。你们说那个飞行员是不是也有点蠢？未必手机也没带？打个电话回来呵！说我在哪个弯角，省得这么多人耽误瞌睡呵！”

这位绪非爹已在供销社退休，成天捧着个保温杯到处游荡，这里站一下，那里站一下，经常说得唇干舌燥，也确实需要茶水及时补充。实在没有话题和听众的时候，他有些无聊，就搓一手麻将，打一轮桌球，骑着摩托去镇上飙车，当一回玩酷的时尚老年。直到有一次翻车受伤，他好几天撅着屁股哎哎哟哟，扶着墙壁走路，才不再沾摩托。

方方、蒋韵、李锐、蒋子丹等朋友来乡下时，听我一番介绍，对这位意见领袖大为好奇，要我领头前去拜访。但那天运气不好，我们没找到他，只看见他家墙根刷有石灰标语“力戒空谈多干实事”。绪非爹后来得知此事，听说来访的都是作家，也觉得十分可惜，失去了一个与作家深入讨论台湾问题的机会。“中国就是一个人，一个男人呵。”他愤愤地痛陈国是，“台湾就是中国胯里的一粒弹子。这粒弹子如今捏在美国手里呵。他不时捏你一下，不时又捏你一下，痛得你没办法。你看恼不恼火？原来还有一粒弹子捏在英国手里，两边夹着你捏。英国那个婆娘居然还想得出，上一回还要出钱来买弹子。”

“真是要感谢邓小平，说我们卖点茶叶给你可以，卖点猪肉给你可以，但我们的弹子怎么能卖给你呢？就一举把香港收回来了。现在我们胯里要痛，也只痛一粒了。”他补上重要的结论。

这些话女士不宜，但纯属说话的常识化和形象化，其实并无下流之意。看他的脸色，也是一本正经的。

我夏天里下水游泳，有幸在水中被他偶尔接见过三两回。他把汽车轮胎当成皮筏子，一块木板当作船桨，慢慢地朝我划过来，一个黑点由远而近。待看清他了，我发现轮胎上还横绑两块木条，就像船上的左右舷板，塑料袋里还藏有肥皂、毛巾、保温杯一类，看得出主人不是来游泳，是装备齐全地来洗澡。大概是对退休生活不大满意，绪非爹火气更大，越来越像个愤青，开口就骂乡政府："一年吃了一二十万，哪来那么多死尸要招待？说是招商引资！钱呢，引来的钱呢？钱毛也没有一根！还不如拿去喂猪，一二十万买饲料，总要喂出几百斤肉吧？"

骂完官员又骂日本右翼政客参拜靖国神社："参拜，参拜，参他娘的尸！真要搞得中国人火了，好，什么事也不做了，一人出十块钱，做两个原子弹。老子把火柴一划，嘭嗵！"

"你是放原子弹还是放鞭炮？"我没听明白。

"当然是原子弹！"

他的原子弹还处在划火柴的水平，大概不会让日本人民过于紧张。

在农家聊天。

40　面子

山里人请客吃饭，一定要上门恭请，决不会用一个电话，或一个口信，来替代这一隆重程序。在更重要的宴请之前，主人（至少由主人的儿子做代表）还得“办书”，即制作和呈送请柬，多次上门一请再请，以求礼数的周全。

若按都市人习惯，一个电话就召人来吃喝，那无异于呼鸡唤狗，以残汤剩饭打发乞丐。无礼至此，足以引起严重的事故。

上门与不上门的区别，在于给不给面子。面子在这里并不抽象，是一种物质性要件，即人脸的真切到位。同理，凡商谈重要事务，捎口信和打电话的方式都太嫌轻率。当事者须登门面谈，才能使对方感受到诚恳和郑重。凡非议什么人事，一般也不能当面发作，否则就是“破面子”“撕面子”“剥面子”，无异于一种语言凶案。这样，除了少数毛深皮厚的刺头，大家在熟人范围内（这一界限极为重要）的非议，大多是弯弯绕，顾全当事人的情面。

山里同样有很多利益之争。但大多数的冲突被情面磨去锋芒，不表现为硬性拼打，而是柔性挤压。即使一时激化为拼打，也大多会返回挤压。嘀嘀咕咕，交头接耳，话里听音，点到为止，指桑骂槐，隔山打锣，三百里外骂知县……就是他们的挤压方式，不一定为外人所习惯。所谓低头不见抬头见，他们不到万不得已之时，决不会挖洞寻蛇打，不会一刀子捅进去再搅三圈（贤爹语）。家里的羊丢了，一路寻去，得靠路边的知情人指点方向。田里遭旱了，要开沟引水，得靠上丘田的主人给个方便。在集镇上一时短钱，碰上某个乡亲，就是救急解难的宝贵机会。更不说山里人的亲戚关系缠结如网，张三牵着李四，王五绊着赵六，遇红白喜事大家总要碰头，逢祭祖祈神大家总要见面。盖个房子，架个便桥，免不了还得互相帮工。在这一种定居农耕的生活里，几乎所有乡亲都是利益关系人，至少是间接或更间接的利益关系人，岂能说翻脸就翻脸？岂能只顾前途就不管后路（庆爹语）？

古有“乡原”[①]一说，多年来歧释不一。其实，因“乡”而“原”之，意通原谅和原宥，差不多也是因“乡”而“圆”之：圆滑、圆顺、圆通、圆融，是乡民们必要的处世之法。做人即使“内方”，在乡邻圈里不能没有“外圆”。

① 《论语》载：“子曰：乡原，德之贼也。”据后世主流性解释，“乡原”指循情媚世和光同尘的老好人习气。但很多人把“原”释义为“愿”，倒嫌含混和勉强。

近来省里某部门想了解下情，派一些人员下乡暗访。这当然忙坏了乡干部。参照邻乡的经验，乡政府紧急部署，派出各种伪装成农民的游动哨和瞭望哨，互相用手机密切联络。消息树和烽火台的可能性肯定也被他们想到了。一旦发现面目可疑的山外来客，“尾巴”立即不远不近地跟随，既不能暴露身份，又不能丢失目标，必要时高声咳嗽一二，以示自己耳目在此。

这种“吊尾线”已经足够，足以让受访男女的嘴里干净许多。“你要是不跟在那里，不得了，不得了，他们连屎渣子也要给你翻出来！”一个干部事后说得心有余悸。

“哪个乡镇没几个破篓子？总结你的成绩就上北京，总结你的问题就判徒刑！”另一个干部理直气壮。

有些农民对此不满，常来我家抱怨，说他们没机会说真话。他们的真话内容包括上面的摊派多、退耕还林款不到位等等。某户人家只是与干部关系好，就把一个好端端的娃崽说成聋哑，又骗得生育指标，也算是一条。

我对他们说：“杀一头猪，猪也要叫几下吧？你们都是大活人，都有一张嘴，有意见就对上说呵！”

他们吓得面色发白，连连摇头，说使不得，使不得的。

“那你们找我做什么？”

他们支支吾吾，相视而笑，大概是想要我去代言，或者也没打算求我，只是闲来嚼嚼舌头，一泄胸中的闷气。

我能痛恨他们的懦弱吗？我是一个局外人，没有进入他们恒久的利益网络，可能有点站着说话不腰痛。但他们的懦弱如果不被痛恨，不加扫荡，这个穷山窝的言路又何以畅通？进一步说，没有畅通言路，善政又何能确保？

41　诗猫

我还没有说到我家的猫，这乡村生活中必不可少的一员。我们本来并没有打算养猫，但入居新家的那一段，每夜都不得安宁，不是面条成了碎渣，就是腊肉少去半块，连储藏室的木门也被咬去一角。

生存保卫战刻不容缓。我们下了毒鼠药，设了捕鼠夹，效果均乏善可陈。老鼠们贼头贼脑，小眼睛滴溜溜转，是何等聪明的高手，吃了一次亏以后，下次决不上当。无论我们如何机密行事，把下毒药说成“请客”，把设夹子说成“开床”，把老鼠一律爱称为“少爷”或者“相公”，但它们躲在我们看不见的地方，能听懂这些黑话，一举识破我们的阴谋。

到最后，绕过毒米吃好米，戳倒了夹子再吃肉——它们总要大破我们的天门阵。报纸上说，省农业厅服务站有“电猫”出售。我赶到城里购得一只，其实是一套微型电网。这种电网需要主人小心布线，让裸线离地两公分左右，再接通电源，等待老鼠前来触网，啪啪地爆出火光。不幸的是，新武器一天天只是准确打击着空气，连老鼠影子也没打下来一个。

有天夜里妻子听到鼠叫，以为正义之战终于开打，兴冲冲起来检阅战果，不料没看见什么战果，倒是自己不小心被电猫咬了一口，惨兮兮地大叫。

一切手段都失败之后，我们不得不接受农民的建议，返回最原始的方法。一只刚满月的小猫，毛乎乎的一团，由龙老师从三江镇带来，被我们随口一叫，就定名为“咪咪”。“咪陀”“咪相公”“咪大爷”“110”等，是后来衍生的一些称谓。它背黄胸白，毛色鲜亮，机灵活泼，每天早上大练武功，翻滚，拳击，鱼跃，追逐自己的尾巴，陀螺一样飞旋不停，让人看得眼花缭乱。一张椅子靠背的两道横栏，成了它反复翻腾和穿插的高低杠，难度系数不断攀高。农民送来一面祝贺新居的大镜子，没有地方好挂，一直靠墙闲搁着，眼下便成了它早上必用的练功镜——它把自己足足折腾一两个钟头，左翻两周半，右旋三圈半，乌龙绞柱，掀身探海，倒踢紫金冠，最后朝镜中盯上一眼，把自己美美地欣赏再三，满心崇拜着这个镜中的芭蕾男星。

它把老鼠吓得无影无踪，自以为英雄盖世，仗着自己的年少气盛，更是独立和反叛，正如时下的某些新人类，把听话当作丢人的勾当，把傲慢当作流行的风度，不饿的时候根本不愿理人，甚至不愿回家。不管主人怎么叫，它就是不露脸，就是不应答，一点面子也不给。它情愿雍容矜持地蹲在墙头，观赏学校那边的广播操或者篮球赛；或是仙风道骨地蹲在院门顶上，凝望远处一片青山绿水，凝固在月光里或霞光里，如一尊久经沧桑的诗人，不，诗猫——正心事浩茫思接千古。

它是要写出七律还是要写商籁？

是正沉溺于婉约还是在蕴积着豪放？

咪咪在树荫下
呼呼大睡。

突然发现了
镜头这个可疑之物。

42 猫狗之缘

咪咪本事渐长，表现欲也渐增，见到我在院子里走过，忽然冲到我的前面，唰的一下蹿上树，又唰的一下从树上蹿下来，其实没有什么要事，只是想请你见识它非凡的速度和高度。

它也有失手的时候。它不明白竹子不是樟树或梓树，不知道竹竿太滑也太硬，有一次当着我的面一路猛冲，闪电一般蹿上竹竿，但爪子抓拉不住，终于哧溜溜摔了下来，砸了个四脚朝天，真是很没有面子。

它夹着尾巴快步溜走，以后再也不爬竹竿。

实在很无聊的时候，它才会想到名叫“三毛”的一条狗。三毛比它年长几岁，算是狗大哥。但大哥在本领上比不过小弟，上不了树，爬不了墙，打架也笨，只会傻乎乎地硬着头皮朝前拱，架不住小弟的手抓、脚蹬、尾巴抽、牙齿咬，十八般兵器组成了立体攻势。就算三毛的身坯大，重型战车撞倒了对方，但小弟腾空一跃上了楼梯，没等对手看清楚，已迅速退到安全地带。

三毛甩了甩一头长毛，发现没了目标，一犯傻就朝错误方向扑去，在一个个房间里蹿进蹿出地搜查，气喘吁吁还是一无所获。它没有料到咪咪此时正端坐高处，以逸待劳，悠悠然摇着尾巴，对敌方的忙碌懒得理睬。

到后来，狗哥甘拜下风，凡事让小弟三分。见咪咪抢吃它的饭，就一旁待着，实在冒火了，才去猫碗里大吃两口，算是很没出息的报复。有时躺在地上，听任椅子上的咪陀垂下尾巴，在它的狗头上不时敲打。

三毛半眯着眼睛，忍着。

它们一般来说还算友好，有时可以同睡一个纸箱，甚至嘴套嘴地互相含着（如同深吻），手搂手地互相抱着（如同热拥）。如此至爱亲朋，僵住好一阵，直到睡意大发，才结束亲密的一幕，分头各睡各的。它们也开始互相学习，比如三毛学会了抓老鼠，咪咪则学会了见人即仰卧，亮出肚皮以示友好。有一次，院子西头发出一声惨叫，听上去像猫的声音。我还没有反应过来，三毛全身一震，已狂叫着朝惨叫的方向蹿去，四蹄刨得沙土翻飞，蓬松长毛被疾风刮得紧贴全身，使它平平扁扁完全变了形。虽然它最后没发现蛇，没发现黄鼠狼，只发现一只野猫越墙而去，但还是在草丛里四处嗅，好一阵才罢手。它刚才一定是在担心猫小弟的安危。

这使我夸了它好一阵，见义勇为和高风亮节的高帽子，一顶顶戴在它头上。咪咪也许能听懂一二，也许听得有点不服气。接下来的几天，每天早上打开大门，门外正当眼的地方，可能有血淋淋的一丝鼠肠或一只鼠腿——这当然是咪咪的战绩，是它割下敌寇的首级，回头向主帅部报功。我突然明白了，它有心留下这一口，无非是表示它没有白吃饭，至少不比三毛草包到哪里去。

比较麻烦的是，它割来的首级不但有鼠肉，有时也有鸡肉或者鸟肉。这就是说，它一直不清楚自己110的职责范围，一直把鸡和鸟看作了有翅膀的老鼠。尤其是那种灰黑色的小东西，在它看来一定是老鼠的乔装打扮，决不可放过和轻饶。我家的鸡崽在它嘴里好几次减员大半，使我们后来根本不敢买小鸡，尤其是黑毛小鸡。我气得大骂它践踏法律。但它瞪着眼睛并不理解。

有一次，它叼着满满一口黑毛兴冲冲地跑来，再一次引起公愤：你叼鸟做什么？讨打呵？我破口大骂一顿，吓得它东躲西藏，嘴里却决不松口。我抄起树棍猛追，又用泥块连续射击，打得它在林子里乱窜，最后呼啦啦跳上了墙。但它还是死叼着小鸟不放，眼里满是委屈和困惑，对我不赏反罚大为义愤。

这一天晚上，它很晚都不回家，可能是已被一只鸟塞饱了肚子，也可能是想狠狠地发一回脾气。

43 山中异犬

村里人把狗也叫作“呵（读去声）子”。大概他们唤狗的声音是“呵——呵——”，应声而来的一团肉就该是“呵子”了。

这里录下一些呵子的事迹：

贤爹家的呵子 贤爹这一天犁完田，还走没到家，就听见田垄对面割茅草的邻居说，你快回去看看，你家的呵子刚才叼回去一只兔子。

贤爹回到家里，没有看见呵子，也没有看见什么兔子，到屋外唤了三声，也没听到呵子的脚步声，不免有些纳闷。这天夜里，呵子很晚没回家，不知道去了哪里。

贤爹后来把这事忘了。十几天后，他翻过两座山，过了三条溪，走了十来里路，到出嫁多年的女儿那里去看看，送上一点糍粑和干笋。他听女儿说，家里的呵子十天前来过了，累得气喘吁吁，尾巴低垂，嘴里叼着一只兔子，当然是给小呵子吃的——就是断奶不久的呵子它儿。贤爹大为奇怪：这狗娘逮住了一只兔子，居然还记着两座大山以外的狗崽？更奇怪的是，女儿把狗崽抱来婆家的时候，狗娘并没有跟着来呵。它如何识得路？如何找到了这一家？如何知道自己的骨肉就在这里？

莫非是它平时听家里人说起这个地方，也听出了个子丑寅卯？

有福家的呵子　这条呵子骨架大，从小就长着好多胡须，是个少年老成的武士。它最会看家，平时逢主人不在，见外人上门来了，便不动声色地跟着，既保持警觉，又不失礼貌。外人在这个家里可以坐，可以睡，可以到处看，怎么都行，就是不能触摸任何东西，否则立刻引来它的狂呼乱叫。如果你不赶快撤手，它必定猛扑上来咬住你的一只贼手。

有福带着呵子出门，从不怕丢失什么东西。他干活时在地头脱下一双鞋，一顶草帽，或者停靠一辆脚踏车，呵子立刻蹲在一旁守住，不管主人去了哪里，也不论主人要去多久，它都会寸步不离主人的物品，一直等到主人回来。有一次，有福在田头丢下一张犁，准备第二天犁田，没料到呵子就把犁看住了，以为是什么贵重的宝贝。有福回到家里，很晚还没看见呵子，后来想到了犁，打着雨伞到田边一看，他家呵子果然在瓢泼大雨里守着——其实没有任何贼寇会打一张犁的主意。

有福在县城遇上车祸的时候，呵子在家似乎有什么感应，疯了似的大叫，冲到公路上去见汽车就吠——这是邻居们后来说的。它被一辆车绕过去了，被另一辆车甩下了，但还是对一切流动的钢铁盒子大举进攻。最后，一辆运树木的大卡车来不及刹车，终于把它碾在轮下，成了血淋淋的一摊肉泥。

村民们说，它这是以死“挡煞”，拿自己的命换主人的命。要不然，有福那一天骑摩托被汽车撞出一丈多远，说什么也不可能活着回来的，至少也要落个终身残疾。

有福也相信，自己这条命是呵子给的。他把呵子葬在山上，说自己老了以后也要葬在那里。

茶盘砚的呵子们　我跟着村长去茶盘砚清账，刚翻过岭，见到村子的一角，就远远听见一片狂吠。我免不了有些心虚，赶紧在路边折了一根树枝，紧紧捏在手里。奇怪的是，我们进村的时候，那些狗反而一声不吭了，黄的黑的大的小的老的少的一起迎上来，围着我们使劲摇尾巴，嘴里都横叼着一截树枝，像齐刷刷地都插着一支牙刷，让我颇为奇怪。

我问村长：“这些狗为何都叼着树枝？”

对方见多不怪，说有这回事么，回头看了看，确认了我说的是实，这才说：这些狗从来都是这样的，看见贼就开咬，看见客就封嘴巴。

一位农妇捂着嘴笑：“它们怕你吓着了！”

我大吃一惊。世上还有这等善解人意的狗？居然像古代的军队衔枚夜行，还懂得以枝封嘴安抚客人？它们是不是经过了某种训练?

村长说:“没有呵，茶盘砚的狗都是这样的，生下来就是这样的。”

“其他村的狗也是这样么?”

“那倒不一定。有这样的，也有不是这样的。”

我带来的三毛是个洋种，与这些狗一见如故，玩得兴奋异常，很快就与它们打成一片和搅成一团。我原来担心这些狗会欺生，一直给三毛套着狗绳，随时准备将它解救脱险。我没料到呵子们对三毛十分友好：互相嗅嗅屁股，相当于通报姓名；互相摇摇尾巴，相当于握手礼或者贴面礼；一直没吐掉嘴里的树枝，相当于剑入鞘，枪退膛，大炮蒙上炮衣，军队解除战斗状态。有一条大狗是后来的，朝着三毛咧咧牙齿，没有真咬。大概是一时没找到树枝，它急得满地乱窜，后来不知从哪里叼来一根鸭毛，在我们面前转来转去，待我们看清楚了，才意犹未尽地离去。它肯定是要让我们看清它的橄榄枝，明白它和平主义的宣示。

自从到过茶盘砚以后，三毛一有机会就要蹿出院门，就要朝茶盘砚方向狂奔，对我的喝止充耳不闻。不过，去就去吧。我现在不太担心它的安全了，因为那一群狗友礼貌周全，不可能伤害客人。

有意思的是，三毛从那里回来的时候，嘴里也叼着一根草，在我面前摇头晃脑，一展它的学习成果。

茶盘砚的某家危房，靠悬重（石磨）加力的树干勉做支撑。

44 三毛的来去

三毛原是一条流浪狗，其名取自《三毛流浪记》。当时蒋子丹、林刚夫妇深夜回家，碰上一场大雨。快到家的时候，他们看见三毛在冷清无人的街灯下乱窜，全身又是泥又是水。

它肯定是找不到家了。林刚放慢车速，观察了它一段，心一软，拉开了车门。“要是有缘，它就会上车来。”他后来这么说。

三毛对汽车似乎不太陌生，回头看了看，纵身一跃，连泥带水就上了车——这就进入了我的生活。

回家后给这个烂布团洗澡、梳毛、喂食，他们收留了三毛。但问题是，他们家有一只猫，严守每家一个孩子的原则，无论如何容不下新宠，一见三毛就怒发冲冠全身发抖，没有调和妥协的余地。

无奈之下，蒋子丹把我和妻子召去，千言万语培育我们的爱犬之心，甚至说到了托尔斯泰和昆德拉的狗，其目的不言自明。

我倒没什么，养条狗就养条狗吧。虽说出外遛狗时稍有犯罪感，好像自己已经穿戴小礼帽和长马褂，成了呼鹰走马畜鸡斗虫的纨绔一类，但硬着头皮，顶一顶也就过去了。“受人之托”和“组织摊派”之类的废话，后来也用不着再说。但我妻子从小就怕狗，更有酷爱整洁的毛病，卫生专制主义之下，几无三毛的活路。她闻到三毛的气味时要说三道四，扫到三毛的毛发时也要说三道四，见三毛跳上沙发或者床铺，更似天塌了一般，怒不可遏，声色俱厉，一心要消除这个置全家于万劫不复的乱源。最后，她逼着我联系了另一家，一定要把三毛送走。

送走之前得把三毛洗刷一番。蒋子丹来给它洗澡，洗着洗着吧嗒一声，眼泪就掉到了澡盆里。我妻子吓了一跳，不看僧面看佛面，等三毛洗完了澡，不再提送走一事，任我含含糊糊地把小狗窝藏下来，算是不了了之。

我一直相信三毛可以听懂人语。我们后来到乡下，一说到老鼠，它就去看老鼠洞；一说到鸡，它就往鸡埘里跑。所以我相信它一直听懂了我妻子的数落，听懂了妻子对我人犬不分同流合污的各种谴责。每到这时候，它就缩头缩脑，下巴紧贴前爪，一副等着挨骂的呆样。要是郁闷升级，就夹着尾巴钻到木柜下，赖在一道夹缝里久久不出来。

妻子说，它挑食的毛病是我惯出来的，跳上椅子和沙发的毛病也是我惯出来的，一见主人出门就要跟脚的习惯更是我溺爱的恶果——只差没有说它对母狗耍流氓也是有人教唆了。为了不让它跟脚，我后来出门时总要扛一把锄头，以示这次出门没什么美事，不过是上地干活，流臭汗，受大累，一点也不爽，这才让它半信半疑放我一马——虽然我一拐弯就把锄头弃在路边，道具用过了就扔。

妻子觉得这种哄骗更是可笑无比，说不准跟就是不准跟，玩这一套把戏做什么？你对女儿也没有这样惯过！

“隔辈亲嘛！”

“你胡说什么！”

“我胡说什么了？”

“你说了什么，你自己知道！”她的意思是，她被迫当了一回狗娘也就算了，但决不能当狗外婆，不能把女儿也扯到这臭烘烘的关系里来。

好几年过去了，妻子渐渐接受了三毛，虽然还有一脸严肃的原则性，镇得三毛不敢乱说乱动。但她说到它的时候也经常冒出“我们家三毛……”一类口白。

这一天，我们走在山路上，惊动了前面一只野鸡，扑拉拉从草丛里飞出来。三毛全身一震，撒腿狂追，拉成一道白线飞射而去，但射到那里就没有下文，一点动静也没有。我们赶上前去一看，发现刚才它是一步扑空，不知草叶下伏有危险，竟坠落到高高的陡壁下去了，正在那里哀嚎。那里是密密的杂林，山势既陡，又没有路，一旦它乱钻，那么不是滚到山坡下，就会迷失在密林里，最终成为猛兽的美餐。

我命令它不要动，不要动。大概我的声音太急迫，反使它更慌张，急急地四处试探出路，眼看就要误入绝途。

我抓住一束茅草，准备把自己放下去。妻子说，你这么重，等一下哪个能把你拖上来？我到哪里去给你找起重机？这一想，只好换上她。她平时最厌恶狗的肮脏，但关键时刻演出了三娘救子的勇敢一幕。她在那一刻既不怕蛇，也不怕虫，更不怕摔，钻进叶片锋利的茅草丛，顺着一条暴出土的树根溜下去，一把将慌慌的小狗抱在自己胸口。

在我的印象中，狗它娘的挺身而出不止这一次。第二次则是在冬天。我们乘飞机去海口，把三毛装进狗笼，交付民航货运，价格倒也不贵。我们抵达海口已是夜晚，到货运处等了好一阵，发现领货的人都走光了，三毛却没有在预定的航班上。妻子有点急，要货运处人员查查，但对方打了好几个电话，还是找不到三毛的下落。这就是说，现在不知它上了哪架飞机，也不知它去了哈尔滨还是乌鲁木齐。“什么货运，你们骗钱！你们白吃饭！……”妻子勃然大怒，把柜台拍得叭叭响，像只冲出牢笼的母大虫，一点风度也没有了，一点思想品德也不讲了，差一点就要跳到柜台里去拼命。“它会渴死的！它四五个钟头没喝水了！受得了吗？你们答应了随机到达，现在倒好，一问三不知，算怎么回事？告诉你，今天不找到三毛，我跟你们没完！没完！……”

我平生第一次看她发这么大的火。

幸好柜台那边的男士也养过狗——这是他事后告诉我的。他没有计较女客户的急躁和粗暴，又打出了几个电话，最后长吁了一口气，说好了，找到了，狗就在下一个飞来海口的航班上，半个钟头以后降落！

妻子这才嘟嘟哝哝，不再口出恶言。

三毛最终是死在海口。没有查出什么病，它就是不进食，一天天消瘦下去，直到油尽灯枯。因为是一只捡来的狗，我们不知它的确切年龄。兽医摸过它的牙齿，说它至少有十一岁，也就是说活到高寿了。作为一条曾经流浪过的狗，作为一条没有什么名贵身份的也不是特别聪明能干的狗，它大体落了个善终。

面对它目光深处最后的期待，我没有能力相救。

它死前的最后一个动作，是卧伏在我的一只布鞋上，发出沉重的喘息声。它是要最后抱住主人鞋上的体温和气息？还是想随着这只鞋子继续旅行？我不得而知。我一直抚摩着它，直到它的目光完全凝定，渐渐熄灭。

我把它葬在一棵老榕树下，把它的照片扩印了几张，一张留在海口的家里，另一张带回了乡下，置于一个朝向窗外的书柜。我相信，它那双直愣愣的大眼睛，一直在寻找熟悉的花草、蝴蝶、飞鸟以及大黑牛，还有它曾经朝夕相处的咪咪。它是更喜欢山中生活的。这从它每次随我进山时的欢天喜地可以看出来。它下车前就东张西望跃动不安，一旦下车就撒腿狂奔热情万丈，看到牛或者马一类新奇活物更是摇尾不已大呼小叫——虽然有一次大黑牛飞起一脚，把它踢成了一道空中的抛物线，最后落在水塘里。

我总觉得它的尾巴又快活地摇动起来——在相框之外。

我相信，我将来到另一个世界去的时候，这家伙也会摇着尾巴，直愣愣地认出我，在那个世界的门口迎接我，结束我们短暂的分手。想到这一点，想到前面的迎候者不但有我的父亲，我的母亲，还有这样一对熟悉的眼睛，我就觉得那一天没什么可怕。那一天甚至是快活的时光，最终执手相聚的日子。不是吗?

蒋子丹正在写一本关于动物的书，其中也写到了三毛。第二年的一天，她到我家蹭饭，大概因为写得兴奋，便兴冲冲介绍她笔下情节，关于三毛如何游泳，如何抓老鼠，如何被乡下的大黑牛狠踢了一脚。在这个谈话的过程中，妻子一直在厨房里做菜，好像没有听见。等到上菜，盛饭，开吃，她还是一声不吭，好像桌上的话题与她完全无关。到最后，当蒋子丹说到三毛差一点在机场丢失，妻子突然忍不住大声打断:“求求你们不要再讲——”

我吃了一惊，回头看她，发现她后半句哽在半张开的嘴里，脸已经扭曲变形，眼里闪动着泪水。她放下筷子，捂住嘴夺路而去，扑进了卧房。

我们一时手足无措。

等她擦干了泪水，重新回到饭桌，我们默默地吃饭，不再说那个小小生命。我们开始说陈凯歌和张艺谋的新电影，像什么事情也没有发生。

小狗三毛的遗容。
（林刚 摄）

45　感激

将来有一天，我在弥留之际回想起这一辈子，会有一些感激的话涌在喉头。

我首先会感谢那些猪——作为一个中国南方人，我这一辈子吃猪肉太多了，为了保证自己身体所需要的脂肪和蛋白质，我享受了人们对猪群的屠杀，忍看它们血淋淋地陈尸千万，悬挂在肉类加工厂里或者碎裂在菜市场的摊档上。

我还得深深地感谢那些牛——在农业机械化实现以前，它们一直承受着人类粮食生产中最沉重的一份辛劳，在泥水里累得四肢颤抖，口吐白沫，目光凄凉，但仍在鞭影飞舞之下埋头拉犁向前。

我不会忘记鸡和鸭。它们生下白花花的宝贝蛋时，怀着生儿育女的美丽梦想，面红耳赤地大声歌唱，怎么也不会想到无情的人类会把它们的梦想一批批劫夺而去，送进油锅里或煎或炒，不容母亲们任何委屈和悲伤的申辩。

……我还会想起很多我伤害过的生命，包括一只老鼠、一条蛀虫、一只蚊子。它们就没有活下去的权利么？如果人类有权吞食其他动物和植物，为什么它们就命中注定地没有？是谁粗暴而横蛮地制定了这种不平等规则，然后还要把它们毫不过分的需求描写成一种阴险、恶毒、卑劣的行径，然后说得人们心惊肉跳？为了自己的生存，为了自己一种富足、舒适、安全的生存，我与我的同类一直像冷血暴君，用毒药或者利器消灭着它们，并且用谎言使自己心安理得。换句话说，它们因为弱小就被迫把生命空间让给了我们。

如果要说“原罪”，这可能就是我们的原罪。

我们欠下了它们太多。

我当然还得感谢人，这些与我同类和同种的生命体。说实话，我是一个不大喜欢人类的人道主义者。我不喜欢人类的贪婪，虚妄，装模作样，贵贱等级分明，有那么多国界、武器以及擅长假笑的大人物和小人物，但我一直受益于人类的智慧与同情——如果没有这么多人与我相伴度过此生，如果没有人类几千年的文明创造，我至少不会读书和写作，眼下更不会懂得自省和感激。我在这个世界上将是一具没心肝的行尸走肉。

现在好了，有一个偿还欠债的机会了——如果我们以前错过了很多机会的话。大自然是公正的，最终赐给我们以死亡，让我们能够完全终止索取和侵夺，能够把心中的无限感激多少变成一些回报世界的实际行动。这样，我们将会变成腐泥，肥沃我们广袤的大地。我们将会变成蒸汽，滋润我们辽阔的天空。我们将偷偷潜入某一条根系、某一片绿叶、某一颗果实，尽量长得饱满肥壮和味道可口，让一切曾经为我们做出过牺牲的物种有机会大吃大喝，让它们在阳光下健康和快乐。哪怕是一只老鼠，一条蛀虫，一只蚊子，也将乐滋滋享受我们的骨血皮肉，咀嚼出吱吱嘎嘎的声响。

它们最终知道人类并不是忘恩负义的家伙，总有一天还能将功补过，把迟到的爱注入它们的躯体。

死亡是另一个过程的开始，是另一个光荣而高贵的过程的开始。想想看吧，如果没有死，在这个世界上，我们的生将是一次多么不光彩的欠债不还。

46　窗前一轴山水

李陀、刘禾夫妇从美国回来，在清华大学主持讲习班，抽空来南方乡下走走。闲聊时，李陀说起了一个布拉格的故事。

他们当时被小偷窃了钱物，幸好把小偷抓了个正着。他们本以为人赃俱在，案子可很快了结。出人意料的是，他们一到警察局，发现那里像闹哄哄的菜市场，更是一迷宫。好容易找到了管事的警察。警察发现小偷不会说捷语，称法律对此有规定，警察无权审问，只能放人，其他事以后再说。接下来，警察放走施害者却不放走受害者，称法律对此另有规定，他们作为报案人必须留下笔录。再下来，笔录和身份验证好歹都完了，他们离开时却无法物归原主。警察说，钱物是你们的，你们有权领走，但据法律规定，警察只管抓人办案，无权退还财物——这事由另一个部门管，你们得去找他们。可怜李陀夫妇是旅游者，在布拉格停留时间有限，哪经得起菜市场里的这么多折腾？其实这事还没完。因为他们后来总算找到那个摊点，几乎不相信自己的耳朵：对方告诉他们，你们找对了地方，但你们得明白，物与钱分属不同部门管理，据法律规定，他们今天只能领走物品。至于钱，对不起，你们下一次……李陀差一点晕了过去。“你到了布拉格，就会明白卡夫卡了，就明白什么是荒诞了。”他摇着头说。

捷克是个管制苛严的国家，不幸经过历史上奥、匈、德等多个外来占领当局以后，旧法杂糅新法，法律体系变得既繁复又古怪，闹出很多令人哭笑不得的事情，并不在情理之外。随便录上一二，大概都可成为卡夫卡和克里玛笔下的荒诞，或是哈谢克《好兵帅克》里的滑稽。

从这个角度来看，这些捷克作家不也就是实话实说吗？

我想起另一个作家阿城。阿城杂学颇丰，对国粹遗产尤多独见。他认为中国古代艺术都是集体性和宗教性的，因而也就是依赖催眠幻觉的。那时的艺术源于祭祀，艺术家源于巫师，即一些跳大神的催眠师，一些白日梦的职业高手。他们要打通人神两界，不能不采用很多催眠致幻的手段。米酒、麻叶、致幻蘑菇，一直是他们常用的药物，有点相当于现代人的毒品——阿城曾目睹湖北乡下一些巫婆神汉，在神灵附体之前进食这些古代摇头丸。这样，他们所折腾的楚文化，如果说有点胡乱摇头的味道，有些浪漫和诡谲甚至疯狂，那再自然不过。先秦时期青铜器、漆器、织品上的那些奇异纹样，还有宋代定名的饕餮纹，那些又像牛脸又像猪脸又像鳄鱼头的造型，还值得后人费解吗？它们飘浮升降，自由组合，忽而狂扭，忽而拉长，忽而炸裂，发出尖啸或雷鸣，其实都是催眠成功后的真实幻象。

在亚洲、美洲、非洲、大洋洲等地，各种古代器物上的夸张造型比比皆是。照阿城的说法，我们大可不必把它们看成什么风格追求的产物——世界各地的人们不约而同来一个追求，其实也不可思议。它们不过是萨满催眠的产物，甚至不过是古代诸多“毒品”的正常药效。与其说它们是神秘主义的，或者浪漫主义的，或者抽象主义的，或者表现主义的，或者超现实主义的（现代人喜欢制定很多主义），不如说它们更像是致幻药物发作时的视觉变形。

从这个角度看，这些古代艺术其实也就是如实写真。

我在大学里背记过一大堆文艺学概念，得知现实主义的特点是“写实白描”，而夸张、变形、奇幻、诡异一定属于其他什么主义，必是文艺家们异想天开的虚构之物。我现在相信，这些概念的制定者们一定不了解捷克警察，不了解古代巫师，同样也没有见识过我家的窗口——推开这扇窗子，一方清润的山水扑面而来，刹那间把观望者呛得有点发晕，灌得有点半醉，定有五脏六腑融化之感。清墨是最远的山，淡墨是次远的山，重墨是较近的山，浓墨和焦墨则是更近的山。它们构成了层次重叠和妖娆曲线，在即将下雨的这一刻，晕化在阴冷烟波里。天地难分，有无莫辨，浓云薄雾的汹涌和流走，形成了水墨相破之势和藏露相济之态。一行白鹭在山腰横切而过，没有留下任何声音。再往下看，一列陡岩应是画笔下的提按和顿挫。一叶扁舟，一位静静的钓翁，不知是何人轻笔点染。

这不是什么山水画，而是我家窗外的真实图景。站在这里，哪怕是一个最大的笨蛋，也该知道中国山水写意的来处。

这种山水写意的简约和奇妙曾震住了很多画家，甚至深深吸引过西方的毕加索。它们是古代画师们天才的技术发明吗？也许是。不过这话只说对了一半，或者只说对了一小半。只有那些从未亲眼见过真山实水的理论家们，才会把这些话太当回事，并随后培养出很多刻意求奇的主义发明家。他们把艺术才子培养成一些狂徒，又是一些苦命人，老是皱着眉头，目光发呆，奇装异服，胡言乱语。如果他们无能把艺术搞得怪怪的，至少能先一步把自己搞得怪怪的；如果无能把自己的内心搞得特立独行，至少能先一步把自己的外貌搞得惊世骇俗。他们永远的焦虑，就是不知道那个救赎自己的“风格”和“主义”到底在哪里，常常在大海捞针的毕生苦刑中耗尽心血。

如果换一个角度，比如站在我家窗口来看，写意其实是平易的、简单的、朴素的，差不多就是写实，甚至是老老实实的照相。一个画家，只要他见识过中国南方的山水，尤其是见识过多云多雾的雨季山水，见识过涌入大门和停驻手中的一团团白雾，见识过挂在叶尖和绕在阶前的一缕缕暗云，不大悟于前人的笔墨（比如晕化和破墨），倒是不正常的。

最大的主义其实是诚实的主义，与放辟邪侈无缘。一切我们颇感新异的艺术样式，无论经过了多少艺术家有心营造，不论受益于多少工具发明和技术改进，就其根本而言，可能都有一个最为现实主义（如果可以称之为现实主义的话）的经验源点，只是不为后人所知罢了。

这种生长着想象的源点，隐匿在中国人不曾感受的捷克、正常人不曾体会的巫师、都市人不曾见识的乡间山水那里。如此而已。

从笔者家里可以看见的重叠山岭，
有浓淡不等的层次，
如出现在雨中便更有迷蒙景象。

划船回家。

47　墙那边的苏联

我家院墙那边是学校操场，再远处，是时静时喧的教学楼，还有不时冒出鸡鸣鸭叫的教工宿舍。这是一所九年制学校，全乡唯一的学校。

很多山区的孩子上学太远，没有办法，只好从小学一年级就寄宿。我从校区走过的时候，常看到一些孩子在保姆的指导之下洗脸、洗手、洗碗，乃至解裤带拉屎。稍大一些的学生，把扫地当作狂欢，用扫把搅出满天黄尘，搅出咯咯咯的欢天喜地。还有一些学生在那里排练仪仗，只是少先队礼行得不大规范，不但缩头缩脑，而且小小手臂弯曲如钩，钩住自己的小脑袋，一副闯祸以后防备毒打的畏缩模样。

不知什么时候，墙那边有苏联时期的歌声飘来：

当年我的母亲，
通夜没有合上眼睛，
伴我走遍家乡，

辞别父老乡邻。
当时天色刚黎明，
她送我踏上遥远的路程。
给了我一条手巾，
她祝我一路顺风……

这是一首著名的俄罗斯歌曲，正在由一位女教师教唱。我很好奇，一首在耳际消失了数十年的歌曲，为何出现在这个老山角落，撞入了我的黄昏？更有意思的是，从这一首歌开始，院墙那边简直成了苏联，《喀秋莎》《三套车》《小路》《红莓花儿开》《伏尔加船夫曲》《莫斯科郊外的晚上》，等等，一曲曲全成了清脆童声，经常使我恍若隔世，恍若入梦，差一点想翻上墙头，看看墙那边的白桦林和冰雪草原，向红色少年的骑兵军挥手致敬。

一天，我终于忍不住，到学校里去打听教歌的女老师，打听她为什么对这些老歌情有独钟——这些怎么听都有些忧伤和沉重的歌。我得到的消息是：教唱者是一位小姑娘，在这里的四个月的代课已经结束，刚回县城去了。

正当梨花开遍了原野，
河上飘着柔曼的轻纱……

小姑娘留下的歌声不时在校园里飞旋，如零散的蒲公英随风飘飞不知所往。它们带去的种子，也许会发芽，也许会枯灭，在血色残阳下的黄昏。

48　当年的镜子

庆爹一进门就说：“你说这事怪不怪？波黑还在打来打去的。这联合国怎么就喊不住呢？”

我说：“要你不去买码（私彩），你还在买。乡政府喊了这么多回，喊住了你么？”

他不好意思地笑笑，哼哼嘿嘿，换了个话题：“你说成思危怎么这样会讲呵？好学问，真是好学问。讲一两个时辰，不打一下顿，也不喝口水！”

我不大熟悉成思危，更不知道这位北京的大人物最近说了什么。说实话，每次见庆爹上门，我总是会从他嘴里得知许多重大消息，弥补自己的孤陋寡闻。

说到姓成的，庆爹说成姓人很少见，八溪峒以前倒是有过一位。这就引出了一个故事。据说还是在民国时期，峒里办新学，有了第一所新学堂。一位姓成的女子从安徽逃难而来，在学堂里临时教书，教学生唱很多洋歌，人也长得漂亮，几乎招引全峒的年轻女子前来学堂偷看，看她的明眸皓齿，还有小旗袍和洋口琴。

日军攻打长沙的时候，常有一批批日军飞机飞来，大概是借汨罗江为地面路标，前去轰炸国军。当地政府接上峰指示，下令收缴所有的镜子，称镜子可以给日本飞机打信号、指方向，因此凡私藏镜子者一律按汉奸论处。安徽来的女教师常常梳头，舍不得交镜子，后来被人告发，入了县衙大牢。据说告发者是本地一地痞，曾经拿光洋铺满一茶盘，请女教师去陪酒贺寿。女教师不从，撕碎了请柬。

地痞恼羞成怒，一状告到县衙门，说女教师教的歌是日本歌，吹的口琴是日本货，有时上山去根本不是为了采什么花，而是拿镜子给日本飞机打信号。这些说法越传越邪。县衙的主审官派人来搜查，果真搜出了女教师的镜子，再加上一顿杖刑，屈打成招，最后把她当汉奸毙了。

狗官事后还夸耀：那婆娘太乖致了，照得我眼花。我若不重判，人家一定会说我好色——我一世清名岂不坏在她手里？

这就是流传很久的一件汉奸案。多少年后，女子的家人从安徽前来寻尸，掘开女子的坟墓，发现棺木和尸骨都已化成腐泥，只有一颗心脏完整如初，甚至鲜活血色犹存，让人们大吃一惊。山里人传说：那女子太冤了，所以一颗心怎么也不死。

诬告者不久就患下大病，肚子胀得像面鼓。家人请来师爷抄写佛经，以图还愿消灾。没料到第一个师爷刚提笔，手里叭啦一声巨响，毛笔逢中破裂，成了一把篾条，没法用来往下写。第二个师爷倒是有所准备，带来一支结结实实的铜笔。这支笔破倒是没有破，但明明蘸的是墨，一落纸上就变成了红色，如源源鲜血自毫端涌出，吓得执笔者当场跌倒，话都说不出来，得由脚夫抬回家去。

诬告者几个月后终于一命呜呼。

49 知情人

一位后生在镇上做二手车生意，夜里来我家玩玩，说到了电脑上网。我当即拨号上网，搜索了一下桑塔纳二手车的供求信息，打印出来交给他，前后花了十来分钟。他看着那几页纸，大为惊异，说这家伙太神了。

他骑着摩托没入夜色，回镇上去。第二天早上我妻子去买豆腐，路过熟人家，受邀喝了一杯茶。她身边有一位陌生老汉守着自己的提袋和两捆烟叶，看样子是在等候班车的。他也在喝茶，不知什么时候冷不防问:“你们昨天上了网?”

我妻子开始没听明白。

“你们家昨晚没有上网么?”老汉又问。

“你是说……”我妻子没想到对方问的是因特网。

“上网呵。在网上找汽车呵。”

她这才慌慌地说:“是……是……吧?我不大知道。你怎么知道?”

老汉笑了笑，说他是听秀木匠说的——此木匠是山那边的人，刚才赶着牛从这里路过。

我妻子不认识秀木匠。更重要的问题是：秀木匠又是听谁说的？

我与妻子后来都大感惊奇。从昨天深夜到今天早上，也就不到六七个钟头，而且是在夜晚，一个陌生老头怎么这样快就得知上网一事？昨夜来访的后生，与这个路边的老汉，与什么秀木匠，与我们可能尚无所知的张三或者李四，并不住在一处。他们分散在山南岭北，桥头坝尾，互相八竿子打不着，怎么刹那间全都成了知情人？从山这边到山那边，又从山那边到山这边，他们组成了怎样的信息链和信息网？要是在城市，我们常常连邻居姓甚名谁都不知道。倒是在居住分散的乡村，似乎任何房子都成了玻璃房子，任何人都成了玻璃人，以至所有事情都被公众了若指掌。

从此，我在乡村里对任何陌生人都不敢怠慢和小视。我怀疑这些老人、后生、女子都是重要的知情者。他们一定知道我每天说过什么、做过什么、写过什么，甚至有过什么不可告人的勾当。他们互为眼线，互通机密，装作不认识我的样子，只是不愿意说破罢了。

他们似乎有一种通过风声和鸟语来洞察世界每个角落的能力。

50　隐者之城

在山村里住久了，我有时会向往都市。倒不仅仅是怀念都市里的舒适和方便，因为做到那一点并不太难，在乡下实现那一切的日子也不会太远吧。

在我看来，都市生活最大的诱人之处，是人们互为隐者的一份轻松。我们有同事但可能从不知道同事家里发生过什么，有邻居但可能从不知道邻居房门后是何景象。至于更多的客户、乘客、路人、售货员、水管工、邮递员、保险推销人等等，在每个日子里拥挤而来，但因为太密集而被我们视而不见，过目即忘。他们是一些着衣的影子、一些游动的布景或飘忽的面具，其姓名如同假名，其言语如同台词，其服装如同伪装。他们让我们难以辨识也无须辨识，无法深交也不需深交。

我们真正的同事和邻居是影视片里的知名演员、流行报刊里的新闻人物、网上聊天室里的匿名网友。如果我们顺着电缆一类线索查下去，追查到繁忙媒体的车间或机房，还可发现他们的物理本质不过是电磁信号或纸媒信号，由一些专业人员采集着、编辑着、复制着、包装着，日夜向外传输着。这样，我们就像地老鼠，藏在十分安全的暗层，与远方的符号产品打着交道，对一些隐匿别处的机器流水线产生着感情。我们不必担心自己受到他们（亦即它们）的伤害。我们就是做了好事或坏事，也没有任何人发现。

Love to be unknown（乐于无闻）！ E. 希奥兰深知人们的这种冲动。

相反，乡村人口稀少，交通不便，但少量的目标必是被过多关注的目标。互相熟悉的程度使人们的生活处于长久曝光状态。我们无法隐名更无法逃脱，身上肩负着太多来自乡亲们肉眼的目光。这样，即便在一个山坡上独自翻地，即便四野空阔无人，我也感到自己是一个公共场所的雕像，日长月久地示众，多少有点累。

世界上为什么会有城市？人们为什么进入城市？到底是为了渴求邻居还是为了摆脱邻居？是为了进入群体还是为了逃避群体？

51 邻家有女

谷爹很瘦，脑袋一偏，就横搁在肩膀上；两腿一缠，就缠成了不可思议的麻花；手往身后一插，竟从腰的另一边伸出来。他全身的关节似乎可以随意脱落和折叠。如果要吓唬我一下的话，似乎还可以说干就干，把自己扭成一个魔方，让我在一堆身体部件里找不到他的脑袋。

这位“疑似魔方”是忍不住来报喜的：在城里打工的女儿回来了，给娘买来一双皮鞋，一百三；给他当爹的买来一件毛衣，一百三；给二妹买来一件好时髦的衣，花里胡哨，扯七吊八，打了好些补丁，鬼样子，丑绝了，还是一百三；还带来一盒高级糖，每一块都包了三四层纸，要用钳子夹着吃的，也是一百三……

不知他为何总是要报出价格，而且总是报出“一百三”。

他也许是记错了。

照理说，谷爹有两个打工的女儿，都是懂事顾家的姑娘，他的家境因此不会太差。但他还是找我借钱，说他要买一头牛，手头有点紧，求我借给他一百。他不久后就还了，但过不多久又来借，说小店要进货，手头实在周转不开，求我再借给他三百。他不久后又还了。他信誉良好的借款史从此开始，每次借得不多，还钱也基本准时。

其实我怀疑他借钱另有所图，比如把借钱的名声张扬出去（装穷能免去很多麻烦）；或者是满足一种囤积钞票的癖好（不管用不用得着的票子，多捏一些在手里总不是什么坏事）。但他并不是白借，虽然不还利息，人情却有桥有路。有一次送来两个梨子，是那种味道苦涩的小酸梨——我不想吃，但收下了。另一次他送来两支粗粗的蚊烟，是自己用废报纸裹出的两管锯木屑，让我熏熏蚊子——我说用不着，但也推辞不掉。他大概想以此表达谢意。

他对自己的信誉良好的借款史似乎又不无苦恼，有次在路上见到我，重重地叹一口气："你住得离我家最近，但我硬是没有借过你的光，吃了亏呵，吃了亏！"

这话是什么意思？是他不忍心坑我？又不甘心这种不忍心？

我去过他家，参观过他家门前的各种鲜花，参观过他新屋的楼上楼下，不胜酒力但喝过他半碗谷酒，呛得脑门冒出了汗，轻飘飘的左右无依。时值寒秋，我把双手伸到烘罩的棉褥子下，很快就觉得自己的双手和胸口暖烘烘的。在我的鼓动之下，谷爹借酒兴唱了一些歌，无非是"茶罐小了难煨茶，丈夫小了难当家”一类，或者是“郎在高山姐在冲，两人相爱路不通”一类。他唱完了，抢在我前面自我评点：“好深沉咧！好深沉咧！”——这是指一首关于孤儿的歌。

他接下来说起了他的牛，就是他不久前借钱买来的牛：那哪是牛呢？比人还懂事！比人还要知书识礼！

每天早上，他根本不用放牛，只消把牛栏门打开就行。那条大黄牯不仅自己识得路，而且不吃邻家的禾，不吃邻家的菜，自己左拐右折，直奔湖边的草坡去寻食。到了傍晚，你往牛栏里一看，嘿，它又回到了牛栏里，决不会在外迷路。“它前世一定是个人，不然不可能这样灵性。你信不信？”

他这样说。

谷爹的两个女儿都外出了，家里只留下“满姨”——这是当地人对最小女儿的称呼。可怜满姨几年前在一场大病中瞎了双眼，留下两个空洞的眼窝子，至今没法上学读书。但家住学校附近，她常常摸到学校里去，隔着窗子听老师们上课。她现在居然已经能一字不差地背出九九表，背出两位数的平方表。《喀秋莎》《阿里郎》《外婆的澎湖湾》一类歌曲，她也都会唱。客人们去她家闲坐，最常见的节目就是叫她来一段背诵，从九九表到平方表，背得客人们大为惊诧。

我只到她家去过一次，但后来有一天经过那里，发现她站在门口，远远地把眼窝朝向我，嘟哝出一句：“韩少功！”

小孩对我直呼其名，听上去有点怪怪的。

旁边一位正在破竹的老人逗她："喊错了不是？韩少功在哪里？"

"就是韩少功！"她仍然望着我。

我也想逗逗她，故意别着嗓门："我是龙老师呵！"

她摇摇头。

"你怎么知道不是？"

"我记得你走路的声音。"

谷爹走出大门大声呵斥："没大没细，讨打么？大人的名字是你喊的？喊'韩爹'，听见没有？"然后对我绽开一脸笑，"她呀，长一双狗耳朵。你还只走到校门那边，她就听出来了。"

在旁边破竹的老头还说："她连过路的牛是哪一头，都听得出来。"

这当然令我吃惊。既然她听得出过路的牛是哪一头，那么她想必也能听出过路的狗是哪一只？过路的鸡是哪一只？或许也能听出飞过的是哪一只鸟和哪一只蜜蜂？她是否能在深夜听到这山峒里各种人的秘密、动物的秘密、植物的秘密、泥土和流水的秘密……乃至我深夜里一声叹息？

我与她玩过一次从五个手指中猜出中指的游戏，也就是那么一次，我早就差不多忘记了。我吃惊地得知，从那以后，我的一线脚步声就永远留在那里了，作为我生命的一部分，在一个小盲女的黑暗里永远收藏。

谷爹觉得这条牛太有灵性，
一口咬定它前世为人。

52 笑大爷

哥哥八岁的时候出走，至今没有消息，也许是掉下山崖摔死了，也许是被“红毛狗”吃掉了——这是山里人对狼或豺的叫法。祸不单行，笑花子自己五岁那年不小心，扑倒在火塘里，烧坏了一张脸，留下了嘴角两边向上吊起的疤痕，看上去是一朵凝固的笑。

他伤心的时候是笑，生气的时候是笑，紧张的时候也是笑，所以被大家叫作“笑花子”。每次家里没米下锅了，他饿得直哭，但越哭越像笑，好像挨饿是件大快人心的事。每次听到红毛狗叫，他躲在母亲的身后，但越怕越是笑，好像野兽来了也让他乐不可支，都笑得快要岔气了。有一次，父亲要他下山去买肉，招待上门来的篾匠。他回来时两手空空，大概是一生气就把肉扔到山谷里去了。父亲没问出个缘由，也没法找回来那块肉，一气之下，抄起扁担就要打。没料到他先下手为强，笑呵呵地一棒子把父亲先拍倒在地，打得父亲在床上躺了两天。这以后，父亲一见到村干部就解裤带，让对方看看他屁股上的伤。

父亲是要让村干部们相信，笑花子是个神经病，是个废人——他们家的困难没有半点夸大不实。

笑花子拍下那一棒子以后，不再回家了，成天在山下的村子边转悠，晚上可能睡在牛棚里，可能睡在茅草里，也可能睡在屋檐下。到底睡在哪里，没有人知道，他也笑呵呵地说不清楚。人们说，这是个活宝，是村里的名胜古迹，毒蛇不咬他，蚂蟥不叮他，蚊虫也不沾他，他不管睡到哪里都平安无事，而且经得住寒也耐得住热，基本上没有头痛脑热的麻烦。

他其实从不乱来。要说癫，只是癫在把动物当祖宗，到处给动物摆灵堂，供上几块石头，烧上一点废纸，自己撅着屁股叩头，把丧祭之事办得有模有样。蛤蟆死了，他就祭蛤蟆，直到蛤蟆臭。鸡死了，他就祭鸡，直到鸡臭。

有一次，鸡的主人捣了他的祭坛，无非踢飞了他的几块石头，气得他哇哇大叫，随手砸去一个石头，把对方砸得头破血流。

消息传开了以后，没有人再敢惹他。

他穿着或男或女的百家衣，穿着或大或小的百家鞋，经常在路上游荡，见人永远是笑容满面。他最幸福的时候，当然是村里有红白喜事了。响着鞭炮或锣鼓的地方，少不了他的身影。不过他不乞讨，也不闹事，只是远远地坐在阶基上，看着人头攒动的男女老少，脸上总是开心一刻。有人可怜他，会给他一些吃的。主家怕他添乱，也会拿一些肉块或者米粑，打发他快走——这当然是他大快朵颐的良辰。

在梅峒某家的婚礼上，他举止有些反常，吃完了肉块和米粑还不走，得了一件旧运动衫还不走，只是慌慌地在地坪里狂跑，发出呜呜呜的叫声，手里摇着一把不知是哪里捡来的破伞。

“你疯什么?”主家觉得他讨厌，把他轰得远一点。但他跑远以后又折回来，依然狂跑乱叫。

大雨顷刻即至，贺喜的客人们全部寸步难行。摩托车和小汽车一一陷在泥泞里，或者阻在塌方的公路上。有人这才想起了笑花子不久前的吵闹，还有他摇动破伞的动作——这傻子莫不是给大家报雨?

后来，有些人注意到，每次大雨到来之前，笑花子都会摇一把破伞，比气象台还灵。

火灾也是他最先察觉的。腊月间的一天，他突然出现在村长家门口，手里拿一枝松树，在这里扑打一下，在那里扑打一下，不知是什么意思。

“笑花子，给我家赶蚊子呵?”

他看了村长一眼，没有停止自己的扑打。

“我家里今天没请客，没肉饭给你吃！明白么?”

他仍不吭声，跑到屋后扑打去了。

村长知道这家伙有点神通，不免心存疑惑，看看远近四周，没看到什么动静，但打消了外出进城的念头。大概半个时辰以后，县里打来紧急电话，告知山北出现了火情，急需这边组织人力砍出隔离带，阻止山火蔓延。幸好这一天村长没有外出，他打开广播器，一喊话，几十个人就操着柴刀上了山，比较其他几个乡镇的救火队伍，是赶到现场最早的一批。

村长后来给笑花子买了两个糖包子，对大家说：“你们以后不准喊他笑花子，要喊笑大爷，听见没有？不是靠了笑大爷，你们山上的树都成了灰！”

村长又说：“以后你们都莫招惹他。”

从此，笑大爷祭奠动物更加有恃无恐，也更大张旗鼓了。他祭蛤蟆，直到蛤蟆臭；祭鸡，直到鸡臭。他还祭老鼠、乌鸦、菜花蛇、蚂蟥乃至地蚕子，在这些乱七八糟的遗体面前额头砸地咚咚响，伤心得满脸笑容，甚至是恶狠狠得满脸狞笑——这是悲伤扭曲了面孔的时候。

53 垃圾户

笑花子的父亲叫雨秋，是村里最穷的人，号称垃圾户，孤零零住在大山深处，方圆数里之内没有邻居。那里原是块坟山，以前属于山那边的陈氏。两间破瓦房住着陈家的守坟人。后来陈家败了，守坟人走了，破房久久地空着，便成了雨秋的窝。

去雨秋家看看不容易，需要爬几座山，走到气喘吁吁头昏眼花，才有远远的一个屋角在树林里冒出。同行的村支部书记莫求说:“到了。”我以为是雨秋家到了。没想到他是说老卫家到了，雨秋家还在老卫家后面的山上哩——他指了指云雾中若隐若现的更高一座山，吓得我腿发软。

雨秋的房子算不上房子，一半已经坍塌，瓦砾间长出了青草。另一半也摇摇欲坠，靠几根木头斜顶着，如同一个病人前后左右支着五六根拐杖。一堵老墙布满烟灰，扭曲成一个球面，看上去只要客人一个喷嚏，气流就可能把它捅破，然后是整堵墙哗啦啦倒下来。小门里一团寂黑，外人需要很长一段时间，才能让瞳孔适应黑暗，看清黑暗中浮现出来的一切，比方说锅里的冷粥，比方说紧靠床头的锅灶，还有潮湿墙角里的两个瓦罐。抬头看看，一条条瓦缝宽得可以见天。可以想象，这样的屋顶一逢下雨就是筛子装水，要是再碰上大风，房子完全可能一瞬间垮塌，把雨秋一家活埋，并且久久不为外人所知——这里太偏了，太远了，平时除了野猪和红毛狗的光临，除了叽叽喳喳的鸟音，几乎不会有陌生脚步声出现。

雨秋不算太懒，这从门前一些梯田里的禾蔸可以看出来，从微风中的稻熟气息可以嗅出来。但在糊口之外他还能有什么盼头呢？大儿子多年前失踪。小儿子又是个呆傻，流落在山下从不回家。雨秋自己也只有一只眼睛，几乎落了个半残，要想挣个发家致富，委实不易。

我们在这里合计了一下，决定凑上一千多块钱，先给他置两间房，至少能防止风雨之夜的活埋。房子已经物色到了，就是对门岭上一处农舍，其主人已迁居山下，儿子又参军外出，老房子长期锁着不用。莫求用手机同户主通了电话，带着我们去点了点檩子，数清了柱子和门窗，还估了估屋上的瓦，说只有这些材料还值钱，一千二，差不多。雨秋也跟着我们去看了房子，对乡亲们的关心千恩万谢。

我以为这事就这么完了。

第二年春天，我再到这里来的时候，听说雨秋并没有搬家，不免有些奇怪。打听的结果是：雨秋临到搬家变了主意，说你们好事做到底吧，索性给他在公路边做栋新房算了。这当然是出了个难题。第一，做一栋新房至少也得四五万，村里哪有这笔钱？要大家去抢银行么？第二，他要是搬下山来，离他的田土和山林远了，他还怎么谋生？不种田，不育林，他一只独眼认不出几十个字，是想炒股票还是办公司？村头们被他缠烦了，说叫花子嫌饭馊，你有了一寸就要一尺，为何不想搬到北京中南海去住呢？好，你爱搬不搬，爱住不住。再来结丝绊茎，老子背都不给你看！

雨秋的诉苦史就从此开始。他穿着一件破烂衣，走访了所有他能走访到的人，到哪里都揪出一把把鼻涕，抱怨村里克扣了他的盖房款。就算不给盖新房，总不能不让他修旧房吧？一千二既然定在他的名下，就应该是他的，就该由他做主。为何他现在要买材料了，一分钱都不给他？……

当然，他没有说修房是他的新主意，也没有说村里已答应派人把免费的砖瓦挑上山，更没有说他前不久打牌时输了好几百。

很多人对他深表同情。我算是个当事人，对此不免觉得头大，见雨秋上门来，忍不住塞他几句硬话："喂，你要了钱就去打牌，是吧？"

"天地良心，我现在连牌都不认得了！"

"不去打牌，要现钱做什么？村里给你买了瓦，买了石灰水泥，不就是钱？"

“我不喜欢瓦，我要盖油毛毡！”

“油毛毡哪有瓦结实？”

“油毛毡容易铺呵！”

“那你怎么不去糊几张纸？”

妻子看见他衣上的破洞，忍不住清出几件旧衣，但被我偷偷拦住。我后来告诉妻子，我看到过雨秋家的衣，都是上面发来的扶贫物资。西装夹克牛仔裤运动衫，都有八九成新，哪一件都比他现在穿的要好，只因一大堆长期放在地上，早已裹泥带沙生了霉。妇女主任当时看不下去了，帮他拉了一根绳子，把那些衣晾起来，但第二次再去的时候，发现绳子又没有了，扶贫爱心还是堆在地上发臭。

雨秋走了以后，我给莫求打了个电话，说他硬要盖油毛毡，就盖油毛毡吧。你看如何？莫求当晚来到我家，说这个雨夫子气人呵，气人！硬要给他灌牛药才好！你知道他为什么不要瓦房吗？别人的瓦房，他不要。给他盖瓦房，他也不要。他精着呢，肯定是嫌瓦房太结实了，太好看了，他一住进去就不像个贫困户，以后就不会有人记着他了！相反，油毛毡好呵，三晒两淋就成渣，三吹两鼓就开裂，总是在那里戳眼睛，谁看了都会心软，谁看了都得管——村上以后还不年年给他支钱修房子？他的油毛毡哪是什么油毛毡呢，明明是一本存折，年年赚利息，连打麻将的钱也稳靠了！

同来的村长也啧啧赞叹，说了不得，真是了不得！他只有一只眼睛，怎么就看得这么长远呢？

生气归生气，我们还是得钻他的套子，同意把现钱交给他，不可能眼睁睁地看着他睡在露天里。后来的一天，我碰到庆爹，听他说起打牌的事。他说雨夫子虽然穷，但还是穷得硬气，从不欠账，去年输的麻将钱，前不久硬是还清了。

“你是说老岭上的那个杜家的雨夫子？[①]”我问他。

“还有哪个雨夫子？”

“这远近就没有别的雨夫子？”

他眨眨眼，觉得有些奇怪。

我这才明白雨夫子铁心要盖油毛毡的原因。

他就不能赖掉牌桌上的欠款吗？如果他赖，大概也不会有人太怪罪他。但他没有赖，宁可把自家的窑瓦换成油毛毡，宁可一次次下山来胡搅蛮缠，把村里的干部以及更多的人都得罪光，也得实现自己的精心盘算——真是既无耻奸猾又可歌可泣。

我想起他离开我家那一天。天快黑了，他还要挑着一担米糠回家。我想借给他一个手电筒。他说不要，说摸黑上山习惯了。就算碰上红毛狗，就让红毛狗吃了算了；就算碰到扇头风，就让扇头风毒死算了。他活到这份上了，罪还没有受够

---

① 杜雨秋一家祖籍是平江县小田村附近，为当地杜氏的一脉。据近年学界考定，唐代诗人杜甫就是死在那里，并由宗室后人守墓多年。这样说来，杜雨秋很可能是杜甫的后人之一。

么？他就这样嘟嘟哝哝，挑着担子撞入夜色，走向我需要仰望才能看见的黑乎乎山影。

我当时要是真正心好，应该把手电筒塞到他手里的。

我只是假意客套了那么一句。

不知他还会不会再来我家，还能不能给我一个借出手电筒或者雨伞的机会。

54 最后的战士

我爬过湘东北一带很多山头，常常发现那里有战壕、弹壳以及弹片。一堆锈炮弹在那里出土，可见那里曾经到处是战场。红军时期就不说了，到了抗日战争时期，国军以沉船封堵长江航道，湘、鄂、赣三省交界的这一脉山地，就成了阻击日军西进的重要战区。蒋介石题写的“气壮山河”四个大字，至今还刻在幕阜山上，纪念一大批喋血英烈。

战争留下了战壕、弹壳以及弹片，还留下了一些脱离队伍的散兵游勇。有一次，我到梅峒的贤爹家里吃饭，饭桌前见到一陌生面孔。一问，对方果然不是本地人，是一个外来的采药佬。说起采药，陌生面孔说，采药人有规矩，上山不能走人路，因为人路边无好药，好药被前面的人采走了；也不能走兽路，因为走兽路容易遭遇野兽，多了几分危险。他还说采药佬都有口忌，平时说话都得避开“呀、夜、蛇、虎、塌”五个字，也就是他们最怕的“五大怪”。其中“蛇”与“虎”好理解，“夜（黑夜）”与“塌（山体崩塌）”也勉强可猜，只是“呀”为何意？我不明白。

陌生面孔笑了笑：你遇到危险的时候，最早喊出的字是什么？不就是“呀”一声，或者“哎呀”一声吗？——原来，他的“呀”是指一切可怕之事，指人们面对险情时最常见也最不可取的惊惶失措。

采药佬听出我也不是本地人，便同我说起了普通话；得知我姐夫来自四川，又说起了四川话；总之显得走南闯北见多识广。不过，说起他的来历，他说自己与这一带有缘，当兵时来这里抗日，混战中脱离了队伍，流落山间有两年多。他就是在那两年里跟着一个伤兵学采药，而且采过八角莲——只是那时候不知八角莲可以治癌，眼下的价格贵若黄金。

他这次就是奔八角莲而来。

很多游兵没有他幸运。饭桌前的贤爹说，清匪反霸那一阵，民兵们在山上还抓到过一个。那人住在山洞里，衣不遮体，形如野兽，头发全白了，差不多是个“白毛男”。但那家伙记性不错，不但记得自家姓名，还记得部队番号和长官姓名，更记得长官留下的一道死命令：坚持敌后游击。他只是不知道日本鬼子早已经跑了，更不知道共产党和新中国是怎么回事。要命的是，他被捕以后很不老实，决不供出武器窝藏地点，决不跟民兵走，每次吃完饭就折断筷子砸烂饭碗，一心要抗拒到底。县人武部后来费尽周折，根据他说出的番号，从劳改农场找来了一个原国军连长，虽说不是他的直接上司，但算是他的湘西苗族老乡。

“我现在命令你立刻撤出战斗，接受人民政府的整编!”前连长按照人武部的安排，换上一套不知从哪里翻出来的国民党军装，挂上一条武装带，雄赳赳地在他面前下达命令。

白毛男盯了他一眼，投来不信任的眼色。

“你的×营长已经阵亡，××副营长也已经阵亡。我现在代理营长！我的命令你必须服从！你听见没有?”

白毛男翻了一下眼皮，还是狐疑。

“麻大宝，你敢不服从？妈那个巴子，找死呵？老子军法从事!”

临时受命的情况在战场上倒也多见，加上粗口的国骂一上阵，白毛男大概听得耳熟，眼里渐渐有了光亮。这样，当前连长猛拍桌子骂到第三遍，对方终于通了电一般，本能地“嗷”了一声。他可能是想回答“是”，但已经口齿不清。

抬起断了两个指头的右手，他还行了个军礼。

以后的事情就好办多了。他带着军人和民兵上山去，挖出了他埋在山里的三支步枪、一挺机枪，还有五位战友的尸骨和遗物。他吃饭以后也不再折断筷子砸烂碗了。

深谷里的水碾房。

55 老逃同志[①]

雾峰村在普同村的上方，山林覆盖更为广阔，道路更为崎岖险峻。那里也有一个战争年代留下来的“逃兵”——大家不知道他的姓名，只能这样叫。稍微客气一点，就叫他“老逃”或者“逃夫子”。在乡干部在场的一类正规场合，人们舌头一溜也许就叫成了“逃同志”。

听那人的口音，他是四川或云南人，只是说不清自己的来处，甚至说不清自己的姓名、年龄以及家人情况。他很可能是在战场上被炮弹炸疯了，失去记忆了。这样的人没法遣返。暂时留下来先混一口饭吃，是当年县人武部的安排。

老逃一留下来就是四十年，成了雾峰村的合法村民。他虽然有些呆笨，但为人忠厚本分，干活也卖力，挖茶山或者修渡槽都是一把好手，还学会了说本地话。只是年老力衰以后，在

① 我是从雨秋嘴里知道这个故事的。像本地很多无后的孤寡一样，雨秋也羡慕那逃兵，经常在我面前“逃兵”这、“逃兵”那地老话重提，这才引起了我的注意。他的意思是，他自己眼下过六十奔七十了，将来怎么说也得有个逃兵待遇吧？他家三代都是贫农，他未必连个逃兵也比不上？

这里无亲无故，晚景有些凄凉。几年前的一天，他大雪天去砍柴，摔了一跤，落了个中风，全身瘫痪，连自己找口水喝也犯难了。当时赶上人民公社散伙，分田又分山，只差没有把几间公屋拆了分砖瓦，各家自扫门前雪。一个瘫子，而且是个无名无姓的瘫子，哪一家愿意接纳收留？

村长老杨为此急得一宵没睡好，第二天一早就赶到木匠家里说："你牛皮哄哄，说你什么东西都做得出？"木匠说那是不假。村长说："那好，你给我做一样东西。"木匠问："你要做什么？"村长说："这样东西要有几用：抬起来是个担架，放下来是张椅子，打开来是张床。"木匠不明白对方要这个有何用。村长说："这你不要管。你只管做好就是。"

木匠费了一番心思，三天之后果然把一个多功能担架发明出来了。老杨便召集全村人来看新式装备："逃夫子瘫了，这你们是知道的。他没有后人，你们也是知道的。老班子说过，孤寡残疾都有所养，这是天道。何况我们还是社会主义呢。所以从今以后大家都要伸一只手。逃兵要在村里吃轮饭，今天从我家轮起。我说清楚了，规矩要立三条：一是主家吃什么，他就要吃什么。二是每天要抬进屋，不能让他睡阶基。三是每一家管送不管接，但送人时要保证他身上干净，没气味，不然下方家可以不接。你们听清楚了吗？……"

有两三个人不大乐意，但嘀咕了一阵，见规矩一视同仁，也不好说什么。

从此以后，老逃瘫了两年多，也就吃了两年多的百家饭，算是没饿着也没冻着，身上也没怎么臭，被村民们一直服侍到最后一刻。临终前，他瞪大眼睛看来看去，看着担架边的人，咬住最后一口气，硬挺着脖子，就是不死。

旁人说：“你的寿衣早准备好了，放心吧。”

他眼里没什么反应。

旁人又说：“你的料（棺木）也有了。你还有什么不放心？”

他大张着嘴，说不出话来，脸上憋得通红。

这可难住了大家。有人说，他兴怕是要找杨老倌？这一说，大家都觉得像，于是赶快差人去找村长。当时老杨在县城里做木材生意，听到消息后深夜赶回来，一进门没顾上擦汗，就抓住了逃兵的手。果然，逃兵一见到他，目光微微一颤，转而变得柔和与安详。他没有说话，只是随着两脚使劲一蹬，眼皮慢慢地合上了，但留下一条缝，得由老杨去抹一把。

他最后的神情不像个老人，倒像个孩子，似乎对即将开始的远行有点害怕，得抓住父母的手，才有几分心安。

村里给他缝了一套衣，打了副棺木，放了一挂鞭炮，让他善终入土。只是墓碑没法立，因为谁都不知道他的名字，也不知道他到底活了多少岁。他到底是来自红军，抑或来自国军，抑或来自土匪流寇，更无人知晓。总不能只在墓碑上刻下“逃兵”二字吧？

56　寻找主人的船

建伢子本名建华。听说我想去粟木峒，他到处去找桨，窜了两三家都没找着，最后骑摩托去他婶娘家扛来两支。

我们在水边解船也费了点时间。有一条小破船进水太多；另一条断了桨桩，没法挂桨；最后一条是竹船，舱里有麻袋和镰刀，看来主人正准备去割禾收谷。建华不管三七二十一，把这些东西丢上岸，挂上桨就走人。反正这里的私船差不多都是公用，人们先来后到，谁先解锚就谁先用。

粟木峒远在库湖的那边，因没有通公路，甚至没有通任何陆路，人们进出都得靠船。有些人把房子盖到湖这边来了，但责任田还在那边，插秧和割禾时节，还得划船进山去。我们半途碰到的一船人，就是这样的乡村上班族。

此时我们已掠过湖面一角，绕过一个青松茂密的无人小岛，进入了两条水峡中靠左边的一条。照建伢子介绍，这条水峡很长，在前面再绕两个弯，过一个三岔水道，我们就可以望见粟木峒了。

我已经感到两岸青山之间的天空越收越窄，岸边扑来的草腥气也越来越浓。岸边停靠一只小船，散放几捆杂柴，引起了建伢子的注意。

“杉坡的人好勤快呵，还有人打柴！”

听他的口气，好像大家眼下都不习惯打柴了。

“胜夫子——”他朝山上大喊了一声，当然是在呼叫小船的主人，“你没有偷树吧？——公安局的提着手铐子来了呵——”

我只听到一阵含含混混的回声，还有乌鸦叫，没听到什么应答。

“野老倌进了你的屋咧——”建伢子大笑。

山上还是没有什么回应。

但建伢子听到了：“你骂娘？我一片好心怕你坐班房——你堂客戴着金戒指，怕是不耐烦给你送牢饭呵——”

他又是一阵哈哈大笑。

这一次我依稀听到了回应，只是听不大清楚，也不知声音来自哪一片林子。

建伢子笑得前俯后仰，踩得小船摇摇晃晃。见我不大明白，他补上几句解释，说这个胜夫子家里负担重，有两个娃崽要读书，只好放老婆出去打工。老婆倒是赚回了钱，但也赚来了绿帽子，有一次坐着小轿车回来了，穿红戴绿，大包小包，高跟鞋橐橐橐，还带回一个光脑壳男人，是个什么老板。胜夫子接了那男人一对瓶酒和一双皮鞋，只得笑脸相迎。看那男人替他老婆挑指头里的刺，吹眼睛里的灰，自己不知如何是好，只得赶快去后院抓鸡和杀鸡……这就是大家后来取笑他的原因。有人说：丈夫，丈夫，起码要管一丈远吧，你如何一条门槛都没守住？

我第二年再来这里的时候，听人说胜夫子八字薄，被蛇咬了，死了，就葬在湖边上。我这才想起来了“胜夫子”这个似曾耳闻的名字。其实我从未见过他，只听到过水峡一侧山坡上模模糊糊的应答——那就是他吧？还看到过寂静岸边的两捆杂柴，一条小船（船头有新补的原色木板）——那也算是他吧？

一天傍晚，我下水游泳，看见远方水面上有一黑点。不知什么时候，我无意间回头时大吃一惊，发现刚才的黑点已经放大为船头，直愣愣地冲我而来。湖水基本上没有流速，这一天也没有什么大风，一条无人的小船为何漂得这么快？不会是一条鱼雷快艇朝我发动突袭？

我游过去，翻上船，摇动双桨，把它划回原来的地方，锚在岸边一个路端。我现在已经认出了船头的原色木板。如果我没有记错的话，这就是胜夫子的船。

几天之后，奇怪的事情再一次出现。我在游泳时又发现了它，一只无人的小船不知为何又脱了锚，再一次向我漂来。那一刻它完全像个活物，在呼吸，在眨眼，在蹑手蹑脚，不时摆动隐在水里的尾巴。

我懒得再理它，任它到处闲逛。片刻之后，我发现它游过了学校所在的那个半岛，在另一个半岛面前探头探脑片刻，然后缓缓地偏转，最后靠定了草岸，像回到了家。我顺着船头的方向望去：怪了，在离岸不远的地方，有几捆杂柴。

我不免吃了一惊。它是不是在寻找存有柴捆的湖岸？是不是觉得凡砍柴人都可能是它的主人？

我不能不进一步怀疑：这条船其实是有生命的——它一直在水波声中低语，在纷纷雨滴中喘息，在月光和闪烁萤虫下入梦，但只要一有机会就会挣脱锚链而去，用鼻子使劲搜寻着打柴人的气息。

它眼下的新主人叫有福，也奇怪这条船老是脱锚。一气之下，他后来把小船一把火烧了，好歹收回了几斤铁钉。

野渡无人舟自横。

57 一块钱一摇

山里人以前做生意少，就算交易也不像是交易。比如卖瓜论个，不管大小是一个价；卖羊论只，大一点小一点不生计较。卖柴则论步：把柴火码成大体上四四方方的垛子，然后以脚步丈量出一二三。至于脚步的长或短，柴垛的高或低，都是马马虎虎的。

牛马是比较昂贵的财产，计量不能太随意，因此买卖时需“拳牛比马”，以拳头或指头比量牛马的大小。但这是专业贩子的功夫，非一般人能胜任。

现在商品交换增多，山里人也大多会精打细算了。有一次，我看到路边有个板栗园，问管园子的老人如何卖。老人想了想说：“十块一斤。”我吓了一跳：“你是卖金元宝呵？不就是板栗吗？”对方警惕地看着我，大概最怕城里人巧舌如簧，决不让我有任何可乘之机，坚决一口清。铁定十块，一分不能少。

生意做不成。我走到另一处板栗园。那里也有一个看园子的老头。听说我要买板栗，他想了想说：“一块钱一摇。”

我不知道对方的意思，后来才问明白：他没有秤，也没有升，要我自己到园子里摇一摇树干了事。交一元钱，摇一下，摇落的板栗都归我。

“摇”就是这样的量词。

我当然拿出吃奶的力气来摇，专挑果实挂得多而且熟得透的树来摇，哗啦啦片刻之间板栗满地，足足装满了一提袋，算是心狠手辣。但主人没有挑剔我的动作，数着几张钞票，倒也很乐意。

我相信，要是我同他说热闹了，说出点张家长李家短的家常来了，说出点明朝清朝的老皇历来了，他很可能还要留下我吃饭，喝谷酒。五摇板栗白白地送人，也不是不可能的。

看守果园的农家老汉。

58 月下狂欢

卓别林的电影里有人的机器化。其实，不光是蓝领可能机器化，当下很多白领也面临厄运。一般标准下的白领，通常是在电子眼的监控之下，在大车间似的办公区里，就位于矮隔板的格子岗位，像装配板上的一个个固定插件，一插上去就紧急启动，为公司的利润奔腾不息。眼睛、颈椎、腰椎、心脏、植物神经等等，是他们最容易磨损的器官。我的一个外甥女就是这样的白领。她一进公司还被告知：手机必须二十四小时打开，随时听候老板的调遣。

乡下农民倒多了一些自由，劳动方式的单调和呆板，在很大程度上也得以避免。乡间空气新鲜自不待言，环境优美也自不待言。劳动的对象和内容还往往多变，今天种地，明天打鱼，后天赶马或者采茶，决不会限于单一的工序。即使是种地、播种、锄草、杀虫、打枝、授粉、灌溉、收割等等，干起来决不拘于一种姿势、一种动作、一个关注点。从生理保健学来看，这当然有利于四肢五官的协调运动和综合锻炼。

我当知青的时候还参加过抗旱车水。当时的手摇水车类似于拉力器，脚踏水车类似于跑步器，现代的健身房就盖在田头。一旦人们在水车上踏得兴起，转踏为跑，转跑为飞，便有令人眼花缭乱的踏锤飞旋和水花高溅。一声撒野的呼啸抛出去，远处可能就有车水人的呼啸甩回来；一曲挑逗的山歌抛出去，远处可能也有车水人的山歌砸回来——劳动与娱乐在这里混为一团，不但使田头变成了健身房，还变成了夜总会。

哗哗槽片抽浅了泥坑里的水，大鱼小鳖就可能露出头来。我们在田头找点柴，烧把火，偷几棵葱，挖两块姜，找来油与盐，现场煮食的乐趣和美味断不会少。要是在夜晚，朦胧月色下，后生们把衣服脱个精光，一丝不挂地纳凉，其胯下奇异无比的舒畅和开敞，还有几块白肉若隐若现，使不乐的人也乐，不浪的人也浪，天体艺术令人陶醉。

女人们一听到这种笑声就会躲得远远的，有时把送来的饭菜放在路口，喊一声，咒两句，要你们自己去取。

我对乡下的过度贫困心有余悸，但对那里的劳动方式念兹在兹。我还相信那种劳动的欢乐，完全可以从贫苦中剥离出来——在将来的某一天，在人们觉得出力流汗是幸福和体面的某个时候。我重新来到乡村以后，看见柴油机抽水、电动机抽水，倒是龙骨水车不大见了。这有什么不好吗？也许很好。我得庆幸农民多了一份轻松，多了一份效率。我甚至得祝贺一种残酷的古典美终于消失。

但我还是没法不留下一丝遗憾：哪一天农业也变成了工业，哪一天农民也都西装革履地进了沉闷写字楼，我还能去哪里听到呼啸和山歌，还有月色里的撒野狂欢？

59　农痴

去学校公厕挑粪的时候，时常会与一个人不约而同地会师在粪坑前。他黑长脸，破草帽，裤脚上一定沾泥带土。一双黄胶鞋前面破了洞，鞋后跟挂着几条散纱，像是从垃圾堆里捡来的荒货。

看他两个特大型号的粪桶，谁都不可能知道他是个城里人。他姓余，人称“余老板”，因为多年前来此办渔场，雇了一些帮工，就有了老板的身份。但他养鱼颇为不顺，不是碰上鱼瘟，就是碰上山洪，几年下来把几十万投资都赔光了。但他决不撤兵，依然在这里喂猪、打米、种田、育瓜菜，把鱼塘之外的经营范围越做越大，光是猪就呼噜呼噜喂了二十多头，简直是个劳动疯子。他没再雇工了，亲自来学校担粪，而且恨不得一肩挑上三担，选择的粪桶大得像粪缸。

他看上去也是五十岁左右的人了，还想当个农业李嘉诚？还想拿个农业奥林匹克奖？

我遇到他，免不了要向他讨教很多农事，关于母鸡不下蛋时该怎么办，关于西红柿枯叶是怎么回事。我在《齐民要术》一类农书里没法找到问题的答案，在这时候，他一五一十指教得非常详细，有时还叮嘱一句：你到我家里来，我给你一点好秧子。

他也确实让人捎来过一些好秧子，还有防病治虫的剪报资料什么的。我去过他家。一路走去，发现他担粪的路途很远。他既然喂了那么多禽畜，家肥应该不成问题的，但还是一次次长途奔袭学校厕所，只差没把免费的大粪当作大锅饭，其种植野心想必无比辽阔。我看到了他满坡的菜、满垄的禾、满栏的猪，果然被他的产业规模所震撼。他的家倒像个叫花子窝，比一般农家还脏乱许多。几间借来的旧瓦房里，大锅里是半锅冷粥，母鸡飞上了灶台，留下鸡屎和草须。卧房里居然没有一两张像样的椅子，倒是有几口土砖可坐。一袋袋谷糠或化肥，堆码在大木柜旁，成了客人必须小心提防的路障。一张显然是借来的破床上，被子也没叠，堆成一团，压住了两本破杂志，不知主妇是没时间打理，还是没心情打理。

我在这里没说上多少话，因为他实在太忙，没工夫陪我多说。刚从地上大汗淋淋地回来，就有农民来求他打米，有农民来买他的鸭蛋。这里还没做完，又来一妇人请他去给鸡诊病，简直一刻也不让他消停。

主妇回来了，忙着切猪菜和熬猪食，也顾不上与我多说。看得出她累得都直不起腰了，一绺汗津津的头发耷拉在前额。

“你们太能干了，承包了这么多地。”

她冷笑一声："这不是发疯么？我一直没搞明白，这里是有一团金子呢，还是有一团银子呢？放着好日子不过，跑到这里来打鬼。"

"倒也是，不年轻了，心不能太大，能做多少算多少，悠着点。"

"他恨不得一天有三十六个钟头，恨不得我一个人长出八只手！"

我看见她坐的一张椅子偏偏欲倒："你们至少应该打几件家具，再把房子修整一下。安居乐业么，先安居，后乐业。"

"谁说不是呢？说是今年冬天要搞一下的吧？不过，搞不搞，怎么搞，我都随他。"她懒得往下说，看着门外的斜阳，一脸嫁狗随狗的愁怨。

后来我知道，余老板与我还是中学同学，只是不同年级。当年他是"井冈山"的，我是"红造会"的，两派操着五四手枪、手榴弹以及砖块铁棍互相恶斗的时候，说不定我们还交过手，只是没有互相记住面容。后来大家统统滚下农村，他去了另一公社，与我所在公社不算太远。我们说不定在长途汽车上或集镇上也见过面，只是没有特别的交道。不久前，几位老校友来乡下看我，其中一位女士是他的同班同学。他闻讯后立即提一条大鱼来款待客人，但自己决不留下来吃——其实是忙得没工夫入席。

看着他吧嗒吧嗒远去的两只泥脚，我的客人都好奇他的忙碌。照理说，他在城里有房子，有退休金，自己做生意还赚过两笔，有什么必要一定要来此搞得一身泥脏水臭？搞得老婆满腔怨气以至每次见客都要开一场控诉会？他是想发财吗？好像不是。凭他一位叔叔的局长身份，他在城里随便开个什么店，帮个什么工，也少不了这一份收入。相反，他在这里给东家诊鸡病，给西家送菜秧，到处指导杀虫和果树接枝，完全是个义务的农技推广机构——能发个什么财？他还养了条大洋狗。那畜生大如一头小牛，立起来有人高，一天要吃一两副猪肺，害得他老婆三天两头就去集镇找猪肺，光是车票钱和猪肺钱都不知赔了多少——有这样发财的么？

连农民也觉得他不可思议。

在这个时代，人们可以理解财迷、酒迷、舞迷、棋迷、钓迷、牌迷乃至白粉迷，就是很难理解一个农迷。人们看见健身的大汗淋淋，会说那是酷；看见探险的九死一生，会说那是爽；但看见一个人高高兴兴地务农，肯定一口咬定那是蠢。同样，人们看见粉丝们为台上偶像一掷千金，看见股民们在交易所血本无归，都会觉得正常。看见余老板玩农活哪怕小赚不赔，也会觉得疯人院没上门锁。

余老板忙得连电视都不看，从不知道哪个明星怀孕了，哪个明星离婚了，哪个明星打官司了，哪个明星的性取向有变……这在很多人看来，当然是问题更为严重。他简直是信息时代的白痴一个。他敢不承认？

这个时代的好些道理，没法与余老板说。

60　一师教

茶盘砚有个雪娥嫂，信基督教。她残了一只眼睛，但犁田打禾什么都做得，历年来交税费最全，完成摊派工最早，还收养了一残疾少年，比男人还勤劳，比干部还义道。

她第一次见到我，就愤愤批判唯利是图。她说村里有一富户，做什么都斤斤计较，让出几分山给村里修路，算起钱来也心狠手辣。他就不想想他一窝六七个娃崽是怎么长大的？——雪娥嫂是指当年大集体的时候。不是靠那时候的大集体，不是靠那时候见人有一口饭，他一大窝娃崽还带得大？现在倒好，他娃崽大了，也揣着大票子了，就事事要个等价交换，就朝集体的碗里吐唾沫了！

雪娥嫂对大集体的辩护，使我想起了自己的北欧之旅。当时一路看过去，瑞典、丹麦、挪威、冰岛等国家的国旗都是十字旗，可见基督教为它们立国之本。恰恰是在那一片教堂林立的氛围里，国家奉行社会高福利政策，把所有国民从摇篮管到坟墓，颇有教门之内的平等之风。我一直暗暗猜测，那里的社会福利国策其实是宗教的延伸和放大[①]。

不说北欧，还是回头来说雪娥吧。我最初以为她是个什么干部，其实她连组长也没当过，只是有话就要说，是个嘴巴直通屁眼的直肠子（雪娥语）。她的最高荣誉是当过一回劳模，但她一听说要去市里开会，就吓得在柴山里躲了两天，让干部们找不着。后来不得已去了，但经常紧张得出汗，横着一只独眼，噘着一张嘴，很不快活的样子。

她回来后悄悄告诉我，她进城上台讲话的时候，不知道讲什么好，只能背诵干部写好的稿子，但说的与想的完全是两码事。她一边说着全靠各级政府的关怀，一边想着全靠仁慈我主的关怀；一边说着今后要好好学习国家的法律和政策，心里说的是今后要好好学习《圣经》……“我心里要说的话，主是听得到的。是不是？主是不会怪我乱说的。是不是？”她这样说。

我这才知道她是基督徒。

“你读过《圣经》吗？”

“只听过一点点。”

“你会唱赞美诗吗？”

她捂着嘴笑：“直喉咙唱不转，唱得像鸭叫！”

“你怎么想到要入教呢？”

---

① 德国学者韦伯曾认为新教伦理是资本主义的动力，并有西欧现代史为证。但北欧恰好构成了一个反证：新教伦理也能孵化出社会主义或半社会主义。

“基督教好呵。基督就是一杆公平秤，对就是对，错就是错。道理有十分，你就不能只讲九分半。”

这个解释倒也简单，而且还经典。

“跟你说，我八年来没有吃过一粒丸子，我老公八年来也没有吃过一粒丸子。”她是指家人健康不用吃药，如此“奇迹”的“见证”，实在值得她自鸣得意。

我这才知道，洋教传到这里来以后，已经有些变性，洋中带土，似旧实新。改良教规之一，是信教者不求医。这倒是很对山里人的胃口——他们本就对医药费的高涨深深发愁。改良教规之二，是信教者不吃别人家的饭。这也很对山里人的胃口——他们对日益繁重的人情礼节早已不堪重负，一接到请柬，就如接到罚单，满脸客气之下是满心焦急。基督教的传播，大概很大程度上正是依托了这一类助人省钱的招。

基督教在这里也叫“耶稣教”，因读音之误，还有“耶师教”或者“一师教”一类异名。信教者也有“基督和尚/尼姑”或者“耶师和尚/尼姑”乃至“一师和尚/尼姑”一类俗称。人们对洋教的出现说不上有多大的反应。看见教徒们偷偷地串门聚会，大家觉得那就像党团员政治学习，过组织生活，无非也是劝人向善，倒也不坏。有些人入教以后心静了一些，少了些伤肝炸肺的焦躁，身体颇得补益，也不是没有可能。

教徒们只是在某些细节上引来非议。比如说，当基督和尚可以吃肉，只是不可以吃血。这是不是专拣好的吃？不戒荤腥也能当和尚，也太舒服、太便宜了吧？又比如说，有个教徒抬猪时断了草绳，不去另外找草绳，反而跪到路边祷告上帝。另一个教徒没法把手扶拖拉机发动起来，不去检查油路和气门，反而跪到路边祷告上帝。大家都觉得可笑：基督菩萨未必那么神通广大，还能把断草绳接起来或者把死机器发动起来？

贤爹最反感的，是耶师教居然宣扬“普天众生皆兄弟姐妹”：“呸，爷就是爷，崽就是崽！一千年也莫想变！一万年也变不了！怎么成了兄弟呢？宝伢子胆敢没上没下，老子一巴掌把他刷到墙上去！”

宝伢子是他儿子，不久前信上了耶师或一师。听老子这一骂，他吓得在外躲了两天不敢回家。

有一天，宝伢子带着三个陌生的后生，一律西服革履，骑着摩托一溜烟来到我家。陌生人自称是邻县的中学教师，专程前来拜访我。他们在阶前坐下，跷起二郎腿，接过茶，接过扇，对端茶的主妇看都不看，更顾不上说一个谢字，开口就大谈这个世界有三重天和九重地；谈地球大一点不行小一点也不行，只能这么大；谈光速慢一点不行快一点也不行，只能这么快……把我说得云里雾里。

其实，他们不是科学院院士，不过是基督徒，刚才的开场白不过是赞美上帝创世的奇妙，目的是劝我入教。他们接下来历数入教的好处，包括癌症病人不治而愈，哑巴可以说话，瘸子可以跑步，连做生意都财源滚滚，总之有百利而无一弊。这在我听来，有一点推销减肥茶和壮阳药的味道，有一点非法集资的味道。

我说宗教确有静心养身之效，比如中国佛教与道教……没料到我一提佛教就惹恼了来客。个子最高的一个冷笑着打断我："你这还是马克思主义，太过时了！太可笑了！我问你，一个人有几个父亲？难道一个人可以两个父亲？三个父亲？四个父亲？……你也不想想，你是好几个父亲生下来的种么？"

这是个很雄辩的比喻，把其他假父亲统统给灭了，独尊基督的意思很明白。

"保罗前不久也说过，要尊重伊斯兰教，尊重印度教……"

对方显然不知道保罗二世是谁（当然更不会知道路德、加尔文、J. 拉辛格等）："那些狗屁话你也信？他们长期吃官家饭，中极'左'思潮的毒太深了，只会贪赃枉法，祸国殃民，什么事也不会干，将来只能统统下地狱！"

"那你总知道布什吧？布什总统也去清真寺……"

"那是外交策略呵，你懂不懂？就像在战场上打仗，有时候需要冲锋，有时候也需要伪装，需要埋伏。这是最基本的常识！"

我同他们谈不清，甚至没法往下谈。每次刚说出一句，就被他们打断，被他们七嘴八舌地堵回来。在这几个毛头小子面前，我只能洗耳恭听，只有接受大批判的份——幸好他们还无权动武，否则肯定把我当"圣战"对象，让我死无葬身之地。

我突然觉得自己很傻，气不打一处来。

我轰他们走。“出去！去！”妻子不知我今天为何这般粗鲁，端着一盆刚炒好的板栗，看看我，又看看他们。那几个人都脸上挂不住，神情立刻软下来：“韩先生，我们再交流交流吧？”“你并不了解我们，再听我们解释一下。”“看在上帝的分上，我们交个朋友。我们还有好多问题要请教……”

我还是拂袖而去。

我后来看到，他们出了院门以后还不走，在门口交头接耳一番。其中一个在墙根撒了泡尿，另一个打了一阵子手机。大概终于商定了新目标，他们这才骑上摩托，一溜烟朝公路方向而去。

61 “非典”时期

2003年春夏之际的“非典”时期，我是在乡下度过的。从电视里看，全国似乎进入了战争状态，只差没全天滚动式地播送国歌和战争动员令了。但乡下人对这种紧张不以为然。“什么‘非典’呢？不就是人瘟么？”照他们的理解，鸡有鸡瘟，猪有猪瘟，人当然也难免人瘟，这事古已有之，没什么奇怪，哪用得着兴师动众？

干部们去山口设卡，去集市收缴野生动物，还上门上户检查打工返乡者的体温……他们忙着忙着，总算把气氛搅得有些紧张。一天夜里，四面八方陆续响起了鞭炮。我不知道发生了什么，事后一打听，才知道是山那边有一个哑婆子突然开口说话，称这次人瘟发作，阎王爷要收走三万性命，因此各家都得烧香三炷，燃炮三通，否则人畜平安不保。这个哑婆子差不多是第二政府，甚至是超级政府，其天宪一旦下达，就被人们口耳相传。

村里几个党员找到村长，说赶快打开广播吧，要大家快去买鞭炮。

村长有点犹豫：这是不是搞封建迷信？

党员们急了，说你前不久带着我们学“三个代表”和六个“文明”（他们没记清到底是几个），学得我们的脚都肿了。学了这么多，总得要点实际行动吧？总得为大家做点实事吧？驱瘟送鬼，保境安民，党支部还不冲在最前面像话吗？……

这一说，村长才下了决心。

我后来听到的各种鞭炮声，就是村长广播动员群众的结果。

这事搞得乡政府不大体面。乡干部大多是大学生和中专生，承担着普及科学和破除迷信的职责。贺乡长立刻气冲冲地找到村长：“政府讲了这么多你们不听，一个哑巴婆子放个屁，你们就当圣旨。不是搞迷信活动吗？”

“礼多人不怪。放点鞭炮……不碍事吧？”村长觉得事情并不严重。

乡长更气了：“放鞭炮有卵用！你要是命里有寿，不放鞭炮也不会死。你要是命里没有寿，放再多的鞭炮也白搭。你也是个党员，怎么一点科学都没有？”

村长觉得这话在理，面带愧色，立即打开广播器传达最新指示：“各家各户都听好了！建伢子你尤其要听好！谁说哑婆子说话了？你们要她到我面前来号几声看看！还是贺乡长讲得对，要讲科学，放鞭炮没卵用。你要是个长命鬼，不放鞭炮也不会死。你要是个短命鬼，放再多的鞭炮也白搭。你们不要听了风就是雨，屎不胀尿胀，尿不胀屁胀，听信那些烂嘴巴的谣言……”

62　青龙偃月刀

何爹剃头几十年，是个远近有名的剃匠师傅。无奈村里的脑袋越来越少，包括好多脑袋打工去了，好多脑袋移居山外了，好多脑袋入土了，算一下，生计越来越难以维持——他说起码要九百个脑袋，才够保证他基本的收入。

这还没有算那些一头红发或一头绿发的脑袋。何爹不愿趋时，说年轻人要染头发，五颜六色地染下来，狗不像狗，猫不像猫，还算是个人？他不是不会染，是不愿意染。师傅没教给他的，他绝对不做。结果，好些年轻人来店里看一眼，发现这里不能焗油和染发，更不能做负离子和爆炸式，就打道去了镇上。

何爹的生意一天天更见冷清。我去找他剪头的时候，在几间房里寻了个遍，才发现他在竹床上睡觉。

“今天是初八，估算着你是该来了。”他高兴地打开炉门，乐滋滋地倒一盆热水，大张旗鼓进入第一道程序：洗脸清头。

“我这个头是要带到国外去的，你留心一点剃。”我提醒他。

“放心，放心！建伢子要到阿联酋去煮饭，不也是要出国？他也是我剃的。”

洗完脸，发现停了电。不过不要紧，他的老式推剪和剃刀都不用电——这又勾起了他对新式美发的不满和不屑：你说，他们到底是人剃头呢，还是电剃头呢？只晓得操一把电剪，一个吹筒，两个月就出了师，就开得店，那也算剃头？更好笑的是，眼下婆娘们也当剃匠，把男人的脑壳盘来拨去，耍球不是耍球，和面不是和面，成何体统？男人的头，女子的腰，只能看，不能挠。这句老话都不记得了么？

我笑他太老腔老板，劝他不必过于固守男女之防。

好吧好吧，就算男人的脑壳不金贵了，可以由婆娘们随便来挠，但理发不用剃刀，像什么话呢？他振振有词地说，剃匠剃匠，关键是剃，是一把刀。剃匠们以前为什么都敬奉关帝爷？就因为关大将军的功夫也是在一把刀上，过五关，斩六将，杀颜良，诛文丑，于万军之阵取上将军头颅如探囊取物。要是剃匠手里没有这把刀，起码一条，光头就是刨不出来的，三十六种刀法也派不上用场。

我领教过他的微型青龙偃月。其一是“关公拖刀”：刀背在顾客后颈处长长地一刮，刮出顾客麻酥酥的一阵惊悚，让人十分享受。其二是“张飞打鼓”：刀口在顾客后颈上弹出一串花，同样让顾客特别舒服。“双龙出水”也是刀法之一，意味着刀片在顾客鼻梁两边轻捷地铲削。“月中偷桃”当然是另一刀法，意味着刀片在顾客眼皮上轻巧地刨刮。至于“哪吒探海”更是不可错过的一绝：刀尖在顾客耳朵窝子里细剔，似有似无，若即若离，不仅净毛除垢，而且让人痒中透爽，整个耳朵顿时清新和开阔，整个面部和身体为之牵动，招来嗖嗖嗖八面来风。气脉贯通和精血涌跃之际，待剃匠从容收刀，受用者一个喷嚏天昏地暗，尽吐五脏六腑之浊气。

何师傅操一杆青龙偃月，阅人间头颅无数，开刀，合刀，清刀，弹刀，均由手腕与两三指头相配合，玩出了一朵令人眼花缭乱的花。一把刀可以旋出任何一个角度，可以对付任何复杂的部位，上下左右无敌不克，横竖内外无坚不摧，有时甚至可以闭着眼睛上阵，无须眼角余光的照看。

一套古典绝活玩下来，他只收三块钱。

尽管廉价，尽管古典，他的顾客还是越来越少。有时候，他成天只能睡觉，一天下来也等不到一个脑袋，只好招手把笑花子那流浪崽叫进门，同他说说话，或者在他头上活活手，提供免费服务。但他还是决不焗油和染发，宁可败走麦城也决不背汉降魏。

大概是白天睡多了，他晚上反而睡不着，常常带着笑花子去邻居家看看电视，或者去老朋友那里串门坐人家。从李白的“床前明月光”，到白居易的“此恨绵绵无绝期”，他诗兴大发时，能背出很多古人诗作。

三明爹一辈子只有一个发型，就是刨光头，每次都被何师傅刨得灰里透白，白里透青，滑溜溜地毫光四射，因此多年来是何爹刀下最熟悉、最亲切、最忠实的脑袋。虽然不识几个字，三明爹也是他背诗的最好听众。有一段，三明爹好久没送脑袋来了，让何爹算着算着日子，不免起了疑心。他翻过两个岭去看望老朋友，发现对方久病在床，已经脱了形，奄奄一息。

他含着泪回家，取来了行头，再给对方的脑袋上刨一次，包括使完了他全部的绝活。三明爹半躺着，舒服得长长吁出一口气："贼娘养的好过呀。兄弟，我这一辈子抓泥捧土，脚吃了亏，手吃了亏，肚子也吃了亏呵。搭伴你，就是脑壳没有吃亏。我这个脑壳，来世……还是你的。"

何爹含着泪说："你放心，放心。"

光头脸上带着笑，慢慢合上了眼皮，像睡过去了。

何爹再一次张飞打鼓：刀口在光亮亮的头皮上一弹，弹出了一串花，由强渐弱，余音袅袅，算是最后一道工序完成。他看见三明爹眼皮轻轻跳了一下。

那一定是人生最后的极乐。

乡间老剃匠的工作室。

63　瓜菜

电话和摩托车在乡村最适用，方便了大家联络，省了好多时间和脚力。其次是电视，虽然有些节目不一定让人们全看明白，但至少给夜晚添了些热闹。乡下利用率最低的现代器具要数冰箱，因为瓜菜都在地上，随吃随摘，用不着冷藏。大部分肉食多以腌制、熏制、晒制等方式保存，山民们在这方面的习惯不易改变。

收亲嫁女之时，照城里人时兴的规矩，一套电器必须齐备，其中冰箱还是断不能少。只是冰箱买来以后大多不通电，塞满衣服或农药，有时候甚至装上几袋谷种，算是个密封杂货柜。

这样，在相当一段时间，我家的冰箱就比较特别，也承担着某种义务和责任。左邻右舍遇到一点鲜肉确需存储，以备客人或匠人的光临，就一碗碗端到我家来，塞入冰箱临时寄存。他们避免了大冰箱保管小物件的浪费，但使我家冰箱里的物权过于复杂。有一次我忘记了这一点，打开冰箱，抓到肉就下刀，结果把人家的东西吃掉了。

我家的冰箱公共化了，菜地也是半公共化。那天一个后生走进我家院门，见瓜架下有菜瓜，拧下一个就吃，还厚颜无耻地说不错，说好甜，说好脆，简直是打上门来的强盗一个。其实，这也是我少见多怪。村民们在瓜菜方面的私权观念薄弱，莫说是摘一个瓜，就是摘一篮子瓜，只要别人的园子里有，也算是摘了白摘，不摘白不摘。

初春时节，菜地上有点青黄不接，我们提着篮子去山上采香椿、蕨菜、蘑菇、春笋一类。沿途遇到村民，尤其是那些农妇，都会领受她们笑眯眯的招呼："有菜吃没有？"意思是问要不要在他们那里摘点什么。或许，他们会问得更具体一些："有苋菜吃没有？""黄瓜出来了没有？""豆角下种了吗？"……这时候，如果你朝她们的园子里看一眼，对那里的形势表示赞美，或表示惊讶，那就更不用说了，她们随手找来一个塑料袋，往菜园里匆匆而去，接下来的形势不言自明。

农妇之间的事务主要是瓜菜外交。一丝微笑，两句称赞，还有日后路上的一声招呼，都相当于超级信用卡，足以偿付大堆瓜菜的馈赠，足以换来客气推让之间复杂而激烈的拉拉扯扯。正因为如此，医生吴胖子最不愿意种菜，也不理解我们为什么种菜，有一次见我往地上挑粪，眼睛瞪成了两个铜钱："吃这样大的亏呵？你们家里是住了一个排，还是住了一个连？"

"你还好意思说，你看你的菜地，都荒了！"

"荒了好呵，退耕还林，绿化祖国。乡政府就要奖给我镜框子。”

“你钱多可以买菜吃。我们穷鬼不种吃什么?”

“买什么买?我才懒得买哩。”他得意地吹嘘,“等天一黑,我提着篮子往门外一走,这峒里的菜不都是我的?”

“人家用手电筒一照,会有你吴胖子的好看。”

“那能怪我么?我碰到了岔路鬼,走错了菜园子。要怪只能怪岔路鬼,能怪我么?”

这种懒汉理论和强盗宣言居然未受到批判,在场的几个人反而哈哈大笑。见他光天化日之下开始侵夺路边邻家的豆角,有人还当场指导:“胖子,你摘这边的,这边的嫩一些。”

不过,吴胖子的强盗式共产主义眼看着快完蛋了。镇上的一些贩子开始进山收瓜菜。接着,随着有些富裕户开始买菜吃,一些路边小店里便出现了有价瓜菜,虽然买主不多,但已引起村民们悄悄议论。有一天,我妻子看到路边某农户的空心菜肥美无比,不觉心动,想贪点小便宜,凑上前去一个劲看菜园,见对方没什么反应,又一个劲夸菜园,尤其是夸赞空心菜长得逗人爱。不料一套老经验不管用,主妇不大认识她,也不知道她要干什么,对她的花言巧语无动于衷,眼睛眨巴眨巴,径自修理水桶去了。

妻子追在她屁股头微笑和诱导,对方仍是启而不发,虽然给了她一把椅子,但一片菜叶也没给她。

这也就是说,朋友式的共产主义也不大灵了。

如此惨痛失败,让我笑了好久。

64 非法法也

邻村的两个后生惨遭大祸。一个电工，一个帮手，架设外线的时候，不知为什么突然“呵呀”一声，双双翻倒在水田，水淋淋的身体抽搐不已。

有人怀疑他们违章操作。有人怀疑另有第三者肇事，比方说在配电间贸然合闸。到最后，几乎所有人却一口咬定了供电公司：施工前缺少培训，施工时没有监督，材料质量也可疑……总之他们应对死人负责。当时公司总经理把汽车停在村口，不打算进村了。村民们将汽车团团围住，七手八脚要连车带人抬进村去，抬到惨兮兮的灵堂前去。他们一开始并没想到什么钱，但既然时逢丧礼，狗屁总经理对死者看都不看一眼，鞭炮没有放一挂，祭幛没有送一条，撒腿就想走，实在太没人味，是可忍孰不可忍！

掀了它！掀了它！开个铁乌龟来吓哪个？有人冲着汽车大吼。如果不是村干部及时赶来，人们的扁担和锄头还要砸在车上。

总经理只是不想沾包，但不合人情的躲闪犯了众怒。也许正是这一点使舆论全面恶化，使他陷入了是非难辨的泥潭。人们异口同声要求供电公司对事故负责，相干和不相干的恶语都一齐砸过来。加上死者的亲属在场号啕大哭，人见人怜，人见人悲，妇人们泣声纷起，急得总经理满头大汗，钻地无缝，插翅难飞，捐出了两百元还不够，向所有人赔笑脸还不够，最后只得答应承担责任，一咬牙，给两家各赔十二万。

到了这一步，乡长才及时地出现，连声说自己来迟了，来迟了，劝退了几个吵闹的后生，然后接总经理去吃饭，算是压惊和联谊。

我知道这件事的时候，灵堂里的调解已经完成。但这算什么调解？我私下里已隐隐约约知道肇事的第三者是谁。这就是说，肇事者并没有承担责任，供电公司却在相当程度上代人受过。在全面推行法制建设的今天，这一结果大可奇怪。

贺乡长对我说："是不是有人肇事，这不难查。但查出来又如何呢？他赔得出二十多万吗？赔不出。查来查去的结果，不但要毁掉两家人，还要毁掉第三家，你说是不是？"

他的意思是，肇事者家里也太穷了，经不起罚。而受害者的家里呢，如果没有补偿，就只能讨饭。

"但事实总归是事实……"我支吾。

"事实是：现在三个家都有了活路，有什么不好？"

"那供电公司是不是有点……"

“你是说冤枉？是有点，但他们放点血，也是九牛一毛，不过是酒楼里少买几张单，麻将桌上少放几个炮。你还不知道他们？”

我无话可说。我以前只知法度的重要，但眼下不得不承认，法外有法，非法法也。山民们心目中自有一套更为重要的潜规则。这种规则在后果与动机之间更关切动机，比如考虑到肇事者并无恶意，因此须从轻发落；在死者与生者之间更关切生者，比如考虑到两家遗孤都要活人，那么补偿就比查案更重要。他们还怀恨供电公司赚得太多，太容易，太霸气，差不多电霸一个，这次切不可放过。这一切算计如果不是颠倒黑白，至少也是颠倒主次，活脱脱造出了一个假案。但山民们认为此事办得天理昭昭无可置疑。他们不约而同不假思索地胡言乱语，乡村干部也不约而同不假思索地两面三刀，反正是要逼供电公司掏银子——何况公司也不是完全没有责任。

我不大能接受这种胡来和恶搞，但三个贫困家庭（受害两家加肇事者一家）由此免了灭顶之灾，在没有工伤保险的情况下能继续活命，又不能不说是各种结果中最让人心安的结果。我能说什么？

事情就这样过去了。村民们对结局一派欢喜。

有人说：“他们死得好呵！你想想看，一没有吃药，二没有打针，三没有动刀子，什么苦都没有吃，就像一觉睡过去了。这种死法哪里去找？”

另一个说：“要是病死的，得往医院里送钱。现在不但不拿钱出去，还拿钱进来。你说说，这种福气是不是点得火燃！”

又一个说：“哪里死了呢？明明还活着呵。老人还由他们养，堂客还由他们养，连娃崽的学费也还是由他们出，只是家里少了一个影子。没关系的，同外出打工差不多。”

还有一个更是无限憧憬：“我下次一定要给供电公司打工去！吊颈也要挑棵大树不是？跳河也要选条大河不是？”

东一句，西一句，事情就真的这样过去了。

65 疑似脚印

我听到一阵哗啦啦的异响，跑到院子里一看，见竹林里枝叶摇动，还有个隐隐约约的黑影似乎正在藏匿。是谁呢？我随手抄起一杆铁锹大叫一声，那里便有一刻的静止，然后冒出一个顶着蛛网和草须的脑袋。

"我来砍点茅竹。"他露出两颗黄牙。

"你是谁？怎么砍到我院子里来了？"

"这些茅竹没有用的。"

"你说没用，我有用呵。"

我大为生气，觉得这人真是无礼，不知什么时候竟然擅闯私宅，冲着我的园林狠下毒手，是不是过两天还要来拆墙和揭瓦？可怜我精心保留下来的一片绿色，院子内必不可少的第二道或第三道绿色帷帘，已经被他撕开了缺口。围墙红砖裸露出来，砸得我眼前金星四冒。

他嘴唇肥厚得有些迟重，又披挂着又粗又密的胡楂，搬运起来不方便，吐什么字都是一锅稀粥。他说了他的名字又似乎没说，说了他家在何处又似乎没说，还说茅竹不是楠竹，只能砍下来卖给毛笔厂做笔杆云云，但我都没怎么听清。我喝令他立即住手，立即离开这里。他怔了一下，迟疑地点头。但我现在回想起来，觉得他当时回答得并不清楚更不肯定，或者干脆就不曾回答。

“这些茅竹只能藏蛇，留着做什么呢？没有用的，没有用的。”他还在嘟哝，把砍倒的竹竿收拢成捆，扛上肩，总算出了门。

不久后的一天，我从外面回家，一进院门，发现这里已有主人——又是那一嘴胡楂，像一个脱毛刷子；还有两大块嘴唇，冲着我一番哆嗦和拥挤，总算挤出几星唾沫，是高高兴兴的唾沫：“回来了呵？”在他的身后，两头牛也有主人的悠闲自在，一边喳喳喳啃着草，一边甩着尾巴，拉下了热气腾腾的牛粪，惊动了上下翻飞的牛蝇。我恍惚了一下，以为自己走错地方，但定睛一看，这刚刚用石板铺成的路，刚刚开垦出来的菜地，刚刚搭就的葡萄架子，明明还有我的手温。这围墙外的一棵大树和远远的两层山脊线，明明是我熟悉的视野，怎么眼下倒让我有一种反身为客的紧张？

“你找我有什么事？”我警惕地问。

他兴冲冲地指着一块菜土：“这里的地湿，你不能种番茄，只能种芋头和姜。你得听我的。”

他又指着樟树那边说："那下面有两株好药，五月阳，你不要锄掉了，等我秋天再来挖。"

我不懂什么五月阳，也不在乎两株草药由谁挖走以及什么时候挖走，但我无法容忍他这种兴冲冲的劲头，这种无视法律和搅乱社会的口气。"你到底是谁？我同你说，这是我的院子，我买下来的院子，我办了土地证的院子。这个意思你不会不懂吧？你要挖草药，要放牛，要砍茅竹，可以到外边去。你如果要进这个院子，得经过我的同意。你懂不懂？你要不要我拿土地证给你看看？"

他怔住了，似乎难以理解这么深奥和复杂的道理："你是说，你是说……"

"我是说，你以后不要到这里来放牛。好不好？"

"这里不能放牛么？"

"你觉得这院子可以放牛？"

"牛最喜欢吃这些茅草，你留着反正也是没有用……"

"留不留是我的事，对吧？你怎么知道我不需要茅草？"

"你要留呵？你要留，就早说呵。我不知道你要留。我不知道。你要是早说一句，我就不会来了。"

他没有追究我不宣而禁不教而诛的责任，吆喝一声，赶着牛出了院门。一大捆牛草在他肩后晃荡，叶尖沙沙地刮扫着路面。他当然没有带走牛粪和牛蝇。

我后来给院门加了一把锁。

我加了锁以后才知道他的来历。他叫李得孝，外号孝佬，是附近一个农民。只因为我买下的这块地，原是分配在他名下，二十多年来，已经被他跑熟了，甚至被他家的牛跑熟了。一放绳，那牛根本不用驱赶，就乖乖地直奔这里而来。眼下，他不是不知道事情已经有了变化，不是不知道这块地经乡政府征用，最终卖给了我这个外来人。但他砍茅竹或者割牛草的时候，还是情不自禁地往这块地上窜。想想吧，他熟悉这里的茅竹，熟悉这里的茅草，熟悉这里某个角落的五月阳，憋一泡屎尿甚至也习惯性地往这里狂奔，一心要来增肥活土。他一时半刻哪能割舍得下？

他远远就能嗅到这里的气味，远远就能听到这里发芽或落籽时吱吱嘎嘎的声响，连睡梦中一迷糊，也能感触到这里在雨后初晴或者乍暖还寒时的一丝抽搐或跃动。对于他来说，这些当然比一张土地证更重要。有人告诉我，自从我不久前两次把他逐出门外，他还是有点半醒不醒，好几次扛着锄头来到我家院门前，见门上一把铁锁，才怏怏地蹲下或者徘徊，最后掉头而去，嘴里嘟嘟哝哝不知说些什么。

他没有大喊大叫地打门，没有气冲冲地翻墙或挖墙，就算是够清醒的了。我相信，在今后很长一段时间内，他还会在一把铁锁面前恍惚，就像把一个儿子过继给了人家，但很难把这个儿子视为人家的骨肉，一不小心就还会叫出什么乳名。

以上是我短篇小说《土地》里的一个片段，大体上言之有据。不过主人公原型不姓李，而是姓吴。他的老婆也确实离异他去，但不是嫌贫爱富，只是痛恨丈夫结巴，小气，在床上不男人——道理其实说不大清楚。

这篇小说是应法国一个文化项目的要求而写,《土地》也是项目主持者的命题。大概出于中国文学传统对土地的一往情深，我一下笔还卷入田园诗和山水散文的浪漫光流，强调了主人公对故园的牵挂和纠缠。其实，吴某对土地既有情也无情，比方说对土地转让并无遗憾，甚至有点兴高采烈。他曾把我拉到他家，引我到山上看，问我需不需要更多的地，问我是否有朋友或亲戚来搞开发——他还有一块山，要水有水，要路有路，是盖房子或者开果园的好地盘。

他以为我是个开发商，一副急于推销土地的模样。据他说，他就是想再得一点补偿款，然后去城里开店打豆腐——这是我在小说里没有写到的。

事实上，他后来确实离开了八溪峒，不过没有进城打豆腐，而是去煤矿挖煤。我在巴黎参加中法作家同题小说《土地》讨论会时，恰好听到中国一煤矿发生重大矿难。从旅馆里CNN的电视新闻中，我看到矿井口一具具伤亡者的身体，还有忙碌的救护队员和蓝灯闪闪的救护车。不知为什么，我担心从屏幕上看到一个熟悉的面孔，担心镜头迅速锁定和推向这张面孔。

当时一位热心的法国读者要来了咖啡，一个劲问我“五月阳”是什么，称他在中国植物辞典里没有找到这个药名；又称《土地》中很多植物名都特别美，也富有深刻含义，使他想到了非洲的古代文化……他肯定注意到我一直盯着电视新闻，想必也不明白我为什么对学术交流心不在焉。

回到山里以后，我听说吴某倒没有什么事，前不久还回来过一次，拿高级烟招待四邻，还把他中学毕业的儿子也带去挖煤。

我没有再见过他，也许以后很难再见他。值得提到的是：我家院门虽然每夜必锁，但好几次好像夜里有人来过，在大清早的菜园里留下脚印。这些脚印很深，也很大，比我的脚大了一圈，让我不得不联想到《土地》人物原型曾出现在院门前的那双大脚。我让妻子来看看。妻子说你莫吓我，那是什么脚印？不过是雨天里沉陷的泥坑罢了。

也许妻子所说是对的。

也许月黑风高之夜真的没有什么人来过，更不会有人在菜地上独自徘徊。我得说服自己相信这一点。

66 哲学

路边小店里经常坐着一些闲人。我去买米的时候，几张陌生的面孔正在那里议论“三个代表”。其中一位注意到我：“这位干部，你来说说看，这三个代表选了好几年，还没选出来？几个什么代表，就这样难选？”

我笑着解释，这代表与那代表不是一回事。

“那‘八个看得见’和‘八个看不见’又何事？”

我没听过这一说法。大概是县乡领导机关的什么理论总结？我刚想猜一猜，对方又说到当年全民学哲学的折腾：“哎呀，你们当干部的想吃就多吃点，想拿就多拿点，我们也没意见。怕就怕你们结丝绊茎！”

另一闲人也帮腔：“一听你们结丝绊茎我就脔心冲！”

他们的意思是怕啰唆，怕麻烦，尤怕书生们说理论。对于他们来说，理论好比辣椒水和老虎凳，一摆上来，足以让他们心惊胆战脚杆发软。在这里，中国式的宽大也明显可见。他们似乎觉得干部多吃多拿，就像牛偷吃了禾，鸡偷吃了谷，虽不是好事，但只要不是太过分，也不算什么大事。

这倒是他们的哲学之一。

67 空山

去山上的路越走越窄，越走越荒，越走越静。前十几里路还勉强可以见到人迹。有人挑着竹子，或者是背着雨伞，在曲折小路上下山来，与我们擦肩而过。虽然不相识，但不会没有必要的客套。

“上去呵?”

“下去呵?”

或者由我们先搭腔：

“下去呵?”

“上去呵?”

或者多说几个字：

“挑这么多下去呵?”

“这么早就上去呵?”

不相识的人之间，一路上都是问“上去”或者“下去”，算是没话找话，不交自熟，还有点暗号接头的味道。

过了千石峒，前面就是无人区了，就没有接头暗号了。路边还偶尔冒出一处房舍，但人去室空，留下了房前一片荒草，隐约显现出田埂和小径的轮廓。土坯墙有的坍塌了，有的开裂了，墙根往往布满了青苔。一张主人遗弃的木犁插在地头，眼下已爬满了野藤，如同木犁突然发芽长叶，活过来了一般。

不难想象，前面那条溪边的青石板，以前也有过捣衣的声音，有过黄昏时分耳环或手镯的一闪。前面那座小石桥，以前也有过老牛带着小牛归来，牛背上可能停栖着静静的蝴蝶。这山静林幽之处，以前一定有过灯光温暖的窗口。在明晃晃的月夜或者雪夜，一定还有过纺车或摇篮吱呀吱呀的声音滚过水碾和水堰。但现在这里只剩下露珠依旧滴落，云雾依旧流散，还有腐叶如酱如酒的浓烈气味。连我们的脚步声也过于粗鲁和陌生，吓得一群大鸟扑啦啦惊逃四散，从废墟的断墙飞向山头。

这些鸟还是当年的鸟吗？

独木桥断了的地方，我们得找到浅水处蹚水。遇到杂草封路的地段，我们得抽出随身带来的柴刀，一路砍杀过去，才能接上下一段路。我们幸好没有碰到山蚂蟥。同行的向导告诉我们，以前有人用马驮树木，在这里不幸撞入了蚂蟥阵，结果一匹白马变成了红马，全身被蚂蟥咬得鲜血淋淋。

这里名叫“蚂蟥沟”。

一条云瀑倾泻过来了，很快就注满深谷，使我们淹没在云湖里，前后茫茫，什么也看不见。明知同行者近在咫尺，也只闻其声不见其形。

在离蚂蟥沟不远的地方，我们才得以走出云海，看见了云上的一大片梯田。看来是受制于山的坡度，这些田块都很小，远远看去如密密排列的贝壳或鳞片。一个斗笠或一件蓑衣，就能盖住一丘田。同是受制于坡度，这些梯田的坡墙大多很高，全用墨灰色石块垒成，形如巍巍城墙。行人需要屏息仰视，才能探望到虚虚的城头，看到城头那想象中的旌旗和兵甲，甚至听到那想象中的鸣镝和战鼓。说实话，我当时暗暗吃惊：天下这么大，一些莫知姓名的人们为何要把家园建在这深山一隅？他们是在什么时候筑起了这深山里的巨石阵、金字塔以及万里长城？只为了争得几把谷米，他们在这层层叠叠的石墙里耗费了多少代人的心血和生命？……

每一块石头都相约守密，眼下一声不吭。

很多梯田已经废弃了，听任满田升起疯狂的茅草，还有白茫茫一片如雪盖地的茅絮。我知道秋茅无情，吞没过很多小径、很多足迹、很多风化了的王国与故事。

山那边的风景。

68　天上的爱情

山顶上还住着人，不过不是《桃花源记》里的避秦遗民，而是多年前迁来的一对私奔男女。

他们原住江西修水，是叔叔与侄媳的关系，只因侄儿到广东打工，长年不在家，侄媳一遇难事就得找叔叔帮忙。要种田了，得请叔叔来赶牛犁田。要卖猪了，得请叔叔来套绳捉猪。有时侄媳头痛脑热，也得靠叔叔请郎中、抓草药、端汤送水。三来两去，两人就黏到一起了。侄媳当时是乡里的小学教师。

风声传到侄儿耳朵里。侄儿赶回家操起一把菜刀就要杀人，吓得奸夫淫妇夺路而逃，几乎是净身出屋，一根针也没来得及带。他们知道自己乱了大伦，没有脸面回村，就从江西流落到了这一方。他们打过工，讨过饭，最后听说老山里有荒田和空房，便悄悄来此安身。

大概半年以后，赶马驮树的人看见这里有炊烟，消息才传开去。大家才知道山上住下了这一对贼男女。乡政府派人来查看，发现他们不是特务或罪犯，只属于伤风败俗的姘头，破坏计划生育的黑户。这种人按理也应遣返原籍。但山下有些山民替他们说情，说这对痴男女也可怜，一听说要遣返，就声称以死相拼，把吊颈绳挂上了梁——女方还是个大肚子。事情到了这一步，看来也不好硬逼。再说，山上那些田反正没人种，荒着也是对不起祖宗，还不如在他们手里长点谷米。

乡干部找不出更好的办法，也就不了了之。

我们爬上一个高坡，来到了这对私奔男女的土屋前。地坪里有狗吠，有三个娃崽哆啸咪，显然是爱情的系列果实。这些果实早早发现了我们，一个个兴奋地叫喊，有足够的理由把我们当作天外来客，或者是眼生的人形动物。但这里是伊甸园么？这里没有玫瑰花、水晶项链以及吃不完的香甜果子，倒是猪羊鸡鸭长期随意野放，使空气中弥漫着野粪的酸臭。过于自由的日子里，主人的农具和家具也随手丢放得特别散乱——家门之外到处是家，遍地为居室。

一个老男人在舂米，看上去不像是娃崽的父亲，倒像是他们的爷爷，背驼了，牙也缺了，不光皮肤是黄，牙齿也是黄，头发也是黄，全身都是日光烤灼下的清一色焦黄，像一块老熏肉。他不大会应酬，笑一笑，没有话；嘴唇哆嗦了几下，还是没有话。来回窜了几趟也没端来一碗茶，最后搓搓手，只得去地上叫女主人。

女主人稍后挑着一担苞谷回家了，是从山雾拉起的彩虹中走来。她身子有点胖，膀大腰圆，但眉长眼大，尚有几分少妇风韵，显得比姘夫年轻太多。她不愧是当过老师的，一出场就落落大方，江西口音里还略飘一点点京腔。

龙老师见三个娃崽怯生生躲在母亲身后，一一问起他们的年龄。他今天就是来动员娃崽入学的。

“谁说不是呢？我们这一辈子，反正也这样了。只是娃崽……”女主人突然红了眼圈。

“上学是远了点，不过可以寄宿的，费用也不太高……”

孩子们一听到读书都很兴奋，情不自禁地扯开嗓门念出一些拼音字母，以示他们并非一无所知。其中一个还唱起歌来——显然也是母亲教的。

我在马路边捡到一分钱，

把它交到警察叔叔手里边……

“怎么唱的？”母亲觉得后一句跑了调，忍不住加以纠正，“把它交到警察叔叔……是这样拐上去，再拐下来！”

其实她自己也没怎么唱对。

另一个小孩还搬来了自己的习字本。此时，一片滚滚的云潮顺着山势扑涌上来，在一块巨石前翻溅起云浪，在空中高高地凝固片刻，再缓缓垮塌，终于把我们一口吞灭。但女主人没叫我们坐进屋去，对这种情形习以为常。

龙老师的老家原来就在这一带，自己打小也是从这里下山去求学。他同女主人隔着云雾两相朦胧，谈到种田、烧炭、沟渠、豹子等朦胧之事，最后又回到更朦胧的读书问题。照他的想法，孩子在校寄宿，家长每到周末去半山腰接送，问题就基本解决了。

“我们哪知道星期几？”云雾那边的声音有些慌，“我们只晓得天亮了天黑了，月圆了月缺了。不下山去，连过年是哪一天也掐不准。”

“你们得有个日历。”

“万一撕错了一张怎么办？也没处找人问。”

“……这里有没有手机信号？”

我隐约看到龙老师掏出了手机，但他忘了，即使这里有信号，手机充电也是一个难题。说这事的时候，云潮开始悄悄下泻，形成大小不等的云溪、云瀑以及云河，流回右边山谷的云湖，把我们重新抛回明亮的阳光里。一缕缕残留的云絮，从我们的肩头坠下来，从我们的指掌间流过，在我们的鞋子边久久旋绕。

我们现在回到了清晰的话题。我说有一种小水电机，价格不算太贵，可带动一户的电灯和电视，我在其他山区见过，他们不妨一试。

女主人对这些建议都表示感激，对蓄水发电一事又参与合计，见我们一人一杖准备起身，热情邀我们留下来吃饭，说今天刚舂了新米，家里还有干鱼，说什么也要吃了再走。

我们不是不想吃一口天上的饭，只是考虑到天黑前必须赶到千石峒，不然下山就有危险了。眼看着日落西山，阴峡骤冷，我们打了个寒战，赶紧放下衣袖和扣紧衣领，重返云下人间。

满山秋茅。

69 庙婆婆

翻过山顶，就出了县境。在此举目四望，吁一口长气，可望断山下那边低低云海，还有地平线上三省交会之地稀薄若无的山脊曲线。顺风的时候，云下偶尔飘来一声汽车鸣笛，或者半句高音喇叭里的音乐，但声音到底来自哪一个省，不得而知。

距离在这里变得模糊不定。看上去伸手可及的山水，只有在石块掷出去时才突然无限地远退——不管你如何奋力一掷，眼看着就要砸到远景的石块，已经砸破了地平线的石块，竟悠悠然地落回来，落回来，落回来，最后闷闷地吧嗒一声，落在鼻子底下的草丛里。

事实上你摸不到天幕。

这里有一破庙，庙边也有一户人家。一位老婆婆正在地坪里晒谷，一见到我们，没有特别的欣喜也没有特别的惊慌，放下晒耙就去灶屋里烧茶水。说起她的家人，她叹了口气，说她是属鸡的，九十多了，活得实在罪过。她儿子死完了，连孙子都死完了，她还无脸无皮地活着——这意思是她的八字太硬，克死晚辈无数，眼下是求死而不得呵。

她家的檐阶下和地坪里干干净净，柴火与稻草都收捡得整整齐齐，独居深山的日子看来过得还很细心。据说她老两口不但自己种粮，每年还砍点杂木，削成锄头把，送下山去换点油盐钱。

同行的龙老师告诉我，大家都叫她“庙婆婆”，因为谁都不知道她的名字，只知道她在山上守过庙，就这么叫了。

很多年前的一天，她一个人睡在家里，听到外面先是牛叫，后有虎叫，吓得全身都软了。老虎是来吃牛的，左钻右撞，未能闯进牛房，跳到了屋顶上，踩得屋上哗哗地响。不料一脚踩虚了，踩塌了一块杉皮，一只陷下来的虎腿刚好夹在檩条缝里，一时无法抽回去。庙婆婆本来怕得不得了，看到这机会，突然胆大妄为，找来一根棕绳，上去缠住那条毛茸茸的虎腿，在绳子的另一头又拴上一扇石磨，使那只虎动弹不得。

接下来，她跑到村子里，喊来一些后生。大家棍棒、梭镖以及铁铳一齐上前，终于把老虎结果了。

庙婆婆也记得这事，叹了口气说：“罪过呵，罪过。连老虫都克死了，还能不克人么？我不知前世作了什么孽，摊上了这么个毒八字呵！”

70 野人

很多年前的一天，一位姓吴的赶着郎猪过岭，迷了路。突然有一活物从崖上跳下来，全身的长毛有黑有黄也有绿，面目似人又似熊，言语嗷嗷嗷不可懂。吴某以为自己遇上了妖精，吓得当场晕了过去。

他事后才知道，那不是妖精，只是个野人，即当地人说的毛公。毛公并没有杀他，只是把他紧紧夹在肋下，接过他手里的竹竿，继续赶着郎猪往前走。到了一山坳，大概是到了毛公家，对方把他丢下不管，找出一把刀来杀猪，不除毛也不放血，割下猪肉，烧着便吃。吃的时候见吴某醒了，还丢给他一块，好像没什么恶意。

吴某已饿得不行，姑且大吃一顿，心想管他呢，要死也做他个饱死鬼。他没有料到，毛公吃饱之后摸着肚皮得意地仰天大叫，声如马嘶牛哞，气力也更大，挟着他飞跑，一阵风翻山越岭，跑到大路边，竟把他放了。分手之前，对方还给他一块石头，是绿色的，晶莹透亮。吴某总觉得这块石头不平常，有来历，拿到镇上去请人辨认，才知小石子原名绿松，是一种玉。

吴某后来发迹，在镇上开了一个小店，不再赶郎猪了。

71　野人另一说

有一次，一些后生上山倒树，忽听得远处有尖叫声，赶过去一看，发现一妇人困在桥上，一个毛公在桥下和桥头团团转，生气地大吼大叫，就是不上桥。后生们一声大喊冲上前去，把毛公赶跑了，把妇人解救出来。

这妇人是村里某家的媳妇，大家都认识。她几个月前失踪。大家当时以为她私奔，或是被什么野物吃掉了。现在才知道，那次她上山捡茶籽，摔了一跤，昏了过去，醒来时发现自己已到了毛公的山洞里。她想逃跑回家，但每次都不走运，不是没找到路，就是被毛公追上，直到这一次才总算找到了机会。幸亏她碰到了村里的乡亲，也幸亏她碰到了一座救命的桥——说来也怪，毛公不怕人，不怕鬼，只是怕桥，从来不敢从桥上过，不知是什么原因。

生还的媳妇倒是比以前胖多了，也白多了，穿戴有模有样。红袄子，花裤子，新皮鞋，一个随身带的布包里，还有耳环镯子什么的叮叮当当，外加一些细软。村里的女人们又惊又喜地去看望她，一见面竟气不打一处来。原来她们发现那些财物件件眼熟，是她们丢失的东西。不用说，肯定是毛公从村里偷去的。

她们吵成了一团，有的要摘耳环，有的要剥袄子或剥鞋子，都要求物归原主，气得刚刚回家的媳妇大哭大闹，一头就撞到墙上去了。

后来，还是村干部前来断案，给她多少留下了几件，而且要求大家守口如瓶不得外传，免得远地的婆娘们也来寻找失物，吵吵闹闹不成体统。

据说，这位媳妇不久生下一个小孩。小孩不但手上脚上多毛，连脸上也挂着长毛，活脱脱是个小毛公。丈夫怀疑这是野种，要把他丢到河里去。但媳妇把一瓶农药摆在床头，说要走就同儿子一起走，吓得丈夫没敢真动手。

小毛公渐渐长大，蹦蹦跳跳活泼可爱，有时见母亲扛着锄头上地，总是要跟脚，跑上去腾空一跃，攀住母亲扛在肩头的锄头把，荡来荡去像玩秋千。要是母亲呵斥，他就噘着嘴，一溜烟爬上屋，骑在檐角上，久久地生闷气，直到倒在那里呼呼睡去——人们知道他擅长爬高，不担心他从那里掉下来。

每次当爹的找不到他了，就搭着梯子到屋顶上去看，在某个檐角找到他，把呼呼大睡的一团肉抱下梯子。

72　气死屈原

事情有点难办。我原以为八溪峒山饶水丰，资源富足，只要加上一点知识和技术，农民生活不难改善。

我曾建议他们发展竹业加工，还从城里带来杭州竹器博览会的资料，带来竹篮、竹盘、竹玩具一类样品。他们一问价格，说这么便宜呵，那还有什么赚头？然后一点兴趣也没有，情愿回家打麻将。

我曾建议他们建立绿色瓜菜基地，还联络城里一些手中略有职权的朋友，试图建立基地与单位“点对点”的直销。不料城里人怀疑“绿色”不实，乡下人又抱怨对方出价太低，双方谈不拢。邻近一个村子盖了温室大棚，种出的反季节瓜菜还是难卖，大多烂在地里沤肥，更打掉了山民们的信心。

我在城里找到报社或银行，要来一些淘汰退役的电脑，拼拼凑凑，勉强可用，意在给这里引入更多市场信息。但本地农业网站上信息太少，对小农销售几无帮助。有几个后生倒是对电脑兴致勃勃，但只有一个学会了打字，其余的一上机就放碟、打游戏、看美女——不但不赚，反而多烧钱。

我在农村混过多年，对此都一筹莫展，一些浪漫的志愿者就更不用说了。有一位山东人小郐，是团中央派来的大学生，听不懂本地话，更不懂农业，进山支农实属文不对题。他一年下来无所事事，夹着两本考研的英语教材蛇行鼠窜，混得有点度日如年。还有一位浪漫的经济学家，算是我青年时代一朋友，曾在美国开出药方，称中国农民根本的出路在于土地私有化，给农民直接卖地权，这样他们就可以迅速获得数以万计的资本。我觉得这一说也可疑。基本的事实是：都市郊区和公路两旁的土地也许值钱，像我们这里的偏僻山地谁愿意要？农民一听这话不会笑破肚子？退一步说，农民卖了地以后怎么办？就算有了钱，他们就会像经济学家想象的那样理性经营么？其中很多人就不会迅速烧包？不会短视和胡来？不会把钱迅速地耗尽于牌桌、彩票、娼妓、迷信活动乃至毒品里？——我在海南见到的好些农民，曾经靠卖地一夜暴富，但很快就沦入这种绝境，一个个正想找经济学家要饭吃哩。

最后，我看着八溪峒的青山绿水，不得不想到旅游开发。乡干部们也觉得这是个好主意，为此邀请我到全乡干部会上做报告，介绍外地“农家乐”的经验。他们组织劳力整修了一些小路小桥，通向一些景点，无非是一些石头、瀑布、古树等等。他们在山口还竖起了宏大的导游图，图上各处景点的名字一个比一个好听：秋水落霞、八丈飞瀑、枯木逢春、丹凤朝阳……一批中英文的双语路牌也准备竖起来。我说双语没有必要吧。但年轻人一心国际化，一心热爱美元和英镑，一个劲催着我写洋字。

本地农民看不懂英语，似乎对路牌上的中文也心怀不满：

“哪里有珠波桥呢?”一位后生在路上拦住我，“写错了吧?是猪婆桥呵。”

另一个老汉说：“什么‘情人路’呢?就是我家后面蛤蟆冲的路。我活了七十岁也没听过这个名字。”

旁边一个妇人捂着嘴笑：“真是把我笑蠢了。我们屋后那几个石头坨，现在也叫什么‘仙人抱蛋’。骗人，太骗人了!骗得外面那些鬼都蹿到我家菜园里，踩倒了我家好多菜!”

农民们一致认定，干部们的神经出了问题，居然把蛤蟆变成情人，把石头变成仙蛋，把猪婆桥变成珠波桥，下一步恐怕要搓一把黄泥当金元宝。亏他们想得出来!他们觉得这八溪峒没什么好看，除了树还是树，除了山还是山——实在不是什么金元宝。因此山口的那个收费路卡怎么看也戳眼。那道铁栏杆虽说只卡外来客，但过卡的票价高达十六元，一刀下去也剁得太狠了吧?

农民们本来抱着试试看的态度，指望从外来客那里赚点船钱、饭钱、山货钱，没想到干部们先下手为强，设个卡子就坐赚不赔，凭什么?看来他们说富民是假，富自己是真；想开发八溪峒是假，败坏八溪峒的名声是真……这一类怀疑言论迅速蔓延，加上宅基地收费、超生户罚款等问题上余怨未消，路卡立即成了众矢之的。人们每次坐班车进山，一到路卡，看几个戴袖章的前来清查人头，嘴里就不干不净。“十六块也太少了吧？”有人这样说。“看仔细呵！我这椅子下边还躲了一个。”有人故意这样谎报。有些女子更是气愤，把自己的头扭过去：“看什么看？不认得么？看你老姨看你外婆呵……”

其实，戴袖章的也不大习惯这种公差，有点不好意思，缩头缩脑地登上车来，不管看到谁，目光先软了一半，让人想起电影里的汉奸碰上了八路。

这种形象后来也遭人诟病。有个学校老师当场正色：“萝卜不像红薯，像什么话！你们要查就好好地查！一个个獐头鼠目，昨天晚上做了贼么？”

戴袖章的后生差点要哭了：“我严肃一点吧，你们说是匪。我和气一点吧，你们又说是贼。这个袖章给你来戴好不？”

国庆节黄金周，外来客还不算少，一辆辆汽车堵在山口。有些来客觉得门票太贵，与红袖章们争论，吸引了很多农民来看热闹。有意思的是，很多农民在这关键的时刻幸灾乐祸，胳膊肘往外拐，专与外来客心往一处想，句句话都是生狗屎：

“这里就是几个石头坨子，哪有什么仙蛋？你们千万莫上当！”

“哪有什么八丈飞瀑？就是一条水沟。最近几个月没下雨，早就干啦！”

“十六块？够买三斤猪肉了，你们还不如回去炖肉吃。”

“对呀，对呀，你们在这里看看，也就差不多了。”

有的农民不惜争当向导，一心把八路军带过封锁线：“你硬要进去，就不要走大路。来来来，我带你们走箕子坡那边，那里没卡子收费。”

外来客觉得这里民风纯朴可爱，给围观的农民们开烟，但不知他们说的是否属实，比如这里真没有什么好看么？

男人抽了烟，更加热情洋溢，几乎异口同声地说，确实没有什么好看，无非是乡干部太多了，艄公多了打烂船，所以要变着法子骗钱。你们钱多了，情愿给叫花子，也不要给他们！

一批批外来客就这样打道回府，大小汽车在山口掉头，碾出了很多泥坑，留下了一些汽车尾气。乡干部们大为沮丧和烦恼，其中一位跑到我家来愤愤地说：“你看看，哪有这样拆台的呢？群众就是愚昧，就是保守，就是落后呵！一个个猪脑子，蠢得屙猪屎，碰到盐也不晓得咸淡。”另一位承认门票定价是高了一点，但这绝对算不上什么滔天大罪。“老韩，你不知道呵，改革实在太难了！现在你明白了吧？屈原为什么早不死晚不死，跑到了这个地方就死？”

“你是说……屈原？”我被这一句问住了，差一点以为对方是说某个姓屈的干部。

“怎么没关系？屈原是个湖北佬，怎么死在这里？他当大官走南闯北的，哪里不能死？怎么偏偏就要在汨罗投江？事情太明白了，他肯定是被这里的老百姓气死的，把八辈子的血都吐光了！”他恨恨地说。

山中的小瀑布，
在干旱时节往往断流。

73 兵荒马乱

我入住峒里的第三年，碰到过一次骚乱。那天中午一进山口，我发现路边有警车，而且一路上的警车越来越多，以至我到学校门口时，看见操场里还停有几辆。我有点纳闷，不知道发生了什么事。

妻子不以为然："是公安局在这里开什么会吧？"

我觉得不像。

还没有到院门，学校里的龙老师就赶过来，说你们总算回来了！我们到处找你们，不知你们到哪里去了。

听说我们前一天去省城办事，他放心了："那就好，那就好，我们还以为警察乱抓人，把你们抓走了哩。"

荒唐！警察凭什么抓我？

龙老师这才说清原委。事情是这样：前一段旅游开发没什么起色，干部们一着急，就同意某老板开赌场，只是稍加一点限制：本地人不得参赌。没料到赌场一开就爆，每个晚上竟能吸引城里开来的出租车几十辆。但公安部门也很快嗅到了风声，这一天夜里，大队人马从省城出发，来了个长途奔袭。

车队刚进山口，警察们发现公路上横着一台推土机，发动机还热，显然是专门用来堵路的。警察们只好弃车前进，摸黑跑上好几里，一个个累得两眼翻白大汗淋漓，但赶到赌场时还是扑空。卧底的便衣前来报告，称肯定是行动计划泄密，赌徒们已在半个小时以前作鸟兽散。恰恰在这时候，全乡突然断电，到处一片寂黑。警察们气得鼻子不是鼻子脸不是脸，一口认定是地方政府在捣乱，于是连夜扫荡乡政府，见门便踢，见人就抓，没抓到什么干部，只抓了一个煮饭的伙夫。

等到天亮，荷枪实弹的警察们已折腾了一夜，在没有地方政府配合的情况下，四处抓瞎，又饿又乏，火气更大了。他们不甘心就此罢手，兵分几路全面扫荡，对各家各户进行拉网式搜捕。其中几个女警察门高树大，咚咚咚一阵敲门，往往吓得开门人两眼发直，只看见一堵蓝色的墙，没看见人。要是大警犬汪汪一叫，更可能吓得开门人尿裤裆。

赌客和警察都是外地人，并不熟悉山里的情况，无头苍蝇一般地乱窜，在菜园里、禾田里、牛栏马圈里踩下各种脚印。我家墙边的几棵小树已经折断，墙头有一些乱糟糟的泥巴，还有砖墙的破损，肯定是外地人所为。据龙老师说，警察一大早已从我家院子里抓走了七八个，其中有两个光着膀子，大概是赌场的保安，已经把他们的武警上衣丢掉了——怕落个假冒武警的罪加一等。

有些赌客还窜到附近的农户那里，寻求群众的同情和掩护。其中一个跑到谷爹的家，一进门先甩下一沓票子，脱下皮鞋就要换草鞋，脱下西服就要穿蓑衣，最后打扮成一个挑粪的农民，也不知从警察眼皮子底下混过去没有。还有几个去了蕉冲老茂家。恰逢那里正在办丧事，他们窜入灵堂，倒地就拜，哭天抢地，真像死了爹娘，让主人好一阵迷惑：这几位吊客怎么没见过？进门时怎么也不打一挂鞭子？

不知赌客们落网了多少。据说警察们把住了几个山口，要求每个出山的人开口说话。一听对方不是本地口音，先拿下再说。有一个赌客倒是临时学了几句本地话，还挑着一担柴火，差一点骗过了警察。无奈他挑柴的动作太别扭，还是被警察看出破绽，最终未能逃出虎口。

这样闹腾了一天。躲进山林的赌客们扛不住饿，掏出手机四处求助。其中有人熟悉八溪峒的区号，一阵胡乱拨号，有时竟也打通了某个农家。“老乡，我们都快饿死了！求求你，发发善心，给我们炒几碗饭好不好？”

“你是谁呵？”

“朋友呵，你的老朋友呵！求求你，炒几碗蛋炒饭。三十块一碗，三十不行就四十！”

接电话的农民倒是想创收：“好办好办，你要多少碗？我们马上就送！你说你在哪里。”

“我在哪里？”

“是呵，你在哪里？”

“我哪知道在哪里！”

这就难办了。八溪峒这么多山，订货者不知自己身在何处，报不出地名，农民捧着蛋炒饭该往哪里送？

黄昏，龙老师的儿子慌慌跑来，说他刚才看见我家院子里还躲着人。我这才想起，刚才我路过竹林时，我家的猫在那里尖叫，神色慌乱，一边叫一边退，与平时的模样很不一样。想必是它发现了什么异常只是没法说。

我们朝竹林里摸去，转到水塔后面，果然发现一男一女蹲在草丛里，蓬头散发，灰头土脸，全身哆嗦不已，衣上还有红红血迹——原来是昨晚翻墙时，什么也看不清，他们的手足都被墙头的碎玻璃片划伤了。

男的见我们不是警察，神色稍安，但还是苦着一张脸：“你们这里的蚂蚁好厉害呵……”

女的一听说蚂蚁，委屈得捂住脸哭了起来。

“你们这是何苦呢？”我说。

“我们是第一次，千真万确，对天发誓：真的是第一次！我听朋友说这里好玩，没想到一来就碰了这么大个鬼……”

“你去同警察说清楚不行吗？总比在这里喂蚂蚁要强吧？”

“说不得！说不得！你们做好事，你们千万不能……”男的连连作揖，差点要给我们下跪。我后来才知道，他是株洲市某机关一个科长，正在可能提拔的关口上，一旦进了局子，大好前程必定灰飞烟灭。

我不知道这两人是怎样离开的，也不知道他们最终逃脱没有。我曾叫龙老师的儿子给他们送去两瓶矿泉水和几片面包。我后来再到那里，只见他们留下的一些血迹，还有矿泉水瓶和包装纸片。

警察到第三天才撤。但峒里还是不消停。有些农民一次次来到我家，称赌徒逃窜时遗落了金项链、钱包、皮鞋什么的，有的还把成堆的钞票挖洞深埋，说不定我家院子就有这样的藏金洞。我说这里已经来过七八批人，只差没掘地三尺了。但我还是没法阻止他们，只得听任他们去钻林子、翻草窝，恨不得把泥土都筛上一遍。有个后生在我家院墙根还真捡到了一个手机，兴冲冲地来问我，这东西如何用？拿到街上能换多少钱？

我看了看，说旧手机，顶多也就值个三四百吧。

对方大为失望："不止吧？就这么一点点？"

"你还想要多少？"

他不甘心，接着再去找，后来还真找到一只女式丝袜。

74　带着丈夫出嫁

放在很多年前，山峒是一个外人羡慕的地方。山民们起码要少受一些日晒之苦：上午去东边山崖下干活，躲过了东边来的阳光；下午去西边山崖下干活，躲过了西边来的阳光。

山民们也冻不着，因为这里树木太多，不但盖房子不难，而且冬天取暖不愁。碗口粗的树都可以往火塘里塞，根本用不着可惜。

那时候的姑娘们都愿意往山里嫁。直到上个世纪80年代，山里才变得白喜事（丧事）多而红喜事（婚事）少。外出打工的、做小买卖的、有点手艺的，或者准备一辈子嚼零食打麻将的新潮女子，不怎么上地干活了，不再特别在乎热和寒了，就不一定要嫁到峒里来。相反，繁华的城镇和公路更吸引她们的视线。这当然是一严重问题。峒里的后生人心浮动，特别是当教师或干部的都一心找关系调出山去，哪怕只是调往其他乡镇，只要出了峒，只要到了女人多的地方，在他们看来也是伟大成功。

不知从何时开始，一些江西女人开始在这里填补空白。这些女人一般都有过婚史，有些至今仍是有夫之妇。她们为何来到这里，不得其详。她们在这里有何打算，也含混不清。但她们陆续出现了，找到了各自的男人，似婚非婚，似姘非姘，似娼非娼，似友非友，身份十分含糊。她们有的住上几个月，有的住上几年，有的甚至可能永远待下去。一女教师告诉我：她们不会办什么手续，就当是出外来“寻副业”，搞一点临时性项目合作。据说有的运气好，碰上个好冤家，几个月下来还真赚上两三万，然后高高兴兴回老家去。有的运气不那么好，本想逃脱老家的穷，到了这里碰上天灾人祸，摊上一份更大的穷，两头牵挂之下，等于吃两辈子的苦。

梅峒就有这样一个妇人，已来了一年多，不常上地下田，经常混在本地女人堆里喝茶打牌，发出很快活的笑声。要是有男人在打桌球，有娃崽在上树掏鸟窝，她也疯疯地愿意插进去露一手，再次发出很快活的笑声。她看见对门坡上有人织篾垫，不是太难织，便回老家把自己的旧老公带来了，让那个瘸子也来学着织，算是得一份收入。她现在的男人对此并不介意，对瘸子以“大哥”相称，还请对方来家喝酒。瘸子有时要磨个刀，要借个桶，要讨两皮烟叶，也常常从对门坡里走过来，来老婆这里搅扰一下。碰上饭吃饭，碰上酒喝酒，瘸子不把自己当外人。

人们说，自从那个瘸子来了以后，他老婆在两面山坡之间来来往往，在两个男人之间拉拉扯扯，更加千姿百态眉来眼去了，走一步路都要扭两下，全身软得像一根草，病得很重的样子。她以前见到蛇从不害怕，现在哪怕是见到一条蚂蟥，也要捂住嘴又蹦又叫，浑身好一阵哆嗦。

这样的女人戴上她以前不大戴的耳环，穿上她以前没有穿过的高跟鞋，当然让人心疼。也许就因为这样，她的新老公要出远门了，就会朝对门坡上大喊一声："世矮子哎——我今天晚上不得回来，你来陪娘子呵——"

或者喊："世矮子哎，娘子晚上一个人怕鬼，你来搭伴呵——"

山谷里泛起一阵阵回声。

到后来，吃肉时留一口，喝酒时留一盅，这个男人对那个男人越喊越亲，不但"大哥"变成了"世矮子"，而且干脆变成了"野老倌"，下面的话是："闻到酒气没有？来不来一口呵？"

对方就应答："臭王八——你吃冤枉的还记得我呵？"

村民们对这种隔山笑骂已习以为常。有人还偷偷说，大雪天的时候，瘸子的棉被薄，女人在坡上呵嗬一声，瘸子就在雪地留下一道足迹，去对面山上的人家取暖——据说是三人经常挤到一张床上。到第二天日头当顶，人们还不见他们开大门，也不见他们的屋顶升烟。

柴米油盐，柴是第一。山区多木柴，燃料取之不尽，曾是平原地区农民所羡慕的一大优越条件。

75　豪华仓库

流行的高等民宅都是两层楼，三层预置水泥板，包括隔热的天花板和架空防潮的地板。瓷砖墙、琉璃瓦、铝合金门窗等等也是必不可少。如果在大门前再戳上两根罗马柱，再戳个维纳斯，就差不多是城市里的星级KTV包厢了，就是天天豪宴和夜夜笙歌之地了。

这种楼房也没有烧柴取暖的地方（比方说没有配备火塘和烟道），没有养猪和圈牛的地方（缺少牲口的通道和粪池），没有堆放农具和谷物的地方（若供堆放，窗套、门套以及铺地瓷砖反而多余）。看得出，这是一种城镇楼宅的设计，被乡下人模仿，虽然不太适用，但能预支一份荣耀。

很多房主并不太习惯这样的新楼，于是在新楼旁边用木板搭起了偏棚，以解决烧柴、养鸡、养猪、圈牛一类现实问题。大概是图个方便，大概是一住就习惯，主人索性就长住在偏棚里了，还说那里不拘束、接地气、好烧火、冬暖夏凉云云。这样一来，很多“半边户”一家兼住两处。他们的新楼经常白白地闲着，充其量只是当作仓库。比如第一间房里关了一辆独轮车、两个破轮胎和几卷篾晒垫，第二间房里关了小山似的谷堆，第三间房里关了粪桶、水车、禾桶、打谷机之类的农具，还有几麻袋粗糠和尿素。有时候，仓库的窗帘开始褪色，夹板门套开始出现黑霉或蛀粉。

很多经济学家常说：人都是经济理性人，无不追求利益最大化。我一走进这样的形象工程，强烈的感觉恰恰是人有时候更在乎尊严最大化、面子最大化、花拳绣腿最大化，毫无理性可言——否则何必盖出这样没用的豪华仓库？

“你钱有多是吧？”我对新楼房的主人说，“专门破坏扶贫工作是吧？”

“哪有这样的事？”

“前几天县里来了扶贫干部，一看路边这么多好房子，说哪像个贫困村呢，当下就把扶贫款撤了。”

房主听出了我的玩笑意味：“不盖不行呵！大家都盖，你一家不盖，还不被人家指背脊？”

“那些门套和窗套都霉了，岂不可惜？”

“谁说不是呢？我当初就不同意包什么套。是包得出肉，还是包得出鱼？还是怕门窗冷着了，生冻疮？就是我那武伢子要包，包掉几千块。心痛咧！一个农夫子，住着鸭棚子也就行了。”主人照例把奢华铺张的罪责推给了晚辈。

“还有那个背时的瓷砖，溜得我扑通一跤，腰子痛了七八天，眼泪往肚子里吞！”主人继续抱怨。

听得出，这咬牙切齿的抱怨里还是透着欢喜。有了新楼以后的抱怨，破坏了扶贫工作以后的抱怨，怎么说还是一种很体面和惬意的抱怨。

这就是说，不论新楼如何不合用，也不论主人为此欠下了多少债，但新楼至少有一条好处——主人从此做得起人了。按照八溪峒的潜规则，一旦过了温饱线，脸面的幸福就比皮肉的幸福更要紧，建了摩登仓库的负债者自有翻身之荣，走到哪里都可以挺直胸膛，包括有头有脸向别人历数新楼的不是了：瓷砖地太滑了容易摔跤呵，房间太多难得打扫呵，养个猪圈个牛都找不到地方呵，冬天烧柴就熏黑墙不烧柴又冷呵，如此等等。他们情愿为此节衣缩食多年，也得争来这种高声大气的权利。

我本来想在乡下盖个朴素的房子，与山民们打成一片。但他们争着把形象工程越做越豪华，决不愿意与我打成一片。

上个世纪50年代至70年代常见的山区民居。

进入21世纪以后流行的山区民居式样。

76　蛮师傅

莫求带着两个村干部，来到我家言不及义地东拉西扯，喝茶，抽烟，翻翻桌上的报纸，看上去无事不登三宝殿，但又迟迟不入正题。

最后莫求犹犹豫豫地说："到山上走走，如何?"

走就走吧。

他们显然不是拉我去观光。

爬到蕉冲和梅峒之间的大岭上，走完一截新泥翻滚的路坯子，正题才出现在前面。原来公路开挖到这里以后，碰到了前面一个陡崖。往左边挖吧，坡度不大，但可能遇到岩层；往右边挖吧，没有岩层，但必须远远地绕路减坡。他们不知下一步如何才能省工，要我来做个决断。

我吃了一惊。开路这样的大工程，他们既无测量也无设计，一个瞎子也想摸上天？或者说，他们迈开两脚就是测量，摸摸脑袋就是设计，一部挖土机挖到哪里算哪里，再来一次土法上马大跃进么？怪不得他们不久前闯下大祸，一台推土机一步踩空，几个筋斗翻下山去，把竹林哗啦啦压倒一大片。莫求当时脸色惨白，一声喊“娘”，差点晕了过去，好半天醒过神来，要大家赶快挑篼箕下山，说人肯定是没有了，但有只手，有只脚，都要捡回来，到时候请万裁缝拿针线连一下。

没料到那一次居然老天保佑，司机不但没死，而且毫发未损，从砸瘪了的驾驶室里钻出来，拍泥打灰，还是大活人一个。

翻车没翻出教训，倒翻出了更大的贼胆。他们把推土机卸成几块，嘿哟嘿哟分头搬上山，胳膊大腿一凑，耳朵鼻子一拼，又成了一台推土机，又要继续开工。几双眼睛盯着我，只等我一言定乾坤。“老韩你读书多，”莫求递来一根烟，“你说说，这条路到底应该往左还是往右？”

“我如何懂得这一套？”

“你连外国都去过，什么路没有看见过？你就不要谦虚了。”

“这不是谦虚，是我真的不懂。”

“你当过主席的人，”——莫求知道我当过什么主席，“书都写了好多本，还不比我们的水平高？还不比乡政府贺麻子的水平高？”

我没法让他们明白，读书人并不万能，就算当了十个鸟主席，也没法设计出公路。这事还是只能去找路桥设计院。但我后来明白，我这样说也是犯傻。他们虽然一直自称蛮电工、蛮木工、蛮砌匠、蛮司机，但也都是脔心七窍，对工程设计一事岂能不懂？只是手里少了钱，就没法去懂，只能装不懂。莫求对我说，他们从各方筹集来的资金总共才六万多，若去找设计院，连半张图纸都买不回，修什么屁路？

我们沉默了很久。最后，我也只能跟着他们蛮干。我提议大家在林子里再钻一遍，把两条路线实地再考察一下，但愿最终能达成共识。在太阳下山之前，我们总算重新会合了。我脸上被草叶割出好几道血痕，衣衫也汗了个透湿。这还不算什么。最倒霉的是老贵，被马蜂蜇了一下，哇哇大叫，眼泪双流，在林子里狗一样钻来窜去，说要捉住那只马蜂来“原汁化原毒”。但这一切代价仍未换来共识，合议时还是有的要往左，有的要往右，一堆蛮师傅，谁也不服谁。两三个割柴的老汉插进来更是搅局。更多的方案都出现了。要避开哪块坟地，要留下哪棵好树，都成了搅局的理由。七嘴八舌之下，哪一句也接不上哪一句。

太阳已经落山了，天色渐暗。这种神仙会不宜再开下去，起码老贵的蜇伤也痛得他受不住。事情还是回到了原点。莫求盯着我：“你说说看，挖哪边？”

我心一横：“左边！”

反对方没有吱声。

“你们硬要我唱戏，就不准往台上丢草鞋！”

那是当然，那是当然。他们都这样说。

“好马不吃回头草，是团狗屎也要吃了它！”我又补上一句，权当是在荒山野岭再当一回主席。

我的会员们纷纷说：左边就左边，狗屎也要吃了它！

后来的事实证明，这个方案确实是半团狗屎：开挖遇到的岩层，比估计的要硬得多，费了我们好多人工和炸药。一次山体崩塌，还差点闹出人命。好在一俊遮百丑，公路总算通了，大家也就不再说什么。至于另一些方案会不会是狗屎，会不会是更大的狗屎，因为未能实施，就没法验证。

但有一条基本上可以肯定：如果久拖不决，如果空谈坐等，等有了大钱以后再找设计院按部就班——那我们什么也干不成。那样的话，我们看上去多了一些科学，其实一定是更可笑的狗屎。

修路工地上的争执不休。

77　欢乐之路

我不愿落入文学的排污管，同一些同行比着在稿纸上排泄。我眼下更愿意转过背去，投身生活中的敞亮和欢乐。这种欢乐就在身边，就在前面，就在山上，只要你迈开脚步，走过前面那棵老树，走过女人们捣衣的溪口，走上蕉冲和梅峒之间的大岭，你马上就可以感触到波动的笑浪。

那里三军竞发。“炮兵”用雷管和炸药开路，“装甲兵”用挖土机和推土机清出路坯。最后还有“步兵”集团的龙腾虎跃，挖水沟、埋涵管、平路面、垒坡墙。大家齐心合力手挖肩挑之时，不光比强斗狠能带来乐趣，就是吵架骂娘也透着清爽。一个后生不知为何得罪了几位婆娘，婆娘们捡起泥块石头齐射，还威胁要扒掉对方的裤子，吓得小后生爬到树上，于是笑声又一次引爆。

工地如同集市和庙会。雷管炸药不过是礼炮，挖土机和推土机的轰鸣不过是锣鼓，一条翻滚着新鲜泥浪的路坯不过是节日长街，串起了全村人的阳光心情。在长时间独行单干以后，工地意味着交际，意味着聚集，意味着团圆。后续作业已一段段分配到户，由村民们各自抓阄，兴冲冲地入场。杀猪的，放蜂的，贩竹的，开店的，教书的，打鱼的，锯木的……个个像火烧屁股，全都上山去了。腿瘸的，耳聋的，斜眉吊眼的，肥头大耳的，呆傻如雨秋家笑花子的，也一个没落下。其中老人大多各自带上水罐和饭钵，慢慢地向山上攀爬，大概准备中午不回家，决不浪费时间。平时游手好闲几个小蟊贼，眼下也有了几分英模风采，虽然歪戴帽子，口嚼零食，但背上了锄头或者耙头，骑着摩托一溜烟往山上蹿。一旦超过了前面的摩托，车上人便放出得意的呼啸。

沿途都有人忙碌着。钢耙挖下去，碰到硬石时，挖出火星四溅，让人很恼火，但此时的抱怨里滤掉了恶毒，脾气里蒸发了仇怨，没有太大的杀伤性。见到有干部路过，村民们还是纷纷报名捐款，虽然一般捐得不多，虽然不时带出各种少捐有理的诉苦，但已大大出人意料。

乡干部小毛这些天特别兴奋，骑着摩托上下到处窜，排气管一直是烫的。他到处参与规划和验收，还登记捐款。据他说，村里男女老少无人不捐，其中贤爹没有钱，就搞家庭摊派，把四个女儿都召了回来，找每人要一百。还有三明爹病得快死了，说什么也要捐出一千。

小毛直咂舌："我当了这么多年干部，今天头一回当得有感觉！你看看，过节一样，社会主义又回来了！"

我也有点纳闷。就在几个月前，山那边突发山火。干部在广播里大呼救火，但喊了好半天，只有一些拿国家工资的干部或者教师，外加几个老实农民，提着柴刀往山上去了。很多农民无动于衷，抄着手在路边看热闹。小毛当时上门去动员群众，求爷爷告奶奶，喉咙都喊哑了，也没叫动几个。有人还在他背后阴阳怪气："烧光了也好，不然早晚也要被当官的吃光去。"

一眨眼，前后两件事，群众的反应为何天差地别？一个群体为何可以随时分崩离析又可以随时众志成城？小毛不大明白，我更是不大明白。后来的一天，山那边长坡乡的两个后生来偷牛，被村里人抓个正着。新仇引出旧恨，大家纷纷指责长坡人的薄情寡义：以前多次来偷牛就不说了，屡屡来偷树竹也不说了，他们不就是修了一条公路上山么？有什么了不起？村里有些树竹要从那边下山，车子过一下他们的路，总要被他们拦住罚款。山上的佛庙本来归两家共有，但他们仗着有一条路，就把菩萨据为己有。尼姑要由他们请，香火钱要归他们收，庙里的大事小事都要由他们说了算，好像菩萨沾了他们的光就只管他们长坡的事！——八溪人早已听得耳朵里灌了脓。

呸！呸呸！

我算听明白了。他们与长坡乡隔山为邻，多年来就是因为没有一条路上山，山南山北景象各异，荣辱昭昭，使他们一直受着窝囊气。人们到山那边去做客、买卖、帮工、过路，碰到亲朋戚友，说起这事都脸上无光。正因为如此，前不久的开路不光让大家受益，对于他们来说还无异于同仇敌忾报仇雪恨的一战。一条争气路、扬威路、较劲路、看谁更牛皮的路，不光有益于大家育林致富，还关系到每个人的脸面，尤其是在几个长坡人面前的脸面，岂能不拼死一搏？……三明爹的两个亲家就住在长坡乡。虽说他就要死了，但在阴间也要同亲家见面的吧？不开出一条社会主义的康庄大道，他往后还能见这个面？还能在亲家面前说硬话？

这就是他无论如何要捐出一千块钱的理由。

后来我受托为他们写一碑文，纪念公路的开通。我当然只会在碑文中提到新公路的伟大意义，还有工程领导者、建设者以及资助者们的高风亮节，决不会提到大山两侧人们的积怨。言必有疏，任何历史叙事都难免这样的事有所隐吧？有趣的问题是，书生们一旦读多了这样的叙事，一旦把这种叙事当作历史全部，会不会变得比较缺心眼？

经过一番斟酌的碑文是这样的（经过一番斟酌的历史可能就是这样的）：

福安路记

福安路，东起八溪学园，西达雾峰佛寺，以该寺福安为名，登峰绕谷，破石穿林，全长十华里，初成于公元二〇〇三年春。自古危梯险径，一朝变通途。数千亩山林护育乃易，民蒙其惠；凡四季游客行履遂轻，众享其欢。普同村民节衣缩食胼手胝足，方辟此同心同福之道，得带头人巧谋，承各界贤良力助，善缘聚而功德彰，当勒石为记。

村里近年来
修建了
一大三小共四条车道，
这是其中的
一条小车道。

78　口碑之疑

夜里狗吠不止。

黑暗中冒出来的客人一拨又一拨，大多是一些老人，包括蕉冲的信爹、梅峒的元爹，还有茶盘砚的两位老人，我有些眼熟，但喊不出名字。他们有的提一只活鸭，有的提一瓶蜂蜜，有的带来一包干菜，有的带来鸡蛋和糯米，闹得我家里成了个杂货摊。我后来才知道，他们是这个村的几个党员，前几天串通好了，约在建党纪念日这一天，到我家来坐一坐。

几个老人中夹了一个后生，是有名的花花公子。我对他略有所知，知道他是麻将大王、睡觉大王、打架大王，靠老婆在外打工，盖了全村第一豪宅，还把手机、电脑、MP3、数码相机什么的都玩遍了，只是从没摸过扁担和粪桶，从不知自家菜地在哪里。我看见他笑嘻嘻地拿出相机拍照，得知他也是党员，是当侦察兵那年在部队入的党。

更奇怪的是，住在老山里的雨秋也来了。这是全村最穷的人，平时总是穿得像个叫花子，但拿着扶贫救济款打麻将放炮，输得眼睛都不眨。一年前他在各方支援之下准备盖房子，但坚决不盖好的，定要盖个破的，搞得村干部们十分恼火，一见他就没有什么好脸色。

我就是把全村人都想象成党员也不会想到这两位爷。他们不会是在路上摔了一跤就捡了个党证吧？

事实上，他们确实都是执政党成员，阴差阳错地戴了个红帽子，虽已人微言轻，甚至名声有些臭，但偶尔还记得自己的光荣身份。既然有身份，就得做点什么。眼下，他们跟着其他几位党员，终于找到了一件事，来我家表示一点感谢之意，擅自代表组织隆重处理修路善后事务。元爹把胸脯一拍，憋出了几句豪言壮语：“你韩爹吃了亏，就是我们自己人了。你家子孙往后要盖屋，这村里的地，想挖哪里就挖哪里！你要是老了，这村里的山，想埋哪里就埋哪里！”

仗着老生产队长的身份，他又说：“都是我一句话的事！”

这种慷慨许诺吓我一跳：难为我的身后之事都被他想好了。

信爹接过话头：“要说挑地，就是茅坡那个背弯里的位置最好，又当阳，又避风，高高在上的。韩爹以后埋那里算了，保证子孙大发。”

元爹的观点不同：“茅坡有什么好呢？我看来看去，还是他自己这个院子不错。这里原来是老祠堂，好风水。”

雨秋也插进来规划阴宅：“元爹说的是理。同崽女处近一点，最好了：灶屋里炒菜，闻得到香气；堂屋里放电视，听得到戏文；

崽女尽孝也方便，钱纸总是要多烧几张的，供肉是要多吃两碗的。”

信爹瞪大眼固执己见：“韩爹是拿工资的，还稀罕你那几张钱纸几碗供肉？他就是要站得高，看得远，眼观四路，耳听八方，笔底下才有天地乾坤……韩爹你说是不是？”

他们七嘴八舌，一直争议着该把我葬在院子里还是茅坡上，该把我葬在离儿女近还是远的地方，最后争到了面红耳赤的地步，似乎我已是僵尸一具，躺在棺材里，摆在灵堂前，正急着等他们选地方。他们接过准僵尸递来的香烟，喝着准僵尸端来的茶水，摇着候补僵尸分发的大小蒲扇，起码也要来一把齐心协力的临终关怀。

我倒没有什么恼，只是有点不好意思。就说开路这事，我虽有一点参与，但用不着他们这样客气地以个人名义破费，更用不着他们把我的死法考虑得这样具体，这样周到，这样入情入理。我何德何能，愧受如此深恩。何况——那条新路方便了他们的生计，但也可能方便破坏。一旦木材的行市太好，好得山民们心痒难耐，都上山去哗哗地乱砍滥伐，天知道这条路是福还是祸？——我对此一直暗存疑虑。

更重要的是，他们越说越不靠谱。进山来的十多公里县级公路，明明是国家计划工程，与我没有关系，但他们不由分说，一口咬定是我的功劳。乡政府后面那个通讯信号塔，耗资一百多万，明明是人家移动电话公司的投资，与我同样没有关系，但他们还是不由分说，一口咬定那是得益于我的荫庇。元爹甚至坚信山峒里有几个娃崽考上了大学（纯粹是全国大学扩招的结果），也是沾了我的福气：

“你看看，你一来，八溪峒就出人了。托你的福，将来再出几十个大学生。我们在交通局有人，在财政局有人，在农业局有人，在银行里也有人，总要多吃点社会主义吧？就算他们都成了贪污犯，但肉在锅里烂，屎在田里臭，总要在峒里多盖几栋楼房，多修几条路吧？”

这些话让我差点把眼泪笑了出来。

我相信是时间上的巧合把他们弄糊涂了：以为我入住八溪峒以后的一切好事，都与我有关系，该记在我的账上。问题是，我入住八溪峒以后也发生不少坏事。翻车死人了，山上闹蝗情了，山上发大火了，化肥一再涨价了，医药费高得邪乎了……他们哪一天心烦，会不会也把这一切记在我的账上？他们一怒之下，会不会既不允我葬在院子里也不允我葬在茅坡上，异口同声地要把我逐出八溪峒？

不能说没有这种可能。

我以前听清议之士臧否前人，大体上都笃信不疑。现在想起来，那些大恩人或大魔头的口碑可能也杂有附会，杂有不少孟子所说的“不虞之誉”或“求全之毁”——它们所依据的事实，可能只是一些巧合的拼凑。

我拿着一支手电筒，在黑夜里射出一束光柱，很晚才把口碑制造者们送出院门。

笔者在欢庆公路竣工的集会上。

79　很多人

读八溪峒华子家的家谱一段：

……吴贞，幽州范阳人，任福州刺史，生一子，思道。吴思道，居杭州钱塘县宿松里，卒期失考，葬余杭拳山。生二子，公谨，济明。吴公谨（思道长子），卒期失考。生二子，甸，卫。吴甸（公谨长子），唐太学博士，卒期失考。生一子，烈政。吴烈政（甸子），唐进士，授兵科给事，从征有功，升太尉，封安邦侯。生二子，森（居杭州，失考），敷。吴敷（烈政幼子），同父从征有功，居汴袭太尉。生二子，凤，鸿（隐居钱塘）。吴凤（敷公长子），唐临川刺史，卒期失考，葬侍贤乡六都。生二子，瓒，璁。吴璁（凤公次子），迁福建泰宁县太寮村，卒期失考。生一子，简。吴简（璁子），乳名八官，入国子监，卒期失考，葬黄溪圳湖内。生一子，三官。吴三官（简公子），卒期失考。妣王氏，夫妇并葬大田屋后。生九子，一郎，二郎，三郎，四郎，五郎，六郎，七郎，八郎，九郎。吴八郎（三官八子），迁泰宁县太田市，卒期失考。妣江氏，卒期失考，葬大田屋后。生二子，伯严，伯开。吴七郎（三官七子），迁泰宁县河南坊，宋乾德癸亥科状元及第。吴伯开（八郎次子），卒期失考。妣江氏，夫妇并葬大田屋后。生九子，一郎，二郎，三郎，四郎，五郎，六郎，七郎，八郎，九郎。吴八郎（伯开八子），迁福建邵武府建宁县西乡，宋开宝庚午年三月初一卒，葬建宁县西乡银坎堡南山。妣铙氏，宋开宝戊辰年六月十一日卒。生一子，隆郎。吴隆郎（八郎子），宋乾兴壬戌年十月初十日卒。妣曾氏，宋天禧辛酉年七月初一日卒。生一子，关郎。吴关郎（隆郎子），宋乾兴癸亥年六月初三日卒。妣王氏，宋天圣甲子年九月初二日卒。继妣曾氏，宋治平乙巳年十月二十日卒。生二子，回郎，刘郎。吴回郎（关郎长子），宋元丰癸亥十二月初一日卒。妣吴氏，宋开禧丙寅年十月十六日卒。生二子，轩佑，轩佐。吴轩佑（回郎长子），迁江西建昌府南丰县三十一都，宋绍兴戊午年二月二十四日卒，葬南丰茶溪窑前墩子。妣赵氏，卒期失考。生四子，寅，柳（出继轩爵），辛（出继轩禄），六字。吴寅（轩佑长子），宋绍兴癸酉年卒。妣赵氏，卒期失考。生一子，宣一。吴宣一（寅公子），从军平匪，终于卫所，卒期失考。妣陈氏，卒期失考。生一子，祥公。吴祥公（宣一子），宋咸淳丙寅年十二月十四日卒。妣王氏，生死失考。生一子，福一。吴福一（祥公子），卒期失考，终于卫所。妣某氏，卒期失考。生一子，友才。吴友才,（福一子），元癸未年十一月十九日卒。妣某氏，卒期失考。生一子，腾青。吴腾青（友才子），素仁厚，敦孝友，克勤俭，叔伯兄弟，单惟己生四子，命次子壮善独承公事，茅草山场以充公用，明洪武甲戌年十月初三日终于卫所。其妻焚其体，归桑梓，葬门前黄泥岭。妣罗氏，明永乐戊子年四月二十四日卒。生四子，至善，壮善，允善，秉善。吴允善（腾青三子），明正统甲子年十一月十三日卒。妣揭氏，卒期失考。生二子，从茂，从舟。继妣吴氏，秉性慈和，乞讨教子，卒期失考。生二子，从轩，从鞫。吴从舟（允善次子），明成化乙未年十一月十六日卒。妣斐氏，卒期失考。生四子，贵垌踪，贵瑛踪，贵弦踪，贵兴踪。吴贵弦踪（从舟三子），才艺兼备，里党咸称颂，明正德辛巳年十月二十六日卒。妣游氏，卒期失考。生一子，德明。一女适竹坡王。继妣黄氏，明正德戊寅年十月初三日卒。三妣谢氏，明嘉靖丙戌年十月二十八日卒。吴德明（贵弦踪子），为人谦让勤俭，捐田产建祠修桥，明嘉靖乙未年十一月十六日卒。妣邱氏，明嘉靖辛亥年四月四日卒。生二子，廷美，廷义。继妣杨氏，卒期失考。吴廷义（德明幼子），卒期失考。妣朱氏，卒期失考。生四子，仲选，仲逵，仲逑，仲进。吴仲选（廷义长子），卒期失考。妣李氏，卒期失考。生三子，本窿，本捷，本四。继妣李氏，卒期失考。吴本窿（仲选长子），卒期失考。妣李氏，卒期失考。生四子，子顺，子倾，子巅（出继本捷），子国。吴子国（本窿四子），清康熙丙午年三月初四日卒。妣姜氏，清康熙癸亥年二月初七日卒。生三子，元钦，元宗，元瑞。生一女，适绊田王。吴元宗（子国次子），清雍正癸丑年五月二十六日卒。妣傅氏，清康熙戊子年正月初七日卒。生三子，世欣，世同，世吕。生一女，适小源桥吴。吴世同（元宗次子），迁湖南平江县安定乡茶子坡，清乾隆戊辰年三月初三日卒。妣陈氏，清乾隆辛未年十月二十四日卒。生一子，永可。生一女，适下彭刘。吴永可（世同子），清乾隆戊寅年八月初十日卒。妣丁氏，清乾隆癸未年正月十一日卒。生五子，太练，太细（夭折），太绿，太老（夭折），太细老（夭折）。二女，长适王，次适刘。吴太绿（永可幼子），清嘉庆己未年九月二十三日卒。妣李氏，清道光壬午年四月初五日卒。生五子，昌忠，昌禄，昌其（夭折），昌干，昌全。一女适熊家山熊。吴昌忠（太绿长子），兴义学，广有盛名，清道光戊子年九月十四日卒。妣刘氏，清道光甲午年七月十一日卒。生三子，大瑚，大珪，大璋（夭折）。生二女，长适陈，幼适风冈徐。吴大珪（昌忠次子），迁湖南湘阴县古仑北乡，卒期失考。妣王氏，卒期失考。生三子，家材，家标（出继大长），家栉（夭折）。生一女，适盛坊吴。吴大长（昌全幼子），清光绪乙酉年十二月十八日卒。妣丁氏，卒期失考。吴家材（大珪长子），清光绪戊申年三月某日卒。妣黄氏，民国甲寅年二月二十五日卒。生一子，声禄。吴家标（大长子），清光绪壬寅年十月初七卒。妣可氏，卒期失考。生一子，丁生（夭折）。吴声禄（家材子），民国乙丑年十二月二十三日卒。妣朱氏，卒期失考。生一子，远冬。生二女，长适朱，次夭折。吴远冬（声禄子），1978年卒。妣曾氏，1986年卒。生二子，印根，印生。生三女，金香，银香，全香[①]……

① 从此女子开始上谱。

80　认识了华子

华子是个小后生，吴印根之幼子，吴远冬之孙。他只读过小学，半边脸是疤，是不是放炮炸伤的，不得而知。

人们一碰到顽石碍事，就会想起这位知名炮手。每次打炮眼，他事先围着目标走一走，抠块石头捏一捏，撒泡尿，挠挠脑袋，就能定出最刁的打眼角度，打出恰到好处的深度。能打两米的决不打两米五，能一炮解决问题的决不用两炮。这就像大牌外科大夫下刀极准，或是超级政治家一言安邦。因此他用药少，炸掉的石方反而多，溅出去的石片还不怎么伤田和伤树。

他点爆的都是闷炮，行家一听，就知道炸着了痒处。用他的话来说，响屁不臭，臭屁不响。那些炸得暴暴烈烈的响屁，反而只是炸了个热闹，炸不动根基。

仗着这点本事，他经常表扬这个那个的智商，还兴冲冲地对我刮目相看："不错呵，你的窝心还有几个窍。"——当时我猜出了一个谜语（其实是连小孩都难不住的低级谜语），就有幸得到这个半文盲的垂青，差点被他大拍肩膀。

有一次我们同去县城，遇到公路收费卡。华子钱掏到手里又不甘心，冲着收费站的女子直叫唤：“修这条路的时候，老子也集了资的。怎么还要收我的钱？”

对方敲敲公告牌：“集了资的也要交费，政府规定！没长眼睛呵？”

“那你先告诉我，我出钱修的那一截路在哪里？”

“什么意思？”

“老子今天不进城了，先去找到那截路，拦根草绳子也要收钱！”

对方觉得好笑：“你集了好多资？两百？三百？算个屁呵？”

“哎，当时你们要收钱的时候，没有说收屁呵。我当时要是交个屁，你们收不收？我今天要是交个屁……”

“你嘴巴放干净点！”对方脸一红。

“是你嘴巴不干净，还是我嘴巴不干净？”

“跟你说，修这条路费了一个多亿。你那一点钱，塞牙缝还不够。”

“就算钱不多，总要修一块地方吧？就算只修脸盆大一块，你也指给我看看。在哪里？你说，在哪里？”

对方这一下为难了，不知如何回答。

疤脸得意扬扬：“就算只有巴掌大一块，老子未必不能钉个桩？自己的地方，要钉桩就钉桩，要打洞就打洞。你管得着吗?”

关于他捐建的那一点是脸盆大还是巴掌大的问题，关于他的路上可以钉桩还是可以打洞的问题，纠缠了好一阵。反正华子今天是铁下心来讲道理，掏不掏钱的事倒是好说。眼看着后面的汽车排成队了，喇叭鸣个不停，收费站的那婆娘急得冒汗，有理讲不清，又被屁呀屁的计较弄得面红耳赤，只好朝我们的农用车狠踢了一脚，不再理睬我们，让我们不明不白地过去了。

炮手正在点火，准备放炮炸石。

一炮炸响。烟雾不大，倒可能证明这一炮的炸点深浅适度。

81　也认识了老应

挖土机师傅不是本地人。人称“老应”，大概是取其名未取其姓。他手艺好，一坐进驾驶室，长长的挖瓢便招展而出，咣当咣当蛇走龙行，还真灵活如一只巨大铁手，想怎么抠就怎么抠，想怎么拨就怎么拨。如果给它一双筷子，这只手似乎也能夹菜。如果给它一条手绢，这只手似乎还能揪鼻涕、擦眼泪，招手送风情，然后打出一个响指——那一刻我觉得大挖瓢完全可以做出这些动作。

碰上大岩崖，只要那里有几许泥缝，老应根本不用放炮，靠一只铁手的几个指甲钩进泥缝，一眨眼就哗啦啦抠下大块石头，给主人省下雷管炸药。就因为这一条，人们争着请他上门做工，拿好烟好酒款待他。

他有了面子，干活更加卖力。别人要两天才能挖完的任务，他有时候一天就完成，然后一只挖瓢盛着空油桶，早早地下山去。挖土机碾得尘土飞扬，地动山摇，如同一只得意扬扬的独臂螳螂撒腿狂跑。有人说，这只独臂螳螂急着下山，是要去找花姑娘或者花大嫂。他听了只是一笑，不怎么辩白。

他翻过车，但越翻胆子越大，不管多么危险的地段，都是一个铁脑壳向前，开着挖土机去拱、去钻、去挤。有一次，路坯塌了一大块，塌出了几米长的半边路。坡下是悬崖陡壁，石头滚到谷底要好一阵。挖土机看来是不可能通过了。但他急着要赶工时，左看看，右看看，最后只靠一边履带着地，任另一边履带悬空，硬是把挖土机开了过去。他的办法是用挖瓢抓住坡上的树蔸，减轻车体重力，巧妙地保持平衡，相当于一个瘸子借手臂之援闯过独木桥。

这一套高空杂技玩得旁人大喊大叫，出一身冷汗。但他事后不以为然地说："挖土机比推土机多了一只手，怕什么怕？"

他还说，他这一套玩惯了。有一次过小桥，发现桥面太窄，他用那只挖瓢撑住桥下一块大石头，等于加一铁桩，也是一边履带悬空地过了桥。

但他并不是傻大胆。那天我们几个人坐在路坯上休息，发现他的挖土机突然退下来。他还伸出脑袋，一个劲挥手，要我们赶快跟着退。我们不知道是何原因，退出几十步以后，回头看看刚才那一段路坯，平静如常，风轻草静，什么事也没有。我们正要怪他多事，突然间轰然一声闷响，山崖上尘灰四喷，有的灰柱喷出丈多高。我们的视野里出现大块面移动，整个半座山连土带树地垮塌下来，把路坯埋了个严严实实。大大小小的碎石还在朝山下翻滚和跳跃，嘎地一下斩断一棵老树，叭地一下截断一根新竹，快刀切豆腐一般干净利落。

我们惊呆了。

显然，要是再晚退片刻，我们也就成那豆腐。

这放炮震动引起的山体垮塌，时有时无，谁也说不准。我后来问老应，他是如何预感到险情的。他说他也不知道，只是听到了两声鸟怪叫，加上自己眼皮跳，胃也痛，就觉得大事不好。

为感救命之恩，我们凑点钱，买来两瓶酒，请老应吃饭。席间，我问他的胃痛与这事有什么关系。他说，他从不吃麂肉、兔肉、野猪肉、野鸡肉，反正山里的（动物的）肉一律不吃，所以这个胃与别人的不一样。你说它是个报警器，它还真能知凶吉。规律一般是这样：如果一天放上几个屁，就是平安无事。如果成天没有动静，就得多加注意。如果胃里一阵抽搐，抽得肚皮跳，那就不管三七二十一，得赶快夺路逃命了。

有了挖土机，已经是机械化程度很高的作业了。

82 蛇贩子黑皮

山峒里多蛇，贩蛇便成了一种不错的行业，其中最有名的蛇贩子是端妹子。照当地俗称习惯，“端妹子”其实是男性。他额角有一大块黑皮，所以又有人叫他“黑皮”。

黑皮原来是吃铜锣饭的，唱乔仔戏，打电视普及以后，铜锣饭不如从前好吃，他就拜了个师傅，改从贩蛇之业，成天骑着一辆破脚踏车，挂着两只化纤口袋，在山峒里走村串户。他的口袋里有乌丝蛇和菜花蛇，价贱，仅蛇胆可以入药。还有蝮蛇，俗称土皮蛇，价也贱，十来块钱就可以收得一条。比较贵的要数扇头风，即读书人说的眼镜蛇，商贩一般得出价六十至八十，才可能说动卖主。

黑皮把收来的蛇存入家里的竹笼子，积上百条左右以后，再集中运到山外，转卖给广东来的蛇老板。其中比较稀奇特异的蛇，他就拿去卖到省城里的什么大学，给人家师生做实验。

实在无蛇可收的时候，他也顺手收点黄鳝或者团鱼，卖给镇上的饭店。反正一辆破脚踏车成天得骑着，一个装了些小石子的铝皮水壶成天摇响，在山道上摇出有一下没一下的哗啦声。

毒蛇并不乱开口，一开口则必定伤人。黑皮不怕蛇，有成百上千条蛇过手，从未被蛇咬伤，全靠他从师傅那里学来的技术，还有一套防身的秘传咒语。他说过，贩蛇人有行内的规矩，比如一生不得吃狗肉，这是第一戒；也不得医治任何蛇伤，这是第二戒——即便看见至爱亲朋在蛇咬之下危在旦夕，也须硬着心肠袖手旁观，否则就彻底断了自己的财路。他师傅说：贩蛇的不能治蛇，治蛇的不能贩蛇，天下人各有生路，你不能赚夹份钱，这是一大基本原则。

据说贩蛇的其实也很难抓到蛇，甚至平时根本看不见蛇，因为这种人身上杀气太重，还隔上两三里路，就把蛇吓跑了。

黑皮就这样以蛇为生过了七八年，小日子过得不错，不但把自己的脚踏车换成了摩托车，还给哥哥嫂嫂买了一台彩电。嫂嫂见他一直单身，平时多有关心，帮他洗洗衣，扫扫房子，做个鞋垫什么的。有时候心生好奇，嫂嫂就要小叔子玩玩蛇术，比如看黑皮是如何念一通定身咒，使蛇原地不动寸步难行。有一次，黑皮玩得高兴，把一黄一黑两条小蛇拦腰斩断，念一些咒语，两条蛇居然交换连接，黑头连了黄尾，黄头连了黑尾，都成了两色花蛇，还能游窜如故，令嫂嫂大开眼界，连声惊叫。

这一天嫂子去他家送碗汤，顺便说了一句："你的床怎么这样窄？准备一辈子光棍呵？"黑皮这天正高兴，调笑话脱口而出："嫂嫂要不来试一下？这张床看起来不宽，睡嫂嫂这样的小个子，还是睡得下的。"妇人倒也不恼，咒了一声"臭嘴"，笑着站起来说："你等着吧，我下次来试。"然后哈哈大笑而去。

这一声大笑，似有心，似无意，笑得黑皮有点晕。就在这一天，嫂嫂在菜园里被一条竹叶青咬了。黑皮一急，竟忘了守戒，跑到村头拔了两枝七叶莲，赶到嫂嫂身边又是吮毒，又是敷草药，救了一条命。

嫂嫂慌乱大叫的时候，紧紧抓住他的一只手，竟把这只手掐破了皮，掐出了血。

黑皮就是这样坏了自己的功法。后来他去茶峒收蛇，才走到坡上，就被群蛇围攻。他的定身咒不管用了，两脚也软弱如泥，怎么也跑不动，结果一命呜呼。人们后来发现他身上留有几十种不同齿痕的蛇伤，发现他全身黑紫，脸肿如盆，七孔流血，手里掐着断蛇，脚底踩着死蛇，口里咬着两个蛇头，耳朵眼和鼻孔里还分别悬出半截小蛇尾……一场人蛇大战，可见何等惨烈。他的摩托也未能幸免，车上电线、坐垫等软质部件，全被蛇咬了个千疮百孔，连排气管里都钻进了一条土皮蛇，大概是想毒杀发动机。

据对面山上的放牛人说，他临死前大叫了一声，是叫一个什么人的名字。

他双亲已故，除哥哥以外没有其他特别重要的亲友。以后每逢清明节，他的坟头只会出现一个默默烧纸的妇人。

83 雨读

雨天不便外出干活，我只能回到书桌前。如果阴云密布天色太暗，我还得拧开灯，借桌上一角暖光，在雨声中循一些骈句或散章，飘飘然落入古人昏黄的心境。

如果风雨摧折了电线杆，电灯、电话、电脑全部死寂，我就只能点燃一支蜡烛，摸索着探入不见天日的汉朝或唐朝。

我想象古代书生们身居农耕社会，恐怕也多是蛰居乡里，多是晴耕而雨读的。后人如果竖起双耳，也许能听到累累卷帙中的绵绵雨声；如果伸出双手，也许能摸出纸上的潮润和清凉。很多学者说过，较之西洋文化总体上的外趋性，中国传统文化有总体上的内趋性，比如崇“安”，重“定”，好“静”，尚“止”。这安、定、静、止四个字，难道不正是对雨中乡野的恰切写照？不正是古人们凭窗听雨时的情态？

一段中国的筝箫古曲，多有雨声中的幽远。一幅中国的山水古画，多有雨声中的迷蒙。一大堆中国古代的哲学，其所谓“自足”“求诸己”“尽其在我”一类命题，作为几千年文明的意旨内核和情感基点，当然是事出有因。所谓情由境生和感由事发，它们也许都来自作者们在雨声中的独处。

孟子有过“夜气”一说，以为一个人入夜最容易得气，最容易入道，最容易通神。在孟子看来，昼喧而夜静，昼俗而夜雅，昼巧而夜朴，万籁俱寂之时，夜晚脱落了白昼的红尘，是一个人明心见性的最佳时机。其实，如果孟子不是有钱人，如果他还有田土需要劳作打理，每天累得一入夜就哈欠滚滚目光迷离，就可能还会谈谈“雨气”的——他将知道，农民不一定有夜闲，但大多有雨闲；不一定有夜思，但大多有雨思。古人的各种知识和感怀很可能在雨声里诞生。

雨声中有一点异动，是一线脚步声由远而近了。

雨天里多有山民来访。他们平时忙着各自的生计，只有在雨天才得闲工夫串门。今天来的是贤爹，披一件蓑衣，呱嗒呱嗒踏一双破胶鞋，一进门就惊慌地避狗和斥狗，说他一辈子什么都不怕，就是怕狗。

他是个诗人，每次来我家，一口暖茶入腹，不出三句就要说到诗联。

打开窗户说话

扯个篮盘做天

——他觉得这一联最上口，如说白话，好玩。

东山寺死个和尚
西竺国添一如来

——他认为这一联也很上口，又对得极工，妙！

坐北朝南吃西瓜皮朝东放
从上至下读左传书往右翻

——他相信这一联是绝品，对得滴水不漏，天衣无缝，后人想超乎其上，难！

大人大人大大人大到三十六级天官为玉皇大帝盖瓦
卑职卑职卑卑职卑至一十八层地狱替阎王老子挖煤

——他说这一联不但风趣，风趣中还透出了傲骨，好，可圈。

我若奉命出师敌寇当前十二金牌召不转
公果尽忠报国权奸在内三千铁马杀回来

——这是一副纪念宋代岳飞的对联，何人所作，贤爹记不起来了。贤爹说，这一联好就好在对岳飞有赞有弹，扬中有抑，想法别出一格，但又句句在理。一个人呵，确实要忠，但不能是愚忠，是不是？有时候还要“清君侧”呢，还要“格君心之非”呢，还要俗话说的“不服周”[①]呢，是不是？

当然，当然。我频频点头。

说完联，还要说诗。贤爹种西瓜了，必有西瓜诗；收南瓜了，必有南瓜诗；看见后生们赌博，必有针对赌博的怨刺诗；只是他厌恶水田里软乎乎的蚂蟥，一辈子没有犁过田，所以至今还没有犁田诗。但他还是有足够的理由嘲笑贺乡长，说那也是个大学生？书读到屁眼里去了？在大会上做报告，啰啰唆唆说那么多，口水都说干了，有什么必要呢？“要是我，根本不要本子，什么事情拿过来，只要四句，顶多八句，保证说得利利索索。你说是不是？”

当然，当然是。我再次频频点头。

我不会旧体诗，只能当个假知音，欣赏他摇头晃脑的吟，即半诵半唱的古典表达。他显然发现我已经听累了，意犹未尽地起身告辞，临走时还要借点书看。我不知他爱看什么，把他带入书房，随他去挑。他翻了翻几本洋书，粗糙指头在纸页一摸，发出嚓嚓嚓的划拉声。“这些洋码字怎么这样怪呢？蝌蚪文呵？”又翻了翻几本理论，更加咂舌不已，“碰鬼！这些字我个个都认得，就是不晓得是什么意思。你说说，这是何理？”

---

① “不服周”，即犯上作乱。请参见本书第88章《各种抗税理由》。

我不便说他读的新书还不够多，更不好意思说好多书我也一知半解。

“这些人不是拿一堆纸来练字吧？”他摇着头，“怪事，怪事。都是娘肚子里生的，未必他们脑壳里不是脑浆子，是灌了青霉素和敌敌畏？”

看来，他觉得世上凡书都应该可以读懂，只有青霉素和敌敌畏一类化学药品，可能还要加上瘦肉精和除草剂，在他眼里比较怪异，一旦灌进脑子就可乱我斯文，应该另作他论。

84　时间

风雨稍歇，水淋淋的石板闪一片薄光。

树上的枝叶东仰西伏筋疲力尽。地上有零落花瓣。草叶都挂着亮晶晶的水珠，连草丛里的蛛网也挂上了三两光点。

天地间静寂无声，只有四面八方淅沥沥的微雨，隐在岁月的深处，无边无际又无休无止。稻草人在孤零零地挺立，有一种宁静和沉思，似乎正张开双耳监听世间所有的动静，包括身边突然滴答巨响——一颗水珠从瓜叶轰然滚落。

瓜棚已经喘息着偏偏欲倒。瓜藤上既有黑色的枯叶，也有黄色的花蕾。老黑色与嫩黄色在时间的两端拉锯，把整个秋天拉扯得惊乱而凄惶。更多的梓树叶还是枯萎了，飘落了，胡乱留给路面，如叠下了一些深深浅浅的脚印。也许，是时间这只大兽在深秋逃跑，是日子这群大兽在深夜逃跑，给现场留下了足迹。

什么也没有发生。

什么也没有发生的时候，似有透明的时间流逝。时间是我们的生命，却是一些看不见的生长和死亡，看不见的敞开和关闭，看不见的擦肩而过和蓦然回首，除了在现场留下一些黑乎乎的枯叶，不会留下任何痕迹。

我的时间都滴漏在淅沥沥的雨声里了吗？我本来可以金戈铁马的百年，本来可以移山倒海的千岁，本来可以巡游天河的万载，都沉陷和坠落在一颗颗清冷的水珠里了吗？都永远没法保留和无可挽回了吗？

我在细雨蒙蒙的树林里钻了好半天，一头湿淋淋地回来，还是两手空空，什么也没找到。

85　你来了

情感常常是自伤的利器。当一个母亲发现儿子并不珍惜母亲，当一个女儿发现父亲并不心疼女儿，当一个孤独者发现太多朋友把他背弃，当一个改革者发现很多穷人一旦解放同样会欺压另一些穷人，他还能怎么样？当他发觉自己事实上也参与过这种背弃和欺压，他更能怎么样？

情感总是需要交换。一个人如果不期待实利和虚名的回报，至少还期待着收入欣慰。可惜的是，人在这种交换中也常是亏损者乃至破产者。

这时候只有两条路：成魔——觉得世界只能这样，于是不择手段争抢之；成圣——觉得世界应该那样，于是不择手段创造之。圣与魔殊途同归，都有冷冷无情的面孔，不再期待交换。他们都没心没肺一意孤行，更不在乎交换的粗劣替代形式，比如说由不相干的看客做出所谓评价。

这是来客M的一番话。

M是个有意思的人，从走进我家开始，就一直坐在桌前不停地说。直到天黑前驱车返城，他除了进了几趟厕所，除了喝几杯水，哪里也没有去，哪里也没有看，对我在这里的一切毫无兴趣。

86　守秋

稻谷在收割前的二十来天里，穗粒饱满，米香四溢，成了野猪最馋最活跃的时候，很多地方都有它们的脚印。有一次，一只小野猪跑昏了头，窜到大路上，窜到学校里，被大家追着喊打，在操场里跑了一个圈，如同在一片啦啦队的助威声中完成体育运动项目，发现没奖牌可领，一气之下夺门而去。师生们只顾着叫喊，没来得及操家伙。

贤爹把房子建到公路边了，但责任田还远在山里，对一垄金灿灿的熟稻鞭长莫及，总是被野猪欺侮。到手的粮食今天被吃掉了半丘，明天又被啃掉了一溜。猪嘴巴拱过的地方泥沟纵横，像犁过一遍那样，让人欲哭无泪。更无聊的是，那些臭猪头不但要吃，还吃得刁，吃谷可以吐渣，吃红薯可以吐皮，吐出来的渣皮一堆堆的，你说气人不气人！

贤爹去砍了一些刺柴，封堵野猪来往的小路，但野猪还是可以绕道走。贤爹去扎了两个稻草人，给它们穿上西装，戴上旅行帽，让它们口里生出尺多长的獠牙（其实是木棍），手上还操着两面板斧（其实是挂两把烂蒲扇，一旦随风飘动，看上去就像李逵上阵杀气腾腾）。但这只管得了白天，甚至只管得了三两个白天。

野猪越来越有知识和学问了，稍加观察和琢磨，就看出稻草人不是李逵，连李鬼也算不上。它们猖狂暴动，把可恶的草包拱翻在地，踩了个稀巴烂。看那劲头，它们就算是碰上变形金刚和美国F-16也要大开杀戒。

贤爹只好像其他很多农民一样，去稻田里搭一个草棚，日夜守卫，好歹也要撑到收禾打谷之后。他晚上睡在草棚里，有时出来敲一下破脸盆，有时出来放一个炮竹，有时出来叫喊两声——免不了又装男声又装女声，又放方言又放官腔，制造出草棚里人多势众的假象。总之，他得不断变着法子，才能吓跑来犯之敌。

我借来一支猎枪，听说那里野猪多，想去撞撞运气。贤爹说："使不得，使不得。你一个人休得蛮干。莫看它是猪，发起威来就是只虎。"据他说，他年轻的时候就被野猪咬过一次，而且那臭猪头不咬东，不咬西，偏偏一口咬住他的胯。如果他当时不是垫进去一只手，他的鸡巴肯定就没有了。如果当时不是茂才来得快，把一杆铳插进猪嘴巴，拼命地撬着，他那伙计也救不出来了。

贤爹与野猪结下了永远的血海深仇。

夜色沉沉地笼罩着峡谷，下弦月升起来的时候，对面山脊的剪影才朦胧浮现，小桥那边依稀有了一点动静。

“猪八戒，老子 × 你八辈子祖宗呵——”贤爹猛烈地敲脸盆。

峡谷里余音袅袅，然后一切归于死寂。

不知是野猪跑了，还是它们一声不吭潜伏不动，要待险情过去以后再来捣乱。

野弥猴桃也是野猪的美食之一。

87　夜半歌声

上垄田里也有人守秋，不时放一个炮竹，或敲几声锣，吓跑可恶的野猪。有时候，守秋人的歌声断断续续也顺着峡谷飘流而下。

情妹河里洗围裙呵，
水淘围裙起波纹。
谁人喝了围裙水呵，
都要生场相思病。

妹割牛草郎砍柴呵，
边割边砍边拢来。
拢来不好把话讲呵，
唱首山歌表心怀。

要吃好烟去赶场呵，

要恋情姐去远方。
好烟出在场头上呵，
好姐出在大地方。
…………

我在歌声中迷迷糊糊地睡着了。

醒来的时候，贤爹说："你的鼾声好威武，比得上八百面战鼓，不用我打锣了！"

我笑了："那不正好？你放心睡吧。"

"还没瞌睡，再听贵老倌唱几段。"他又点燃一支烟，"你晓得么？唱歌也是养禾。尤其是唱情歌，跟下粪一样。你不唱，田里的谷米就不甜。"

88 各种抗税理由

农业税取消，让乡干部们一下闲了许多。以前每到端午前和中秋前，他们就得上户催征皇粮国税，前后忙上两三个月。现在他们不用讨账，有时候还去发放种粮补贴，不是收钱反是给钱，变得非常有面子。

一胎户和无儿户的养老津贴也开始发放。年满六旬以上的老人，只要符合条件，可每月得五十元现金。有的老人点票子时喜不自禁，说哪个崽能孝敬我这么多钱？能给口饭吃也就不错了。看来看去，还是政府这个崽比较好。

话虽糙，但并无恶意，乡干部们只得笑纳。

他们没什么事的时候，常来我家坐一坐。说起以前收税时的磨难和苦恼，说起山峒里几个有名的刺头，一个个都是感慨良多。其中有些小事，这里不妨录下一二。

例一：有一家农户坚决不交税，理由是他家的猪婆没阉好，刚从兽医站回来，马上就“返了草”(即发情和受孕)。实在太不像话！干部们不明白，他家猪婆返草与交税有何关系？农户的回答是：兽医站不是你们国家办的么？兽医站收钱不就是你们国家收钱么？你们收了钱又没阉好猪，我凭什么要给你们交税？你们做了初一，我就要做十五。

例二：有两家坚决不交税，理由是上次抗洪救灾，上面送来了救灾物资，其中有八瓶矿泉水，分到了他们所在的生产小组。组上一共十三户，矿泉水不够分，组长只好摆上十三只碗，给每只碗里匀一点。刚好他们两户只拿到小碗，分到的水明明少了一截，实在太不公平，太欺侮人。他们当时给干部反映了这个问题，但没有得到答复和处理。“好吧，我找你们的时候，你们耳朵聋。现在你们要找我了，我的耳朵就不能聋一回？你们先把前面的问题解决了再说！”他们就这样把干部轰出了家门。

例三：有一家坚决不交税，倒是干脆，没什么理由，只是要干部们先去割掉大路边的茅草，回头再来说事。这里面的理由，得由干部们自己去细细琢磨。是责怪干部们没管护好大路，让路边茅草长得太深，以致妨碍了这一户的来往进出？还是指集体欠了他的什么钱，需要干部们用割草的方式来偿还？是讽刺干部们不收钱就不上门，平时联系这一户太少，以致荒草没路需要干部们反省？抑或这一户主纯粹是脑子里进了水，以为收税是做生意，是谈买卖，既然你们来要我的钱，那你们就得先给老子做点事？……凡此种种，令人百思不解。

例四：某户主一见干部上了门，先让大家围观他脚上的伤疤。说来话长，这脚伤是怎么来的？是他家猪崽咬的。他家猪崽怎么会咬人？是野猪来他家无聊，强奸了他家的母猪，搞得一窝猪崽变了种，长得一个比一个恶。那么野猪为什么能来他家无聊？是因为公安局去年收走了猎枪，说是“保一方平安”，野猪就多起来了。你看看，到底是保谁的平安？公安局不就是保了一方野猪的平安么？不就是保了一小撮强奸犯的平安么？……道理说到这里，结论水落石出：政府做这种没屁眼的事，还好意思收税。他没有找公安局要医药费，就已经是客气啦！

接下来，他细说一窝小杂种的种种罪恶：一个个长得奇形怪状，斜眉吊眼，面容狰狞，表情丑陋，好几次啃裂了槽盆，啃断了栏杆，土匪一样地暴动，把主人一头就顶翻在地上，冲出猪圈时比狗还跑得快。但要说它们是野猪吧，它们又同家猪一样懒，并不上山去刨红薯和翻笋子，到外面只是疯玩一阵。玩饿了，就成家猪了，就成少爷了，照样赖回家来吵吃吵喝，否则就要大闹天宫，把帐子、被子、衣服等等全都撕咬成碎片。它们的贼眼珠滴溜溜地转，很有信心地盯着你，看你到底怕不怕。

这一说，没个完，说得干部们只好悻悻而返。

…………

综上所述，前些年刺头们抗税的手法层出不穷，常常让干部们狼狈，就算他们读了硕士博士也难以应付。这些乡干部虽然也大多来自农村，对任职八溪峒还是不能不怯。他们说，在这里当差，算是倒了八辈子血霉。八溪峒是出“粮子”（士兵）的地方，不但出过红军的粮子，也出过白军和土匪的粮子。民性刁滑而且蛮横，不是吃铳药长大的，就是肚子里长三个窬心，做事总是“不服周”。

“不服周”需要解释一下：这是流行于湖南、湖北一带的俗语，意思是不服强，不服官，不服权威。“周”指周天子。当年战国列强当中，唯有楚国未得周天子赐封，也不要周天子赐封，属于自立旗号闹革命的那种，是之谓“不服周”。

同这样的
农民斗嘴抬杠，
不是一件容易的事。

89 另有一说

据说最早来八溪峒的外国人是日本人。当时日军大部队顺着长岳公路南下攻打长沙，有一队粮子进了峒，见鸡抓鸡，见羊牵羊，还强奸妇女，吓得老百姓都跑到山上去了，躲了两个月才下来。

不过有人不同意这种说法。此人说，日本粮子确实坏，但进峒的哪是什么日本人呢？不过是“巴陵军”罢了。所谓巴陵军，就是岳阳街上几个街痞子，也有几条枪。他们发现中国人不怕中国人，只怕日本人，就不知从哪里找来几块黄布做成衣，扯来一块白布做成膏药旗，故意哇啦哇啦乱叫，反正只要别人听不懂就行。

说这话的是一位孤老，多年来是高泉岭五神庙的守庙人，一直守着那几间破砖房。他记得当年老爹一时半瘫，上不得山，就留在家里，有一天晚上摸到茅厕里去，听到几个皇军在邻家吵起来了，大概是一急，居然个个都讲起了巴陵话。他老爹当时还奇怪：日本粮子如何晓得讲巴陵话？后来才恍然大悟：嗐，上当啦！

他老爹要不是怕对方手里的枪，当时差一点就扑过去，给他们一人一大耳光。

老爹后来把这事说给乡亲们听，乡亲们不大相信。他后来见到真的日本兵，忍不住大骂“巴陵军”，捡起狗粪就射，结果被一刀捅死在讨饭的路上。

我忘了守庙人的姓名，只记得他原来是水库建设移民，多年前不合法地回迁老家，没有分到田，就以守庙为生。他写得一手绝佳的小楷，黄豆大的小字，写得笔笔如丝，清晰而工整，让我印象深刻。

我再来庙里的时候，得知他已经死了——是大雪天走在坡上，摔了一跤，再也没起来，直到两天后才被村里人发现。我记得他自己说过：他已经活够了，不知道哪一天就会倒在哪条路上的——事情竟被他一语言中。

关于“巴陵军”的奇特说法，从此再无人提起。

90　李家兄弟

李普曼先生是个诗人，十多年前与我在巴黎蓬皮杜文化中心相识。他离婚后心情不大好，想来我这里走走。我当然欢迎。这样，他在北京办完公事，一飞机到了省城机场，由我开车直接拉进了山峒。

他对看看中国南方农村很感兴趣，说他父亲以前也是农民，住在法国南方的阿尔卑斯山地。这样就同我越说越近了。他说他当年参加巴黎“红五月”运动，游行示威，造政府的反，还到造船厂与劳动人民相结合。这就说得更近了。他下一步是不是准备说知青点里排演革命样板戏？

我等着。但他没有说，倒说起了足球和葡萄酒。

我算不上真正的农民，只好请李有根开船过来，载着李普曼到附近的村子实地看看，让一个法国人知道真正的中国农家是何模样。有根第一次承接涉外业务，当然很高兴，一见到我就换上京腔，舌头有点转不过来，有一点过于隆重。

他引我们在库湖里转了一大圈，最后进入一条水峡，在一片竹林前弃船登岸，进了他家的院门。我刚去厕所里一趟，回头就见他已经滔滔不绝说开了，刚介绍完他家菜园，又“老李”“老李”地大叫，招呼对方去看猪和猪圈。我快步上前去替他翻译，使他觉得很多余。

“我说的都是普通话，未必他也不懂?”

我只得实话相告：普通话还是中国话，法国人并不懂。

“他不是姓李吗?”

“与你这个李不是一回事。”

对方有些迷惑与失望了:“他那个法国有好远? 比外国还要远?”

“外国并不是一个国家。法国是很多外国中的一个。这样说吧，如果你从家里到了梅峒，是到了北京。你从家里到了汉口，就是到了法国。所以你这个李家祠堂，同他那个李家祠堂，八竿子打不着。”

“难怪，你看他那怪样范，老不老少不少的，一只金丝猴。”

他的意思是，李普曼的黄头发别出一格，实在有失人形。

他大体明白了法国是怎么回事，还是克制不住强烈的李家意识，说着说着就说起了李氏家谱，一心想知道李普曼是出于哪一脉。听说对方与哪一脉都没关系，便连连皱眉，显得很不满意。他还捧出一个罗盘，摆在门槛上说风水，说到左青龙和右白虎的含义，还有朱元璋和赵匡胤的祖坟——好像老外对这些皇帝也应该耳熟能详。这当然害苦了我。风水之事我用中国话都说不好，如何能将其准确外译？好在李普曼善解人意，听我左一个luck direction（吉利方向），右一个luck direction（吉利方向），虽知是偷工减料，但并不挑剔，聚精会神半猜半听，最后眨一眨眼，说法国人也玩这一套，不过不用罗盘，而是用水晶球或者咖啡渣。

这证明他大体明白了青龙和白虎是什么东西。

中午时分，有根家的邻居招待篾匠，办了一桌好菜，顺手加了三双筷子，热情邀我们入席。席间还有乡干部一人，主家父子两人。一杯谷酒入口，乡干部就与篾匠师傅发生了政治争论，好比民间论坛开幕，立刻引起李普曼的兴趣。乡干部说邓小平比毛泽东鹜。老篾匠说毛泽东比邓小平鹜。乡干部又说周恩来也鹜也不鹜。这些都还算好译。“鹜”就是好，就是能干，就是本事大么。接下来，老篾匠说：毛主席是个鲤鱼精，最会刨塘；邓主席是个蜈蚣精，最会开路；胡主席是个老虎精，最会蓄林子……让我一听就头大。要说清楚鲤鱼精代表水利建设，蜈蚣精代表路桥建设，老虎精代表生态保护，得有点耐心。

李先生这一次没怎么笑，肯定有点晕头转向，或是深思多神论（鲤鱼神、蜈蚣神、老虎神等等）去了。这也难怪。别说是老外，就是一个同胞，如果不熟悉乡村这些年的变迁，要会心于老篾匠的比喻和概括也决非易事。正像我们不曾亲历西方历史过程，要读懂他们的各种理论，大多只能一知半解。

我尽力而为，有时候译三分，说七分，对翻译规矩不能过于泥守。我译到女人吃饭不上桌，立即注解这个女人生气时也可能打老公；译到有些农民信上了耶稣，立即注解他们有时候也会求助道师与和尚。关于乡上侯主任的故事当然最难译。事情是这样：农民很讨厌这个家伙，但见上面派人来考察干部，反而大说侯主任的好话，岂不是很荒唐？岂不是很费解？其实，群众最怕侯主任留下来害人，一心想让他赶快调走——提拔就不失为调走他的一种变通。

这叫不管白猫黑猫，赶走了瘟神就是好猫。

我对说清楚这种乡村诡计几乎没有信心。

好在肢体语言不用翻译。李普曼先生吃得眉飞色舞，把碗中几块腌笋拿来抄底，已显示出他对午餐的评价。他从背包里掏出一张巴黎地图和一盒巧克力，分别送给主人和船老板，这些意思大家也都懂。

临走时，有根偷偷拉我的衣袖："他送我一盒药丸子做什么？"

"那是巧克力，他们的好东西。"

"不是药么？一股煳锅巴味？"

"他们就喜欢这一口。"

有根半信半疑，吃了药丸还是很高兴，开船把我们送到家时，不光与老李握手，也同我握手；不光向老李摆手，也朝我史无前例地摆手——让我稍嫌别扭。李普曼曾笑着用中文叫他“大哥”。他以后每次见到我，就多了几分法国味，以法国人的宗亲自居，远远地伸手来握，只差没给我来一把拥抱和贴脸。

第二天，我送李普曼去省城，路过小镇时，应他的要求下车，领他买了两个瓦坛，以便做腌笋和酢鱼——他对昨天的农家美味一直念念不忘。

看着他把两个新式装备兴冲冲背走，我不大相信他能够成功。我不会法文，而英文么，太缺乏味觉，连“烩”“炒”“焖”“熘”都从不区分。我就是翻遍字典，也不可能把“酶”和“酢”分说清楚。还有一种“ji豆角”，是烫后再晾的豆角，味微酸，在中文里也有音无字，更不可能有对应的洋文。我能怎么办？以其昏昏使人昭昭，我如何能这个那个如此这般说个明白？

荷兰汉学家
雷马克先生
曾来八溪峒小住。

在乡下接待几个日本青年朋友。

91　十八扯

没听说过吗？乾川那边有一个婆娘，生出一个娃崽像老头，浑身都是皱纹。但每条皱纹里都夹了一只眼睛，眨巴眨巴地闪，吓死人了。

——录自庆爹家火塘边的闲聊

雁泊湾有条牛，生下来就有耳环眼。那条牛一见到舜爹就吓得下跪，不晓得是为什么。后来大家想起来了，以前村里不是有个三姑娘么？因为偷队上的苞谷，被舜爹带着大家批斗过。她一时想不开，吃黄藤死了。这条牛肯定就是她转世。大家去问舜爹，舜爹说他当队长那年是有过这么回事。

你去问雁泊湾的人，大家都晓得这件事。分田分牛的那一阵，那条牛一直没有分，还是由村里包养。它后来摔下山，摔死了，村里也没分肉。舜爹出钱把它葬了。

——录自莫求家火塘边的闲聊

杜万发那年当营长，带了一营鸦片兵，抽足了鸦片烟就劲头十足，打仗最勇猛。有一次遇到红军，钉子碰了铁。对方全是神兵，喝了朱砂水的，一上阵就疯了一样，跳得三尺高，跳得丈多远，子弹根本不能近身，还没碰到皮肉就转了弯，软绵绵地往地下栽。

红军的神兵可以互相砍，根本砍不出血。杜营长后来请来师爷摆计。师爷说，神兵怕狗血。所以打仗前先在士兵的额头上和枪头上抹狗血，这样才能镇住妖邪。一试，果然灵。鸦片兵还一齐学狗叫，叫得神兵的两条腿都软了。

——录自荷香家火塘边的闲聊

三茅峒有个人生下来就没有自己的影子，只有红毛狗的影子。你怎么看，他的影子也有四条腿，一条尾巴，还有尖尖的耳朵。

——录自有福家火塘边的闲聊

以上是农民围火闲聊时的题材。在这时候说事，没什么正经，多是说得大家心惊肉跳的十八扯。

乡村里读书人不多，笔墨也少见，各种信息鲜有笔载，多由口传。口传者一坐到火塘边，面对着漫长的闲冬，喝上一口谷酒，大概不能不强化一点刺激。对于取乐者来说，说得是否有据不那么重要，说得是否有趣倒很重要，否则大家就可能笼着袖子在火塘边睡过去，连谷酒也喝不出什么兴头。这样，他们说近事大体上求真务实，不至于太信口开河，但一说到十年以外或百里以外的事，大概就难免东扯西拉和添油加醋，不嚼出点神呀鬼的，口舌就没有滋味。

残火闪烁，烟雾缭绕，火屑星子飞舞着向上蹿。火塘是熬冬的场所，自然成了闲人们的聚集之地，成了神话的生产之地。对于很多农民（特别是中老年）来说，山村是他们的过去，也是他们的未来。这一点已经足够。他们满足于天地间一隅的温饱，并无征服山外世界的野心，那么是不是一定要了解所谓世界的真实？正如一个无须考博士和娶太太的孩子，一定更喜欢看神话剧，更愿意照哈哈镜——神话就是山民们的一面心理哈哈镜吧？

> 不得了，城里人现在有一种迷魂术，朝你肩上一拍，对你笑一笑，就把你的魂勾跑了。你就会把钱交给他，事后还根本不知道是怎么回事。这事千真万确！不信你就去问山阳峒的奉矮子。他上个月不是把自己的手机和存折交给了两个湖北人？他骑了湖北人的摩托车，才骑了一两里，就发现摩托车变成了一条板凳……
>
> ——录自建伢子家火塘边的闲聊

这一条奇闻也可疑。倘若世上真有这种迷魂术，比蒙汗药和麻醉法还厉害，世界上的事倒也简单了。美国的科技最发达，派人把这个国家总统的肩头拍一下，朝那个国家总统笑一笑，世界岂不统统成了他们的手中玩物？

我的猜测是：山阳峒的奉矮子坚持这么说，很可能是他在城里误入赌局，或者误入黑店，或者误中传销圈套，等等，在骗子面前昏了头，闹得自己鸡飞蛋打。但承认这一点有失脸面，没法交代。他必须编造（至少得传播）一个迷魂术的说法，在他人面前开脱自己。

是不是这样？我不知道。

当一碗谷酒灌得我飘飘然的时候，当嘴里时不时溜出傻笑的时候，我其实并不愿意事情就这样乏味。

92 相遇

要买液化气，要添置农具或者购买种苗，我们就得到镇上去。长乐镇有两千多年历史，是眼下离我家最近的集镇。屈原沿着汨罗江来过这里，杜甫也沿着汨罗江来过这里，而且两位诗人都最终死在江边，只是一个在下游，一个在上游——楚辞与唐诗两相遥望。

说实话，这个古镇眼下已古意渐失。麻石老街冷落，龙王庙残破，码头边几乎垃圾遍地，一刮风就有塑料纸片飞上天。在另一端，新街虽然火旺，但仍不像城市，给人的感觉是删去了田野的乡村，再胡乱凑合在一起。五光十色的店铺里同时出售着香烛和摇滚，出售着黑市假药和元帅们的盛装画像。三五成群的闲人聚集街口，无所事事，成了一些大蚊子，哪里有好事（烟、酒、小老板等等），就往哪里叮。

瓷砖、钢材、五金工具、家用电器、塑料用品、流行影碟等等，凡烂了价的就往这里搬，荒货不像荒货，新品不像新品。一个卖老鼠药的女子，穿上了吊带衫和露背装。一盆传统的甜酒，配上了“美容补肾壮阳”的夸张广告。四个男女挤乘一辆摩托车，差点撞翻了一个肉案。“对结伙抢劫、持械抢劫者依法开枪击毙”的警示横幅凌空而过，杀机毕露，凶威凛凛，不知是否吓住了罪犯，但肯定先一步吓慌了良民。

我几次停车找不到地方，因为每个店主都不容门前停车，怕影响生意，气冲冲地轰我走。其实那一刻什么顾客也没有。但要说这里民风刻薄也不合适。有一次，我在一家小店里复印文件，左等右等不见人，只好自己动手。接下来找人交费，还是左等右等不见人，只好权当享受免费优待。当时我要是一生气，大大方方把复印机打好包，装进箱，搬上车，扬长而去，大概也不会有半点麻烦——店主很可能去哪里打牌了，或者是帮街坊捉鸡捉猪去了，根本不记得还有个店铺需要把守。

看到新楼房还在到处动工，我对镇长说过，盖房子应注意合理规划，包括留下必要的公共空间。肃穆之地（如寺庙）、幽静之地（如学校）、悠闲之地（如园林）、欢乐之地（如戏台和广场）等均不可少。这与人要有四肢五官，是一个道理。

镇长连连点头，但目无定珠、心不在焉的样子。我后来才知道，这个小镇的政府欠下一千多万债务，干部工资都发不出来。镇长还哪有什么心思抓规划？还哪有心思去栽树和保护公共用地？

山峒里的几个青年曾找到我，希望我找点关系，把他们调来长乐，当老师或当干部都行，哪怕收入少点也行。他们显然把这个小镇看作梦寐以求的人生最高目标。其实，几十年前的我对这里也一度心向往之。当时我们徒步远行，一次次奔赴这里的天堂胜境，喝一碗甜酒，吃两个包子，逛一逛店铺，看一看电影海报上的女演员，美美地现代一把。如果那时我们还能看到电视机和摩托车，一定会情不自禁地高喊万岁。

有一个同伴调来这里守粮库，立刻被大家争相羡慕。那家伙随即人模狗样，叼着一支烟，看人总是斜着眼，常常虚踮着一条腿悠悠荡荡。

他哼了一声，说街上天天像过节。

我们都相信这一点。

他夸耀：他每天看见好多汽车！还看见过救护车，白颜色的那一种！

这也足以把我们馋死。我们纷纷央求他给我们说汽车，说说久违了的救护车，说说油罐车、翻斗车、军用发电车。我们那时把汽车的废气味当作天国芳香。

我现在是来看看龙舟赛的。河里滚动着阵阵鼓声。有一个村的水手们已经胜出，划着船绕对手一圈又一圈，举起船桨大喊大叫，其中有些人还做出猥亵动作，比如撅屁股一类。这种侮辱引起了对手大骂，但双方还没有打起来。“打起来没有？”“打起来没有？”“怎么还没有……”看客们显得有些着急，似乎赛龙舟就得打架，不打架就没意思了。姑娘和媳妇们照例在岸边准备了包子粽子，组成了后援团。自己村里的人赢了，她们就会放一挂鞭炮，把包子粽子丢上船，对英雄们及时慰劳。要是自己村里的人输了，她们也会放一挂鞭炮，但把包子粽子丢进水里喂鱼，让丢人现眼的饭桶们饥饿不已和羞惭不已。今年的赛事还有新内容。大概是有什么商人赞助，几个身着旗袍的礼仪小姐手举托盘，托着厚厚的红包，正等待胜者领赏。红包之大，守护红包的警察之多，成了人们围观的新看点。

又有一伙人抬着龙舟下河去了。陪我前来的老刘告诉我，打造这些龙舟的木材都是偷来的。水手们都相信，只有偷来的木材才有贼性，能使龙舟溜得快。

我还看见人群中一个少年差点被挤倒。他背着两串蒲帽，满头大汗，眼里闪烁着兴奋的光芒。

我突然觉得那位少年很眼熟。看了几眼，终于明白他既不是哪个熟人的侄子，也不是哪个熟人的外孙。那暴出的后脑勺，浅浅的平头，嘴唇周围深深的茸毛，其实是我自己当年的模样。

如果时间向后倒退三十年，我为什么不可能是他呢？如果时间向前跨越三十年，他为什么不可能是我？

我朝着他招招手："喂——"

"要蒲帽吗？"

"你是不是天井乡的？"

"不。古仑的。"

"你不是来挑木炭的?"

他眨眨眼，不明白我的意思。

我不想说破，不想让他认出自己的将来。

长乐镇麻石老街，直通汨罗江边的码头和龙王庙。

长乐镇新街上的警示横幅有点吓人。

93 老公路

开车去省城，得先走一段盘山路，到了龚家坪，避鸡让狗地再过一些村庄，然后才接上大公路。前面有两条大公路可供选择，一条是始于民国时期的长（沙）岳（阳）路，二是近来才开通的（北）京珠（海）高速。

高速路全封闭，直平如泻，标识鲜明而周到。车一上路就有轻捷欲飞之感，两旁的风景模糊成片，唰唰唰拉成杂色的光束。蚊子在前窗撞成碎尸朵朵，给玻璃贴上一些乳色小花点，警示出眼下危险的速度，还有一旦撞车的可怕后果。

对比以前的公路，这种路简直是起飞线，是准航空线，把世界差不多压缩成城镇与城镇的连接，相互之间几近为邻：你刚走出一个城镇，还没吐匀一口气，就闯进了另一座城镇。一条城际专用道几乎构成了对乡村的越顶交际，把城镇之间大面积乡村哗哗地予以微缩和忽略。

没有什么急事的时候，我倒愿意走老公路。这不但可以省钱，还可以享受到散淡。毫无疑问，速度带来了效率，有时可以让我们分身无数，一天之内可以现身各地，搞定好几项谈判或游览。但生活在目眩的车窗里并不总是很美妙。在老公路上，行车虽说要多一些弯曲和颠簸，虽说可能遇到失修的土坑，但没有钢铁护栏的管束和押送，没有各种交通标志的频繁警告，开车人想慢就慢，想停就停，想逛店就逛店，想撒尿就撒尿，看见一片好林子，还可倒在树荫里睡上片刻——高速路所抹去的另一个世界在这里重新展开，一种进入假日的感觉油然而生。

两相比较，高速路是简洁明快的公告，老公路是婉转唠叨的叙事。更进一步说，老公路只是进入了叙事的轮廓，更慢的步行才是对细节的咀嚼。我在海口开车多年，有一次偶然步行有名的海府路，突然有误入陌生地的迷失之感，因为自己经常开车走过的那条路，我已完全不了解。各种有趣的口音，各种奇异的树木，各种热闹的小店和小摊，各种新近冒出来的街角花园和巷口门楼，还有卖椰女人的熟练刀法和喝茶老汉的安详面容……都透着淡淡的紫荆花香扑面而来，令我深深吃惊。如果不是走那一趟，它们在我的车窗外隐匿莫见，与我日日相逢却永远相违。

汽车使我成了盲人，除了办公室和居室，我几乎什么也没看见；除了交通标志，我什么也顾不上看。

可以肯定，如果过于依赖汽车，我们的盲区就会逐渐扩大和蔓延，最后把视野挤成一条缝，只能看到下一个慌乱的路标，看到下一项匆忙的差事。我们看不清自己身边的街道和田野，看不清自己身边的世界。或者说，世界上只会剩下最后一个汽车国，其公民以驾照为护照，囚禁在车速的牢笼里。

眼下，我从牢笼里假释回家了。路旁的水田和水渠，还有挑担者、耕田者、放牛者、打打闹闹的孩子，终于在我的视野里不再奔流和飞掠，逐渐聚焦成形，与我的目光从容相接。我走进一家小店，听店主说说这里的事。这里以前多如牛毛的路边店，现在基本上都烟消云散。这都是高速路开通的结果。至于高速公路服务区的生意，被大公司统一垄断，本地农民根本插不上手——我听得出来，他们对眼前的庞然大物有点无可奈何。

小店没什么可卖，大多货柜都空空荡荡。我只是意外发现了一种名叫“发饼”的面点，不过是粗面加糖，既无饼馅也无包装，一叠叠裸放在玻璃瓶里出售。我在十岁以前吃过这种廉价的美食，一直以为它早已绝迹。

吃完发饼，我看见前面有×××号公路牌，想起那里曾有一段急弯坡道，有几棵老槐树。当年的知青们缺钱，出外舍不得坐客车，常在那里爬货车，差不多成了“公路游击队”。有一次，我盯上了一辆粮车，在它驶过我身边的那一刻突然起跑，先把行李包甩上车，再攀着车屁股攀爬。那次下了大赌注，不成功便成仁：如果没爬上车，行李就白送给司机。

再走过去一点，就是×××号公路牌。深秋的一个夜里，我们拉竹子的拖拉机曾经经过那里。因为太困，因为竹竿碰撞的声音太嘈杂，我一直迷迷糊糊地昏睡，以至不知道车厢的侧板何时垮塌。我伸手一摸，发现身旁的竹子浅了一大截，睡在身旁的一个同伴也不知去向，这才大吃一惊，回头去拍打驾驶室，叫司机赶快停车。我们下车检查，发现半车竹子没有了，两个人也没有了，摸黑找了好几里，才看到路边的零散竹竿，听到前面一片黑暗里哎哟哎哟的叫声。

前面还有 ××× 号公路牌，当然更让我觉得熟悉。我们曾来到这里开挖渠道，休息时坐在树荫下，看着来往的汽车解闷。事情就在这时候发生了。一辆大客车飞驰而来，一声“亮亮”的呼叫从车窗里抛出，还有一只手在窗口摇动。亮亮是个小毛孩，我们队里年龄最小的知青。他一听到叫声就跳起来，全身激灵了一下，朝汽车瞪大双眼，想必全身的血流都涌到脑门顶。他朝汽车追去，追赶耳熟的呼唤和详情不明的挥手——我们后来才知道，车上确实坐着他的俩哥们，与他从小一块长大的高年级同学——但他们有红色家庭背景，又有体育一技之长，不久前幸运地招工进城，进入了地区篮球队。

亮亮消失在车尾的尘浪里，消失在坡路最高端的一块天空里。

我们等待他回来，等待一次巧遇带来的趣闻，或者其他斩获：猪头肉？饼干？粮票？一顶旧军帽？都是有可能的。

他的朋友或亲人同他一起回来，也是有可能的。

好一阵过去了，好一阵再加上好一阵也过去了，尘浪完全消散，坡路最高端处还是一片空空。最后，一个小黑点终于在那里冒出地表，逐渐在我们的视野里变大，最后变成亮亮脸上一丝苦笑：

“妈妈的，他们……没停……”

没停？其他人愣了一下，转而哄堂大笑，笑亮亮太一厢情愿和自作多情，追过了一座山，追了这么久，一双赤脚在沙石路面上碰出了血口子。

但大家又很快沉默，奇怪的是，谁也说不出沉默的理由。

多少年后，一次老知青聚会时，有人说到当年的车上人之一把这件事写成短文，贴在一个知青网站上——大概是遗憾当年不知为何忘了停车。在座的几个当事人一听，不知勾起了什么心事，不觉都红了眼圈。其中两个女人还突然哽咽，捂着嘴急急地去了别的房间。

亮亮（他的全名为赵学亮）现在也该生出皱纹和白发来了。我眼下就走在他追过汽车但最终没有追上的路面上，一步步丈量着他当时的一路忠诚和一路狂喜，还有最后凝固在尘浪中的绝望。我还悄悄丈量着我们当年在路上共同有过的烈日，共同有过的星光，共同有过的漫天大雪，以及共同有过的朝霞泼洒和放声高唱。

横断山，路难行。天如火，水似银。亲人送水来解渴，军民鱼水一家人……老公路上眼下没有这样的歌声。

我把市文化局的车支回去。司机小吴当时惊讶地说，前面还有六十多公里，还是我送送你吧。

我没有多做解释，只是说我就是想走一走。

这样，我独占了整条公路，嚓嚓嚓地一直走到天擦黑，才敲开一张门，找当年的一个农友借宿。这位当年的队长名叫哈佬，在昏黄的灯光下已经是个老头，黑洞洞的大嘴里，几颗残牙齿像几根锈钉。他放下碗筷，把不速之客上下打量，眨了眨眼睛，终于喊出了一个绰号：

“瓜皮呵?”

他喊错了。

“和尚呵?”

还是喊错了。

我自报了绰号。

他哆哆嗦嗦地捉住我的手：“你怎么不早点来呵？你早来半年也好呵。我的眼睛已经瞎了，如今看不见你啦，看不见啦……”

94　老地方

多少年来，我除了经常梦见在火车站误车，还经常梦到一个场景：阳光明媚的春天里，在临近湖水和山崖的一个什么地方，有一列整洁的小土房。从空空的窗口和门口来看，这里是一个小团队的居地。

五月阳春，山岫生烟，和风吹拂，草木味潮润而清鲜，但四处没有人影。只有一条光滑发亮的木门槛上，好像留下了什么人的体温。

我得检查一下，得仔细检查一下。这里的太阳不是贴上去的反光荧纸，这里的草木不是染成绿色的塑料制品，这里的山水也不是投影在天幕上的照片，不会随着电闸的关闭而突然消失。还好，我也没有在这里发现后台、乐池以及幕布。但我不知道，我在这里喊着一个个姓名，为什么你们都听不到？为什么从来没有回应过我？

我到过塞纳河左岸的咖啡馆，到过京都寺庙里的小庭院，当然也到过群楼唰唰唰疯长的北京和上海。我惊喜那些人间奇境，但从不会梦到它们。这有点奇怪，甚至有点让人沮丧。我哪怕走遍全世界所有的天涯海角，也只会一次次在梦中回到一个老地方，一排没有人影的小土房，一片如真似幻的静谧和清洁，而且莫名其妙地为之感动——一颗眼泪不知不觉滚落枕边。

我猜想，那就是你们给我指定的天堂。

95　待宰的马冲着我流泪

96 另一片太空

好，我接着说，说说蚁窝。

一个蚁窝是一座奇异的宫殿，有门楼，有宫墙，有大殿和花园，还有暗道和密室。

一片落叶是千里山脉，或者万里沙原。如果手中镜片有足够的放大功能，我们还可以看到奇妙的细胞结构，雪花状的或蜂窝状的，水晶状的或胞胎状的。我们还可能看到分子以及原子结构，看到行星（电子）绕着恒星（原子核）飞旋的太阳系，看到一颗微尘里缓缓推移和熠熠闪光的星云。

但人们不习惯凝视，总是长于奔走和张望。我曾从乡村进入城市，从湖南迁至海南，还眼睁睁看着不少朋友去了北京或上海、德国或南非。我的机会也来了。上个世纪的90年代中期，有人找我谈话，动员我去中国作协工作。两位已入仕途的文学界朋友，也在宾馆里私下劝我直至深夜，说你留在海南有多大意思？不就是待在中国一个角落吗？如果你不到北京，不到某个位置，很多东西没法看到，岂不有点可惜？

我相信朋友的好意，相信自己一旦错过了北京，会确实错过很多见识。但那又怎么样？我还没有到过南极洲，没有到过月亮，没有到过火星，没有到过银河系以外的空间。我也不可能看到22世纪以及往后更远的年代，看到儿童们在幼儿园里耍弄基因玩具，看到妇人们在杂货店购买核子炊具，看到太空旅游的星际列车和激光天梯，看到人类用药片或芯片改变人性——那样的世界会不会像茹毛饮血的原始社会，同样把我吓晕？

从这一点看，即使进入京城，我仍然是一井底之蛙。反过来说，即便我能够风光活上三辈子乃至三十辈子，同样难以做到无所不至和无所不知。我仍然不可能走出自己近乎窄逼和速朽的身体，不管到了什么地方，前面仍有地平线和太平间的冷冷拦截。

旅游是对履历的一种弥补。坐入帝王坐过的椅子，翻上牛仔骑过的骏马，走上大师走过的小桥，戴一戴异族新娘戴过的花冠，大概能给人们各种想象。旅游业鼓励人们对世界展开足迹扩张和镜头攻掠，引导人们朝远看和朝外看。铁路、航空、宾馆、餐饮、通讯、感光器材等行业因此日进斗金。但旅游者的看大多重复，不过是把大多数已经出现在媒体的场景，来一次现场的核对和印证；不过是把已被他人用眼光品尝过的场景，再来一次残渣咀嚼和旧货收买。其一般过程，是交出一笔钱以后，被交通工具规定了观察线路，被旅游设施规定了观察方位，被讲解员规定了观察时的联想，还有“到此一游”的摆拍地点以及固定的笑容。旅游者于是心满意足：天下第一峰呵，举世无双呵，不虚此行呵，诸如此类。

这几乎是一套法定的公共成套动作。如果人们不愿意这样，一心要把世界化为独享和私藏，那他们就只是不断地为难自己。别说做一富豪，做一高官，就算做了帝王，他们的权势也只会日益剥夺他们的自由。他们在宫墙外随意散步都几无可能，更没法经常照看自己的辽阔疆域，没法像一个乞丐、水手、骑手以及工匠那样随意漂泊。

他们离世界越来越远。

我是个不可救药的旅者，连黄山、庐山等等都没有去过，一听哪里火就对哪里怕，尤其不耐那些假帝王、假牛仔、假大师、假新娘的身份客串。在我看来，事情是被人们的野心弄坏的，更是被传统的空间意识弄坏的。F.佩索阿说，他更愿意“游历第八大洲”，即蜗居斗室里的个人想象。我没有他那样自闭，只是相信空间还有另一种展开方式，相信人们完全可以投入另一种远行，比方以前面的荒坡一角为目的地，订一张免费船票或免费机票，于是在手中的石片上俯瞰黄山，在杂草里发现大兴安岭，在身旁的石涧清潭中触摸太平洋。

只要人们愿意，他们还可以自立宪法，发动革命，在细胞、分子、原子的世界里任意创建共和国。只要人们愿意，他们还可以捏一捏火星，搓一搓金星，摘一颗冥王星放入口袋，在细胞、分子、原子的世界里举步跨进另一条银河——这一切只需要我随便找个什么地方蹲下来，坐下来，趴下来，保持足够的时间，借助凝视再加一点想象，就可以投入另一片灿烂太空。

我终于在一片落叶前流连忘返。

97　秋夜梦醒

请当地木匠打了些原木桌椅，又粗又笨，带皮带疤的那种，有点土匪气。城里来客都说这种家具有意思，甚至打听如何订购。但乡下邻居大多惊异地瞪眼：这是什么？丑绝了，只能当柴烧，送给我也不要！

还有些旧家具属于废物利用，是我从城里亲友那里搜刮来的——他们反正也不需要了。其中一个三门衣柜，是我当年结婚的家当，借给邻居多年后，现在物归原主。一张小木椅，椅板上有桃形臀部的凹面，还是父母留下来的遗物。

凳子在咳嗽。躺椅在呻吟。衣柜门已经筋骨劳损，开关的动作艰难而不易到位。电扇患上了痴呆症，一会儿转，一会儿不转，需要别人不时把它从沉睡中推醒。但这些旧家具都还能用，何况它们像一些时光冲刷下的卵石，在记忆之河里黯淡而沉寂，但偶尔闪烁微光，会咯噔一声跳在你的心头。

我的童年是母亲身体的气息，是后院里亲密的蝌蚪和蚂蚁，是一个孩子把几颗豆芽想象成树林，把檐沟里荡着小纸船的一窝浑水想象成汪洋大海。

“四毛洗手，吃豆花来!”

我回过头，发现身后没有母亲叫我，只有一缕蓝幽幽的清冷月光，落在母亲坐过的小木椅上。

不是因为这张椅子，我一定不会在半夜惊醒，想起自己几十年前的往事。一切就好像发生在昨天。当时父亲死于迫害，全家一夜之间沦为政治贱民。母亲要我在初中办理退学，带上我去投奔乡下亲戚。一辆破破烂烂的长途汽车上，母亲病了，大呕大吐，面色苍白，还抽搐和昏迷。一个才十三岁的少年，面对这样的病人完全手足无措。幸好有一位同车的军人从人群里挤过来，给母亲灌水和喂药，到了汽车站，还一肩挑起我们乱七八糟的行李，把我们送到小旅店。他请来医生给母亲打针，一直等到母亲清醒和病情缓解，一直等到我们与亲戚通上长途电话，才在深夜离去。

我母亲后来经常念叨这位军人。我知道，母亲当时已落入绝望的旋涡几近灭顶，如果没有这一束微光的投照，她很难恢复希望。

我们在乡下没有得到收留，走投无路之际还是只得返城，回到了高音喇叭喧嚣着恐怖和狂热的老地方。我们适应着父亲背影失去后的岁月，守着小屋里宁静、简朴、清洁的每一刻，母子俩相依为命。为了让母亲高兴一点，我每天黄昏拉着她出去散步，走到很远的街道，很远的广场，很远的河岸和码头——我们真希望能在陌生人群里永远走下去，避开机关院子里那些敌视和轻蔑的目光。我就是在那时突然长大，成了一家之长，替父亲担起责任，替离家求学的哥哥姐姐担起责任，日夜守护着多病的母亲。在没有任何亲人知道的情况下，我试图去工厂打工。在没有任何亲人知道的情况下，我准备了铁锤和螺丝刀，在一家电影院门前偷偷踩点——事情只能这样，既然没有人接受我打工，我就必须做点别的什么，比方说撬一辆脚踏车再把它卖掉。

我已经好几次在心里预演撬车的过程，已经预演得自己胸口不再乱跳。我相信自己一定成功。接下来，母亲发愁的米钱和豆腐钱就会有了。

这是那个窗外蝉鸣不断的夏天。

过于漫长的夏天今天重入梦境。我梦见了当年自己内心最为隐秘的一角，醒来后听窗外蛙鸣，看一只闯进了家里的萤虫闪烁飞绕，确认母亲已不在床头。

很多人并不知道你此刻的想念。陆，一位小学时代的女同学，与你并没有太多来往，同学一场也许只交换过十几句话，然后是分别进了各自的中学。仅仅是因为一次偶然的路上相遇，她得知了你家的故事。一个十四岁的小姑娘，竟只身来到机关院子里，提一桶糨糊夹一卷纸，贴了满满一墙的标语，向迫害者们发出抗议和恫吓。对方不明底细，慌了手脚，害怕社会群体的介入，对我家的气焰大为收敛。不仅逼我们搬家的事不再提起，遗属津贴卡也很快办了下来。还有一位朱，隔壁大院里的高中生，那个时代多见的红卫兵理论家，谈起哲学总是口若悬河。大同学们不大崇拜他，小同学们便成为他重点培养的对象。他同情你的遭遇，总是一只手臂挽住你的肩膀，教你刻钢板，教你使用油印机，教你查阅《辞海》和《辞源》，叮嘱你一定要复学上课。他的热情说教使你获得了意外的尊重、鼓励、启发，还有兄长式的关切。你读他的诗集（手抄本），借阅他藏在床垫下的小册子（普希金和杰克·伦敦），在去北京的火车上听他像革命教父一样慷慨陈词（他对中央委员们的情况了如指掌）。老实说，他那些理论现在看来委实可笑，但那正是你启蒙的开始。

阴暗的岁月也是灿烂的岁月。他们并没有做什么大事，但如果没有他们，包括那位不知名的军人，你就不可能走出昨天。你是他们密切合作的一个后果，是他们互相配合、依次接应、协同掩护之下的成功获救者，是一名越狱的逃犯，逃入自由和光明。

三十多年过去，那位不知名的军人眼下不知身在何处。小学女同学倒还能找到——她在工厂下岗，做一点酒生意（很可能贩假酒）。隔壁院里的大同学也能找到——他当过厂长，最终成了贪污犯，刚受到处分（据说正沉溺于赌博）。他们在路上遇到你的时候，已经认不出你是谁；即使认出了，即使聊上几句，也大多吞吞吐吐言不及义。

你很想向他们说说往事，但一遇到他们的目光就只能闭嘴。你的疯人呓语没有听众。你藏在心底的逃犯故事乏味烦人。他们不爱听这个。他们最愿意谈谈麻将和彩票，谈谈三流电视节目。

你从麻将喧哗的房间里退了出来。

上帝已经改头换面，已经失踪。但你知道上帝曾经到场，把你接入这样而不是那样的命运，通过众多不期而遇而又不期而失的面孔，向你投递了一个充满蝉鸣和绿荫的夏天——如同一封难解的密旨。你应该明白，你之所以在三十年后要回到家乡，之所以要在这样一个山村的深夜里失眠，最重要的理由，也许就是要重逢那一个夏天。

将来还会有夏天，还会有蝉鸣和绿荫，还会有阳光下的行人，但我们将在那个世界里缺席，不会留下任何痕迹。将来的欢喜或忧愁、和平或战争、富裕或贫困、正义或不义，似乎也与我们没有关系。对不起，我们即将互相忘记。对不起。我们即将互相丢失。我们免不了也会改头换面，最终松开对方的手。

在此之前，让我还有悄悄感激的机会。

笔者1968年下乡前的留影。

春种秋收的日子。

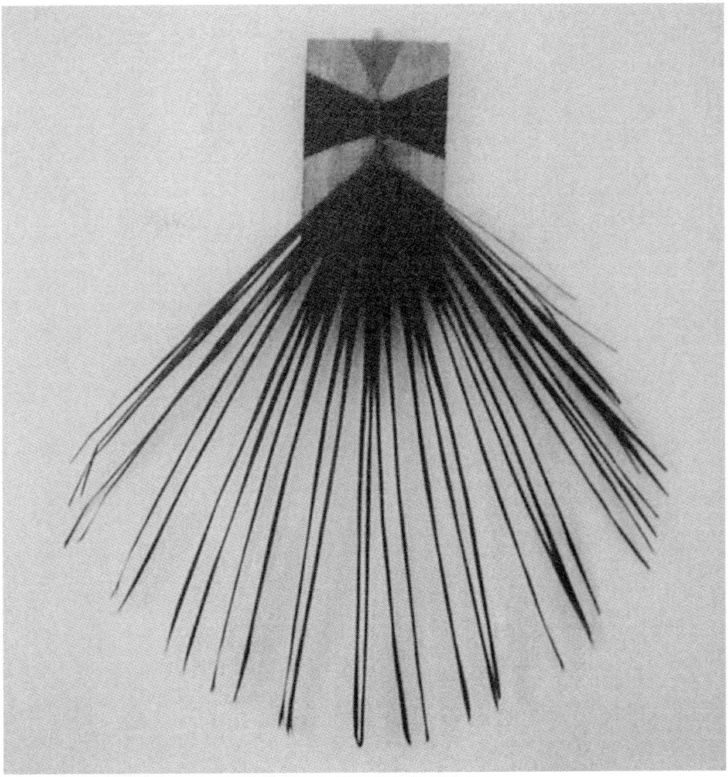

捡一片棕叶，
捡一块木板，
就可做成补壁的
戏剧脸谱。

98　遍地应答

打开院墙的后门，从一棵挂满红叶的老树下穿过，就可以下水游泳了。

风平浪静之时，湖面不再是水波的拼凑，而是一块巨大的整体镜面，让人不知如何是好。你在水这边敲一敲，水那边似乎也会震动。你在水这边挠一挠，水那边似乎也会发痒。若是有一条小船压过来，压得水平线撑不住，镜面就可能倾斜甚至翘起——这种担心一度让我紧张。

在这个时候下水难免有些踌躇，有些心怯。扑通一声，令宝贵的镜面破碎，实为一大暴行。好在碎片经过一阵揉挤，一阵折叠，一阵摇荡，只要泳者停止不动，待倒影从层层褶皱中逐一释放，渐次舒展和平复，湖面又会归于平滑的极目一镜。

通向山外的公路修通之前，这里有很多机船，每天接送出行的农民，还有挑担、脚踏车，以及活猪活牛。眼下客船少了，只剩下几只小渔船偶尔出现。船家们大多是傍晚下网，清晨收网，手摇船桨轻点着水面，静悄悄地来，又静悄悄地去，留下冷清和落寞的湖面，一如思绪突然消失的大脑。

水边常有两样静物，是垂钓的一位老人和一位少年。据说老人身患绝症，活不多久了。但他一心把最后的时光留在水边，留给自己的倒影。少年呢，中学生模样，总是在黄昏中出现。他也许是特别喜欢吃鱼，也许是惦记着母亲特别喜欢吃鱼，也许不过是要用这种方式来积攒自己的学费。谁知道?

阵雨扑来时，雨点敲打着水面，打出满湖的水芽或者水蘑，打出升腾的水雾，模糊了水平线。如果雨点敲醒了水面的花粉，水上就冒出一大片水泡，冷不丁地看去，像是光溜溜的背脊上突然长满疖子。

几只野鸭惶惶地叫，大概被这事吓着了，很快钻入草丛。

不远处，一条横越水峡的电线上，有个黑物突然直端端砸下，激起水花四溅。我以为什么东西坠落，过了片刻，才发现那不是坠物，是一只鸟突然垂直俯冲，攫取了什么以后，带水的翅膀扑拉扑拉，又旋回高高的天空，在阳光中播下闪闪一串水珠。我不知道这种鸟的名字，只记住了它一身蓝绿相杂的迷彩。

还有一只白鹭在水面上低飞，飞累了，先有大翅一扬，再稳稳地落在岸石，让人想起优雅贵妇，先把大白裙子一撩，再得体地款款入座。它一坐就好半天，平视远方，纹丝不动，恍若一尊玉雕。但如果发现什么情况，玉雕眨眼间成了银箭。一声鹭鸣撒出去，树丛里就有数十只白鹭跃出，扑棱棱组成数十朵白光，在青山绿水中绽放和飞掠。

它们有时候绕着我巡飞，肯定把我误会为鱼，一条比较奇怪的大鱼，大得让它们不知如何下口。小鱼们也经常围着我巡游，肯定把我当成一只落水的大鸟，同样大得它们不知如何下口。

不知是什么鱼愣头愣脑，胡乱叮咬，在我的腿上和腰上留下痒点，其中一口咬得太狠，咬在一个脚指头上，痛得我从迷糊中惊醒过来。我这才发现，钓鱼的静物已经走了，天地间全无人迹。

其实，这里还有很多人，只是我看不见罢了。想想看，这里无处不隐含着一代代逝者的残质，也无处不隐含着一代代来者的原质——物物相生的造化循环从不中断，人不过是这个过程中的短暂一环。对于人这一物种来说，大自然是人的来处和去处，是万千隔世者在眼下这一刻的隐形伪装之所。西方有人说：接近自然就是接近上帝。那么上帝是什么？不就是不在场者的在场么？不就是太多空无的实在么？不就是一个独行人无端的惦念、想往以及感动么？

就因为这一点，我在无人之地从不孤单。我大叫一声，分明还听到了回声，听到了来自水波、草木、山林、破船以及石堰的遍地应答。

寂静中有无边喧哗。

一手摇桨一手下网的打鱼人。

此树被农民们叫作“落叶红”，因每片树叶飘落之前都血红灿烂。

99　在天空

天并不是“空”，从来也不“空”。在最近的低空，我看到了密密的蜻蜓飞绕——这是我以前很少留意的。在稍远的高处，我看到了很多燕子在盘旋——这也是我以前很少留意的。在更远的高处，我看到了一只老鹰抹动着傲慢的巨影，只因为离我太远，就成了一个飘忽黑点，在我决眦远望之际稍纵即逝。当然，在更远更远的那里，我还看到云，那种由淡云和浓云、低云和高云、流云和定云、线云和块云组成的无限纵深。一缕金辉，悄悄爬上了连绵雪山的峰顶；一片白絮，正在落入乌黑的深深峡谷。

我得稳住自己，防止自己一不小心掉到那个峡谷里去。

我得屏声敛气，沉着应对，防止自己卷入天空中巨大的合围和厮杀。

医生们近来说，脑死亡是真正的死亡。脑子里能有什么呢？脑子只有一些记忆。那么按医生的定义，记忆就是生命的本质，是每一个人最后的贴身之物了。有的脑存量大一点，有的脑存量小一点。有的脑子里有独创的长篇巨著，有的脑子里只有抄袭的滥调陈词。有的脑子里丰富得像个万国博览，有的脑子里单调得只剩日历与账单。生命如果有区别的话，其区别大概莫过如此。

想一想：如果一个即将关闭和黑屏的大脑里没有一片浩瀚无际变化多端的深远天空，是不是显得过于贫乏和荒芜？

我游到岸边，回到家里，回到来串门的两位邻居面前。我像一个暴发户和守财奴，对自己的突然发迹秘而不宣。

2006年4月 初稿

2012年2月 修订

注：书中照片除已署名的外，均为作者拍摄或提供。

附录　次优主义的生活

——对话韩少功

芳菲

几年前，有一天我在秀丽险峻的小三峡狭窄的河道中漂流（三峡截流前），天不巧下雨，我浑身湿透从橡皮筏逃到护送我们的船工船上，冻得向他们讨烧酒喝下去取暖。见到船上一个八九岁的孩子，本来是步行去上学，现在也因下雨被船工心疼地从岸边招呼上来。他红扑扑的脸蛋，双目漆黑闪亮，我和他交谈，他腼腆含笑地回答。神态美极了。我知道他每周在学校与家中往返一次，每次带上一个星期的粮食，菜钱是交给学校的。每一周他就在这山谷溪流间走三四个小时。和他交换完关于时间金钱的话题之后，我一时就无话可说了，我像一个蹩脚贫乏的城市人一样怀揣一种不真实的同情，傻坐在那里。这一幕给我留下非常深刻的印象。因为，我确实知道，在他的行走、他的生活中，一定从自然中收获了我完全不了解的丰富东西。作为城里人，城市占据了我们的精神生活、充实了我们的精神生活，但又剥夺了一些重要的内容，没收了许多丰富的言语，限制了精神世界的完整，带来一种明显的残缺。

在我和一些朋友的眼里，每年有六个月时间生活在乡下的韩少功，是一个“探子”。他的生活，寄托着我们对乡村生活再发现的期待。城乡的分离与隔膜是近百年中国城市化进程中越来越加剧的一个现象，制度、地域、人事方面的隔膜，带来文化、人心的隔膜，同时也造成两种封闭狭窄的文化格局。一个人，一个作家，他的个人选择有可能为这样的格局带来什么影响吗？

韩少功2002年出版长篇随笔集《暗示》，围绕“言”“象”之辩，对当代文明提出了“知识危机”的批评，他认为“知识正在以脱离具象、脱离实践的方式大规模传播”，构成当代文明危机的根源；而他本人说到做到，回到乡下，在农事中回归了部分体力劳动的生活。2006年出版第二部长篇随笔集《山南水北》，抛开理性思辨，对自己的乡村生活进行了具体直接的描述。

怎么可能把韩少功和写下《永远的普罗旺斯》的彼得·梅尔等同起来？虽然他们都是成功的城里人跑到乡下去的例子。但是，又能把他和谁做比较？在我们悲剧感的、充满危机的乡村现实中，谈论任何一种理想境界似乎都是不可能、不真实的。但是，又难以否认，在他的选择、我们的期待中，确实又存在着理想因素。

以《山南水北》这部新作为由头，我对韩少功做了一次访谈。

芳菲：世事大多在因果之中。你选择这样每年有六个月的时间在乡下生活已经七年了，你觉得让你到乡下定居的因是什么呢？是什么时候播下的种子呢？如果我把你对城市生活的批评看作缘，而不是看作因的话。

韩少功：我喜欢在野地走一走，在地上干点活，同农民说说话。我觉得这样的生活特别惬意和充实。也许这是知青经历留下的心理痕迹在起作用，当然也不一定。说到当年下乡，我并没有太多委屈感，因为几亿人当时就是那样生活的，知青只是过了一小段。有些人一写到下乡经历，就自比落难贵族大号小哭，我不以为然，虽然我也反感那个时代的政治恐怖和荒唐宣传，并不赞成强制的上山下乡。

芳菲：那你现在乡下的日常生活包括些什么内容呢？生活的节奏靠什么形成？

韩少功：劳动，出一身汗，有益身心呵，不是更绿色的健身活动吗？（我看到《山南水北》里你挑粪，嘿，不好意思，被吓了一跳。）化肥只能被作物吸收30%左右，其余的都沉淀下来破坏土质。所以我从来不用化肥，只用农家肥。如果地上没活，我就会读书和写作。同农民聊天也很开心。有些农民比较嘴笨，但有些农民很会说话，一张嘴就是脱口秀，而且有特别的思维方式。我会听得哈哈大笑。

芳菲：呵呵，看你的一些记述我也大笑过。像讲到村里几个党员自发到你家来聚会，为了谢谢你为村里做的好事，商量将来把你埋在哪里的那段，一边笑一边感动。

韩少功：农民读书少，很少用抽象概念，说话大多用形象性细节，可以说有一种形象依赖。他们说一个人好或者不好，不会像人事部门那样写鉴定，不会像有些知识分子那样说一个方面又一个方面，通常只会说两三个细节。这种方式被文学家听了，会觉得它很文学化；被哲学家听了，会觉得它很“后现代”。比方说一个人懒，他们不会说“懒”，可能会说：“他从不知道家里的锄头、粪桶在哪里，成天搬着个屁股到处坐。”坐就坐吧，他们会强调“搬起屁股”。为什么要有这个强调？他们并不知道，但在下意识里，他们觉得这样表达才充分，才够味。农民讲话，很多意思在那个“味”里面。

芳菲：不过，在我们一般人的潜意识中，对乡村的理解大致有几个“局”在妨碍着。首先就是80年代寻根文学造成的“局”。前段时间我看到阿城在《八十年代》访谈录中说，“寻根”这个词当年是韩少功提出来的，但是你寻着寻着又把这个根给否定了。你认为呢？

韩少功：“寻根”当时不是一个声音。因为《爸爸爸》等作品，我被理解成一个批判者，但批判之外的同情或赞赏，可能就无法抵达读者那里。也许任何时代都有读解定式，作者没有太多自我解释的自由。阿城说的根，似乎限指传统文化传承，在这一点上我没有不同意见。但传统中有贵族传统和平民传统的区别，还有种种其他区别，不能一锅煮。比如那种等级制，那种人上人的优越，那种贵族老爷式的旧梦玩赏，就是传统中糟糕的部分，倒是被我很警惕。我看重文化，更看重文化后面的灵魂。

芳菲：所谓文化后的人与灵魂，你是怎样看出来的？

韩少功：比如印度人过很多节日都不吃饭，这种习俗不是没有来由的。你可以想象他们为什么不吃，想象他们过去的命运、处境以及人际关系。这就是看到文化后面的生态、生活以及灵魂。又比如你看到宫廷和城堡，你可以欣赏那些器物的精美，想象自己如何当少爷老爷，但你也可能欣赏之余不大高兴得起来，因为你知道精美后面有很多男女奴隶的悲苦命运。这是参观旧物时不同的感受态度。

芳菲：一般人印象中“寻根”的否定性性质，其实也是与这一百年来的乡村运势相关联的一个结论。鲁迅的《故乡》可能代表一个世纪以来我们对乡村的基本情感框架：批判的，又有眷恋。这个情感也是有一个普遍的社会情绪和认识在后面。用梁漱溟先生的话来讲（在晚年谈话《这个世界会好吗》中），就是：晏阳初对中国乡村“贫弱愚私”这个看法“不高明”“缺乏哲学头脑”。他认为不是贫的问题，而是“贫而越来越贫”的问题，中国农村社会是“向下沉沦”的问题，向下沉沦，走下坡路。一定要把下坡路扭转为走上坡路。他这个观察你觉得还到家吧？

韩少功：我赞成梁漱溟的说法。现代化就是工业化和都市化，是生产要素向核心地区不断集中。这一过程可以让一部分乡村搭车，比如让郊区农民受益。但大部分乡村在一般情况下只可能更边缘化和依附化，所谓“走下坡路”。这是一个繁荣伴随着衰败的过程，曾体现为人为压低农产品价格，等等，即计划经济时代的榨取；也表现为农民工廉价出卖劳力，等等，即市场时代的榨取。农村青年靠父母出钱读了高中，读了大学，但读完就被城市吸收了。这只是乡村的失血现象之一。眼下工业反哺农业，加大财政支农力度，充其量只是抽血以后适度还血。更重要的止血之策，需要反思现代化的基本理念和体制，但这样做可能要求过高，现在也言之太早。

芳菲：在这种运势中你去农村，有没有想过自己的角色呢？是拯救者，还是逍遥者？

韩少功：我总感觉到自己无能，为农民办的实事很少。看很多政府机构和非政府组织，也是做形象工程多，实效可疑。但不管怎么样，短斤少两地做，拖泥带水地做，多少会有一些作用。就算失败了也可以积累经验。比如我写下这本《山南水北》，也许可让一些比我更盲目的人，少一点想当然。但很多时候我非常自疑。比如我帮助一个农村孩子上了大学，但这孩子倒可能在大学里学坏了，没学多少知识，但学会了穿名牌、进馆子、说假话……那么对于他的家庭来说，对于社会来说，这种帮助值不值？面对某种社会系统性的病变，个人努力常常有莫大的风险。

芳菲：如果说农村整个处于一个沉沦、一个没落的文明轨迹中，我觉得就给认识其中人和灵魂的状态带来难度或障碍；对生活于其中的自我也带来困扰。

韩少功：当然，文学不是富贵病，不是商业暴利，不是只在富裕人群里产生。国家不幸诗人幸，这是一句老话，至少有一大半道理。东欧、拉美都曾经是沉沦状态，但都有过文学的丰收。也许生存压力越大，人性才展示得越裸露和越深刻，就越有认识价值。连集中营里都有宝贵的文学资源，为什么一个相对贫困的农村就可以被作家们轻率地删掉？

芳菲：你认识了些什么呢？而这些认识能给你带来安宁吗？——这也涉及我想说的第三个局，陶渊明“衣沾不足惜，但使愿无违”的文人式田园理想。你怎么认识陶渊明？他的理想你认为有什么积极性和消极性？

韩少功：陶渊明为官场不容，只好到农村待一待，但这种挫折也许成就了他。梁漱溟不是这样的。他更有担当，是主动关切多数人的命运。单就这一点而言，我觉得梁漱溟更可贵，更应成为我们的楷模。可以说，梁漱溟肯定是不安宁的，因为他看到了那么多难题。但梁漱溟肯定又是安宁的，因为他从书斋到了现实，从上层到了底层，摆脱了以前那种蒙住眼睛的自以为是。自我欺骗也会带来安宁，只是这种安宁不足取。

芳菲：可能我没表达清楚。我提这个问题不是想谈对他这个个人怎么看，而是我觉得陶渊明方式已逐渐成为了一种对文明方式的选择。正是在这个前提下——在一种文明是不是可能的前提下——我才想请你谈谈对他的态度。欣赏陶渊明是不是太不可能？是不是会做作？是不是太奢侈？是不是太贵族？

韩少功：我明白你的意思了。乡村耕读生活在眼下当然没有普遍意义。当一个现代陶渊明代价很昂贵呵，起码你不能是个上班族。考虑到农村医疗条件差，你还得身体健康。所以现代的仿陶渊明大多出现在旅游度假村，周围布景是古代，人生剧情却是现代。这是复制某种文明总会出现的扑空，就像人们模仿牛仔，模仿果农，模仿红军长征，只是偶然客串，不是真实的日常生活。这是文明体系转换的结果，也是城乡资源配置悬殊的强制结果。但陶渊明是不是毫无意义了呢？不，文明演变方式通常不是切换，而是重组，是新中有旧，旧中有新。构成“陶渊明”这一符号中的某些精神元素，比如亲近自然和独立超脱等等，不会随着农耕文明而结束。连欧美人也都这样，一窝蜂往城里搬，又一窝蜂往城外搬，不也是洋版本的“归去来”？我见到一些农村的退休老人，不愿随子女进城，在乡下做做农活，养养鸡鸭，外加吟诗作对。你很难说他们身上没有陶渊明的影子。

芳菲：《山南水北》的出版者宣传册页上写着一句话，他把认识自我的问题执着地推广为认识中国的问题，我觉得倒过来写可能更合适：他把认识中国的问题内化为认识自我的问题。

韩少功：我观察社会，但没有社会学和历史学的野心，也从不认为文学有改造世界的魔力。我们有两千多年优秀的文学了，但世道人心好了多少？20世纪的战亡人数不是比前十九个世纪的总和还多？腐败与犯罪难道不是层出不穷？但这并不意味着文学可以不必关切社会，不意味文学是一场文学才子们的自恋游戏。

也许这里有一个悖论：文学不一定使世界更好，但不关切世界的文学一定不好，至少是不大好。古人说，文学为天地立心。这颗心肯定不是成天照镜子照出来的。哪怕卡夫卡和佩索阿，他们的孤绝也不是来自娘胎，是在社会中磨砺的结果吧？所以我对有些同行蔑视社会，总觉得有点奇怪。

芳菲：你的选择、你的劳动，不论是耳目的醒来，还是和那些充满偶然性的邻人的友善相处，我觉得其中有一种领受过大自然教育的人的宽广心怀。

韩少功：人是大自然的一部分，古人说身体受之父母，其实每一个人都是受之自然。照整体主义哲学的看法，人只是大自然的一个器官或一个细胞。把人从自然界连根拔起的生活，就像把一个胃从人体中割出来特别加以供养，那当然很危险，也很愚蠢。人们关切阳光、空气、水、土地，等等，不过是相当于一个胃在关切人体的脑袋、心脏、手足等等，谈不上什么博爱，差不多也是自利。人们珍爱和保护自然，是一种识大体和可持续的自利。在某种意义上来说，这种态度是最高纲领的利己，同时是最低纲领的利他。天人合一式的圣贤态度，不过是从这里再往前走一小步。

芳菲：读这本书的大部分时候，我的精神平静淡泊，这平静淡泊大半是受你书中潜在的大尺度空间影响。不过动过一次感情。我看到你书里出现了“上帝”，从最通俗的用法上很“木”地使用这个词，但慢慢到后来改变了。当读到你最后在秋夜梦醒

时刻明白“上帝已经改头换面，已经失踪。但你知道上帝曾经到场，把你接入这样而不是那样的命运”时，竟然一下子哭了。

韩少功：听你这样说，我心里也难受。

芳菲：你应该高兴才是呵。

韩少功：我看不得别人哭。

芳菲：你突然让上帝有了生命。而我那时也得到对你这个人的一种真实感触，觉得你像一个五十岁的人了！我的意思是，一个真实的人，活到五十岁，不可能不感受到上帝和命运。而一个人形成自己的真实，也是非常不容易的。

韩少功：我的“上帝”是亦有亦无。我曾经相信理性可以包打天下，科学足以解决一切问题。但事实并不是这样。比如很多事情是任何一个人无法完全把握的。这就是我们称之为“命运”的东西。比如不论我们如何知书明理，也常常有行动的犹疑，因为在复杂的因果网络里，善行可能带来恶果，恶行也可能带来善果。在这种情况下，理性主义非常脆弱，一不小心就滑入虚无主义，似乎人什么也不能做，怎么做都没有意义。那么一个人怎样选择自己的行为？从历史上看，把价值判断交给上帝，人类还是一直打打杀杀，欺骗和贪欲也没减少。这样，我更愿意接受一种没有上帝的上帝，把“神”看作一种人类的价值共约，来自人类的普遍生存经验。所谓人心，所谓良知，所谓神，是它的各种别号。测谎仪也许是一个有趣的例子。你看看，不管是什么人，一旦说假话，就难免仪器里的迹象大乱。为什么？因为有一种人类共同经验，通过从心理到生理的积淀，已经进入他们的血管、肌肉以及脏器，在那里伸张着价值标准。这样一种隐形和无处不在之物，我们叫它什么好呢？叫得通俗一点，叫“神”恐怕也是可以的。

芳菲：我其实不是想让你谈上帝，而是想你谈谈你现在精神到达的一个沉稳状态。

韩少功：这两者其实有关系。人只有把大局和终极的事儿想明白了，把人类社会的可能和边界想明白了，才会知道自己可以做什么，不可以做什么，哪些事情很重要，哪些事情不重要。一个人不慌，不手忙脚乱，无非是他知道有很多事不必去忙。区别只在于，有些人要靠外力，靠孔子说的“怪力乱神”来做到这一点；另有些人靠自省，靠格物致知，也可以做到这一点。

芳菲：你《山南水北》之前的一部作品是《暗示》，我对《暗示》的感受是你扫清了很多认识上的迷障，回归对具体实践的尊重，可能带来“一次健康的精神运动的肇始”。果然之后你就下乡了。我则还在偶尔想起这个问题，想所谓开始之后，又走向哪里呢？最近看到你们海南的萌萌，在她生前编的最后一本书《“历史之争”背后的“诸神之争”》的编者序中，有一个表达是“这支尾随的军队开始有了停下来的迹象”。也让我想，停下来以后又怎么样呢？

韩少功：所谓“尾随”，可能是指我们一个多世纪来对西方文化的学习和追赶状态。我们几十年的崇俄，再接上了几十年的崇美，几十年的造神，再接上几十年的纵欲。这个过程也许难以避免。但真正的学习和追赶应该是创造，不是“尾随”。人类现在十分迷茫，无论在东方西方都是难题成堆，越来越多的人活得没劲，活得没有方向。也许我们确实需要一个开始。这个开始是恢复创造力，投入思想和制度的创新，催生新时代的孔子和耶稣、达尔文和马克思。这样说，并不是提倡高调乐观。其实人都是很渺小的，做不了太多的事。但我们不能通向天堂，通向各种不完美社会中一种不那么坏的社会，还是有可能的。如果我们无法当圣人，实现各种不伟大人生中一种不那么坏的人生，还是可能的。这种低调进取的“次优主义”，也许比较务实和可靠。

芳菲：谢谢你所有的这些回答。最后我还想代表一些朋友表达对你乡村生活的羡慕，应该是它比所有的言语都更好。但不知道更多的人选择你这种生活，是不是可能，是不是现实，是不是太痴心妄想了？是的，我们还会继续犹豫。

*本文最初发表于2007年《南方周末》。